那些忧伤的年轻人

[美] F.S. 菲茨杰拉德 著　余默 译

ALL THE SAD
YOUNG MEN

北方联合出版传媒(集团)股份有限公司
万卷出版公司

ⓒ　菲茨杰拉德　2016

图书在版编目（CIP）数据

那些忧伤的年轻人 /（美）菲茨杰拉德著；余默译
. -- 沈阳：万卷出版公司，2016.1（2023.1重印）
　ISBN 978-7-5470-3950-2

　Ⅰ.①那… Ⅱ.①菲… ②余… Ⅲ.①短篇小说—小
说集—美国—现代 Ⅳ.①I712.45

中国版本图书馆CIP数据核字（2015）第273924号

出 品 人：王维良
出版发行：北方联合出版传媒（集团）股份有限公司
　　　　　万卷出版公司
　　　　　（地址：沈阳市和平区十一纬路29号　邮编：110003）
印 刷 者：辽宁新华印务有限公司
经 销 者：全国新华书店
幅面尺寸：145mm×210mm
字　　数：220千字
印　　张：10
出版时间：2016年1月第1版
印刷时间：2023年1月第3次印刷
责任编辑：史　丹
责任校对：张　莹
装帧设计：展　志
ISBN 978-7-5470-3950-2
定　　价：39.80元
联系电话：024-23284090
传　　真：024-23284448

目　录

序言

在《了不起的盖茨比》出版后的第二年，《那些忧伤的年轻人》（1926年首次出版发行）这本短篇小说集就问世了。这本合集里的短篇小说，均写于菲茨杰拉德创作的鼎盛时期。故事的主题各不相同，但都或多或少与当时年轻人在生活中遇到的种种困惑相关。在这本书中，你既可以读到广为流传的著名故事，也可以欣赏到鲜为人知的遗珠之作。

其中最著名的两篇，自然是优美的青春挽歌《阔少爷》和《冬之梦》了，同样是描写富有的主人公不得不面对心上人的离去。《阔少爷》主要讲述的是富有的年轻人安森·亨特总喜欢与女性保持暧昧的关系，却从不考虑结婚，最后变得越来越孤单的故事。《冬之梦》讲述的是德克斯特·格林和茱蒂·琼斯的故事，两者的人物形象与盖茨比和黛西非常相像。和盖茨比一样，德克斯特最初也是一无所有，为了赢得茱蒂的爱情努力积累财富。但最后，格林也和盖茨比一样，发现时光不仅带走了他的青春，更卷走了他真挚的爱情。

　　《宽恕》曾是《了不起的盖茨比》的开头部分，作者最初把它当作《了不起的盖茨比》的背景故事来写，后来被删去了。它讲述了一个小男孩在忏悔时遇到的种种困难，后来还被一个神经错乱的神父吓得不轻。就故事主题和人物发展脉络来讲，以上这三篇都与《了不起的盖茨比》有着很多相通之处。

　　其他几篇名气不大的小说也各有优点，而且这些故事的思路都在菲茨杰拉德其他几部长篇小说中有所发展。《宝贝派对》《神秘的调节者》《热心肠与冷心肠》以及《格雷琴的四十次眨眼》，讲述的都是美国中产阶级年轻新婚夫妻所遇到的问题。《明智之举》讲述的是爱情的短暂，以及爱情与理想抱负之间难以调和的矛盾。《俏女郎玛婷·琼斯与威尔士王子》则是关于一个受人追捧却厌世的交际花的故事。

　　这些小说以各种方式展现了菲茨杰拉德眼里20世纪20年代的美国社会。可以说，《那些忧伤的年轻人》是20世纪美国小说界的绝佳之作。

　　谨以此书，向F.S.菲茨杰拉德不朽的名著致敬。

阔少爷

一

开篇从描写一个人开始的话，稍不留神，你就会发现自己塑造了一个典型；而从描写一个典型开始的话，你会发现自己笔下的人物根本一无是处。因为我们都是怪人，我们的古怪之处，隐藏在相貌和声音之后，怪异得不想让任何人知道，也许连我们自己都不甚了解。每当我听到有人宣称自己是一个"普通的、诚实的、宽厚的人"时，我就十分确定，那个人的身上绝对有一些或许很糟糕的怪癖，估计他本人也有意隐藏——至于他之前的那套对自己的评价，不过是他提醒自己隐瞒真相的一种方式罢了。

我要讲的这个故事里没有典型人物，也没有几个配角。主人公只有一个阔少爷，这是一个关于他的故事，和他的兄弟们没什么关系。虽然我这辈子一直和他的兄弟们有来往，但只有他称得上是我的朋友。况且，我要是写他的兄弟们的话，就不得不先开始抨击各种各样的谎言，不管是穷人谈论的关于富人的事，还是富人口中的他们自己——那些虚妄之说，俨然已成风气，不管我们拿起哪本谈论富人的书，都会产生一种直觉，认为那里面没有一句实话。甚至连聪明理智的新闻记者们，也把这个富人们的国家，虚构成了人间天堂。

让我来告诉你们，真正的有钱人是什么样子吧。他们跟你我完全不同。他们从小就什么都不缺，日子快活又安逸，这对他们产生了一些影响。当我们愤世嫉俗时，他们温和宽容；而对我们深信不疑的东西，他们又冷嘲热讽。如果不是含着金汤匙出生的人，很难理解这一切。因为他们天生就有一种优越感，相比之下，我们还得为了生活四处奔波、寻求庇护。就算有一天他们落魄了，成了我们中的一员，甚至生活得还不如我们，这种优越感都不会改变。他们就是这么特殊的一类人。所以，当我决定把风华正茂的安森·亨特的故事写出来时，就注定了我只能把他当成外国人那样看待，而且还必须牢牢地坚守住我自己的观点。如果我被他影响了，哪怕只有一会儿，那这个故事可就糟了——它会变成一部荒唐可笑的电影，除此之外，我也展示不出什么别的来了。

二

安森有五个兄弟姐妹，身为长兄，他年龄最大。有朝一日，这些孩子将会分享一笔一千五百万美元的财产。当时的安森，刚到心智初开的年纪——差不多有七岁了吧？在20世纪初，大胆的年轻女子们已经开着电动"小汽车"，行驶在第五大道上了。记得那时，安森和他的弟弟有个英裔家庭女教师，她的发音清晰、饱满又动听，时间一长，兄弟俩的口音也变得和她一模一样了——他们每字每句都说得干脆利落，不像我们的发音那么含混不清。但他们的口音跟英国孩子也不尽相同，那里面还融合了一种纽约时髦人士特有的语调。

夏天一到，六个孩子就会从七十一号街的家里，搬到康涅狄格州北部的一座大庄园里避暑。那地方可一点也不时髦——安森的父亲总是尽可能地避免让孩子们过早了解那种摩登的生活。他虽身处纽约的上流社会，但在思想上却比同阶层的人略高一等；他虽生活在那个趋炎附势、粗俗不堪的镀金时代，却也能做到洁身自好，不与之同流合污。他希望自己的儿子们都能养成专心致志的好习惯，同时练就一副健康的体魄，长大之后为人正派，事业有成。为了这个目标，他和妻子一直悉心地养育这些孩子，直到长子和次子离家求学。住在这么大的庄园里，想要做到这一点不太容易——要是在我年轻时住过的那些小房子，或是中等大小的房子里，就简单多了——我从不会离母亲太远，保证随时都能听到她的呼唤，随时都能看到她的身影，以便她能够及时指出我做得对或者不对的地方。

安森最初的优越感，来自康涅狄格州的居民们的态度。

他感到他们对自己，有一种夹杂着妒忌的敬意——和他一起玩耍的男孩们的父母，总是问候他的爸爸妈妈；当得知自己的孩子被邀请到亨特家做客时，他们都莫名地激动不已。安森把这些看成是天经地义的事情，如果在财富、地位、权势等方面没能成为身边众人中的佼佼者时，他的内心就会变得烦躁不堪，这种情形伴随了他的一生。他不屑和其他孩子去争第一，他认为第一理所应当是他的，一旦不能如愿，他就躲回到家里去。他的家族十分富有，对于东部人来说，金钱多少还是一种封建的东西，可以使家族成员凝聚在一起；但对势利的西部人来说，金钱却可以使家族分崩离析。

在十八岁那年，安森前往纽黑文市的耶鲁大学深造。因为在学校里作息规律，他长得高大健壮，皮肤光洁明亮，面色健康红润。他那一头金黄色的鬈发看起来有点好笑，鼻子也是鹰钩形的——这两点可谈不上帅气——但他充满自信的样子，还有他直率的行事作风，也别有一番魅力。当上流社会的人们在街上从他身边经过时，不必提示，一眼就能看出他家境殷实，在最好的学校受过教育。不过在大学里，他那十足的优越感却没帮上什么忙——他的独立自主，被误解成自负自大；他不愿心怀敬仰地遵守耶鲁大学的各项规定，又被误解成是在蔑视其他所有墨守成规的人。基于这种情况，他很早就把生活重心转移回纽约了，虽然那时离毕业还有很长时间呢。

他在纽约的日子舒心又惬意——住在自己的房子里，有一群佣人精心地照顾他，还有和家人共度的美好时光。因为他待人和善，又有不错的办事能力，很快就成为家庭的中心人物。初入社交界的他参加了一些舞会，在男士俱乐部里见识了真正属于男人的世界，偶尔也会跟那些摩登姑娘们寻欢作乐，那种女孩在纽黑文都很难碰到。不过他的很多愿望倒是都比较传统——其中甚至包括有一天结婚成家。虽然这种构想无可厚非，但和大多数年轻人相比，他的愿望从不脱离实际，一点儿也没有"理想主义"或"幻想"的影子。安森的世界里，有数不尽的财富可以肆意挥霍，也有使婚姻破裂的花天酒地，还包括势利和特权，对于这些他毫无保留地接受了。我们大部分普通人的生活是以妥协而告终的，他的生活却是以妥协作为开始。

我和安森第一次见面，是在1917年的夏末。当时，他刚从耶鲁大学毕业，和我们这些人一样，被卷入了一系列战争的疯狂状态中。当他穿着蓝绿色的海军航空兵军装来到彭萨科拉时，当地酒店的乐队正演奏着《对不起，亲爱的》[1]，我们这些年轻的军官和姑娘们一起跳着舞。大家都很喜欢他，尽管他总是和酒徒们混在一起，飞行技术也谈不上有多好，不过就连教官们对他都相当尊重。每当安森和他们长谈时，

---

[1] 《对不起，亲爱的》引自1916年一首流行歌曲《对不起，我让你哭泣》，由 N.J. 克莱斯和哈利·托比亚斯共同作曲。

总会用一种充满自信和理智的语调——谈话结束后他总会使自己豁然开朗，当然更多的时候是帮助其他军官解决一些迫在眉睫的麻烦。他热衷于参加社交酒宴，言行举止放荡不羁，到处寻欢作乐，所以当他爱上了一个思想保守、行为规矩的女孩时，我们都吃惊不已。

女孩名叫波拉·莱金德尔，来自加利福尼亚州的某个小镇，是个端庄秀丽的黑美人。她家在城外不远处有一座冬季别墅。尽管她总是一本正经的，却颇受大家喜爱。男人们大多都以自我为中心，不能忍受女人的小脾气，但安森不是那样的人。不过我还是不能理解，对安森这种头脑灵活、有点爱说风凉话的人来说，她的"真挚"到底有什么吸引力——这个词倒是恰好能形容她。

不管怎么说，他们相爱了——并且是按照她喜欢的方式。他再没参加过德·索塔酒吧的黄昏聚会，人们不论什么时候看见他们，他们二人都在一起认真地长谈着，这样的对话想必已进行好几个星期了。很久以后他告诉我，其实当时并没有谈什么特别的内容，只不过是聊一些不成熟的、甚至是毫无意义的话题罢了。渐渐地，亲昵的感觉越来越浓，再严肃的对话都成了情话。那种暧昧的气氛就像是一种催眠。虽然它常被乏味的幽默打断，也就是我们所谓的玩笑话；但当他们独处时，又马上开始低声、用心地交谈起来，这使他们有一种在思想和情感上都十分融洽和谐的感觉。任何干扰他们都不欢迎，生活里发生的趣事他们都不关心，就算被朋友们嘲笑几句也不放在心上。只有跟彼此交谈时他们才觉得快乐，对话中的严肃性就像琥珀色的火光一样围绕着他们。直到后来，对话开始被情欲中断——这种干扰他们倒是并不讨厌。

奇怪的是，安森和她一样，也沉浸在这样的对话里，并深深为之感动。与此同时，他也意识到自己说的话大多不够诚实，而她的话基本上都太过简单浅薄。起初，他对她那单纯的情感也不太瞧得起，但随着两人爱情的不断发展，她的个性变得稳重又开朗，让他刮目相看。他觉得如果能融入波拉温暖又美好的生活中，自己一定会获得幸福。那些长谈使他们磨合得不错，化解了所有的局促不安——他教会了她一些从胆大女人那里学来的东西，而她用一种狂热又神圣的情感强烈地回应着他。有天晚上，他们参加完舞会后做了决定，要和彼此共度一生。为此，他给母亲写了一封长信，详细说明了她的情况。第二天，波拉告诉他，自己家境富裕，名下有一笔差不多一百万美元的个人财产。

三

如果你听到他们说"我们都一贫如洗""我们在一起要受穷了"——千万别当真，事实上，他们对自己拥有的财富别提有多高兴了。那种说法，不过是他们共享的冒险体验。四月份，安森准备北上回家，波拉和她的母亲与他同行。安森的家族在纽约的地位以及他们在生活上的品位，给波拉留下了深刻的印象。当安森第一次单独带着她，去看他小时候玩耍过的那几间屋子时，她内心涌上一股温暖的情愫，就像是获得了别人最深的信任，又像是被人悉心地爱护。她看到了不少安森的照片，有他刚上学时戴着帽子照的；有他在某个已被遗忘的夏天，和心上人骑在马背上照的；还有他在一个婚礼上，跟一群快乐的迎宾员以及女傧相的合影。她嫉妒照片中的人们，他们分享了安森过去的生活，而自己却没能参与。但她完全可以肯定，安森是个值得信赖的人，这些照片似乎概括并代表了他的全部。她的内心突然萌生出一个念头，想要立即和安森结婚，并且以他妻子的身份回到彭萨科拉去。

但他们的婚事并没有提到日程上来——就连订婚都得保密到战后才能宣布。当她一想到他的假期只剩两天时，便准备将心中的不满化为行动，要让他像自己一样迫不及待才行。那天晚上，在他们驾车去乡下参加宴会的路上，她的想法更加坚定了，决定当晚就要让事情有个结果。

波拉的一个表姐现在和他们一起住在丽兹酒店，她面容严肃，说话尖刻。虽说她疼爱波拉，但多少也有点嫉妒波拉那场令人难忘的订婚仪式。她没去参加舞会，所以当波拉精心打扮时，她就在套房的客厅里接待安森。

五点钟的时候，安森正和朋友们聚会，他跟大家疯玩疯闹了一个小时，喝了个痛快。虽然他及时离开了耶鲁俱乐部，让他母亲的司机送他到丽兹酒店，但他满脸醉意，早没有了往日的风采。一走进开着暖气的客厅，他就被热得头昏眼花。他知道自己喝多了，心里觉得好笑又充满歉意。

波拉的表姐今年二十五岁了，但她依旧天真得像个孩子，一开始根本没明白发生了什么事。她以前从没见过安森，当他嘟嘟囔囔地说些奇怪的话，还差点儿从椅子上摔下来时，她被吓了一跳。直到波拉出来之后，她才恍然大悟，原来之前闻到的味道哪里是军装上干洗剂的味道，那分明是上好的威士忌的酒味。然而波拉一到客厅就知道安森喝多了，她只想在母亲看到安森之前，赶快把他弄走。表姐一看到她的眼神，当即就明白了。

波拉和安森一同下楼，当走到轿车旁时，发现车里竟还有两个男人，全都烂醉如泥。他们跟安森一起在耶鲁俱乐部喝完酒，本来也打算去参加舞会的。安森完全忘了他们还在车里。在去亨普斯特蒂德的路上，他们睡醒了，开始哼哼唧唧地唱个不停。有几首歌实在粗俗，好在安森没跟着他们一起唱，波拉也就强忍着没说什么，但她把双唇抿得紧紧的，心里又羞又恼。

此时，在酒店里的表姐，心里迷惑不解又焦虑不安。思来想去，她还是走进了莱金德尔太太的卧室，问道："他真是个有趣的人，对吗？"

"你是说谁有趣？"

"哎哟，当然是亨特先生啊。他看起来太有趣了。"

莱金德尔太太眼神敏锐地看着她。

"他怎么有趣了？"

"他说他是法国人。我之前不知道他是法国人。"

"这太离谱了，肯定是你弄错了。"莱金德尔太太微笑着说，"那是开玩笑呢。"

表姐固执地摇摇头。

"我没弄错。他确实跟我说他在法国长大。他还说自己不会讲英语，所以没法跟我谈话。我们确实也没法交流！"

莱金德尔太太听得不耐烦，扭头看向别处，表姐若有所思地补充了一句："我猜他可能是喝醉了吧。"说完便走出了房间。

这个消息听起来古怪，倒也是实情。当时安森发现自己口齿不清，说话颠三倒四，就编了这么个不着边际的借口，谎称自己不会讲英语。多年后，他还常常跟别人说起这段趣事，每每回忆至此，他都忍不住大笑起来。

在接下来的一个小时里，莱金德尔太太往亨普斯特蒂德打了五次电话，都没人接听。最后电话拨通时，她又等了十分钟，才听到波拉接电话的声音。

"你的乔表姐告诉我安森喝醉了。"

"噢，他没有……"

"噢，怎么没有？乔表姐就是说他喝醉了。他跟她说自己是法国人，还从椅子上摔了下来，这种表现跟醉汉有什么区别。你别把他带回家了。"

"妈妈，他没事的！请您别担心……"

"我怎么能不担心，这种事简直糟透了。我要你答应我不会再带他回家。"

"我会处理好的，妈妈……"

"我说我不想让你带他到家里来。"

"那好吧，妈妈。再见。"

"就这么说定了，波拉。找别人送你回来。"

波拉踌躇地从耳边拿下话筒，并挂断了。她对心中的烦恼感到无能为力，脸都涨红了。此刻，安森正在楼上的卧室里呼呼大睡，楼下的晚宴还在无聊地进行着，眼看就要结束了。

车开了一个小时才到亨普斯特蒂德，路上他多少清醒了一些——然而他的到来只不过是令自己沦为他人的笑柄——说到底，波拉不希望那天晚上就这么毁了，可没想到安森在晚餐前又鲁莽地喝了两杯鸡尾酒，致使事情终于发展到不可收拾的地步。酩酊大醉的他在晚会上肆意胡闹，大吵大嚷，十五分钟后，又一声不吭地滑到桌子底下去了。就像某幅古画里的一个男人——和古画不同的是，那场面实在令人生厌，毫无典雅别致可言。在场的年轻姑娘们谁也没说什么——对这种事似乎最好保持沉默。他的叔叔和另外两个男人把他扶到楼上去了，然后波拉就被叫去接电话了。

又过了一个小时，安森醒了过来，他感到头痛不已，眼前像有一团迷雾。过了好一会儿，他才透过这层迷雾看清站在门口的人是他的叔叔罗伯特。

"……我是问你好些了吗？"

"什么？"

"你觉得好些了吗，老弟？"

"难受极了。"安森说。

"我再去给你拿瓶解酒药。只要这次你别吐出来，就能好好睡一觉了。"

安森挣扎着把腿从床上挪下来，试着站了起来。

"我还行。"他嘴上这么说，样子看起来却没精打采的。

"慢一点，别着急。"

"要我说，如果你能给我一杯白兰地，我马上就可以下楼啦。"

"这个，还是算了吧——"

"别算了呀，我就只有这么一个要求。你看，我现在不是很好嘛……呃，我猜，楼下已经不欢迎我了吧。"

"他们知道你有点喝醉了。"他的叔叔安慰道，"不用担心。斯凯勒甚至都没来，他在高尔夫球场的休息室里打发时间呢。"

安森不在乎任何人的看法，除了波拉的，所以他还是决定下楼去，好弥补一下自己在晚会上的过失。可等他洗完凉水澡再露面时，大部分客人已经离开了。看到安森之后，波拉马上起身，让他送自己回家。

在豪华轿车里，曾经那种严肃的对话又开始了。她说自己知道他喝醉了，这一点她可以接受，但她从没想到他会那样无理取闹——她觉得他们也许并不太合适，因为他们的人生观截然不同，诸如此类的话她还说了很多。她说完后，安森也表达了自己的想法，他此刻非常清醒。波拉接着说她得再好好想一想，今晚她没法做出决定，她并不生气，只是觉得非常遗憾。她没让他送自己到酒店房间，但在下车前，她倾身亲吻了他的脸颊，样子还是闷闷不乐的。

第二天下午，安森与莱金德尔太太进行了一次长谈，波拉坐在旁边沉默不语。最后，他们都同意让波拉再把这件事好好考虑一下。那之后，如果母女俩都没什么意见，她们就和安森一起返回彭萨科拉去。对他来说，他已经道歉了，态度真诚又不失体面——他能做的也就这些了。虽然是他有错在先，让莱金德尔太太手里握上了他的把柄，可那又如何，她还是不可能占据上风。他没作任何承诺，也没有低声下气，只不过说了一些会严肃对待生活的想法，不但摆脱了窘境，还显得自己颇有道德方面的优越性。三周后，他们重归于好，一起回到南方，此刻的安森心满意足，波拉也如释重负，可谁都没有想到，解决问题的最佳时机已经一去不复返了。

四

他操控着她，吸引着她，同时也让她心事重重。他有时踏实可靠,有时又放纵任性 ;有时柔情似水,有时又尖酸刻薄,他多变的性格让她困惑不解——这些前后矛盾之处，把温柔的她搞糊涂了——波拉渐渐觉得他有双重人格。每次她看到他独处时，或是参加正式晚会时，又或是跟肤浅的、能力又不如他的人在一起时，他看起来是那么的令人信服又充满魅力，他的见解如慈父般充满智慧，这些无不让她深深为之自豪。但在其他的社交聚会上，他丝毫不顾及绅士风度，言行举止跟完全变了一个人似的，这让她十分不安。另一副模样的他，会变得粗鲁、莽撞，又滑稽可笑，只要自己高兴，别的什么都不在乎。这把她吓得不轻，曾经想过要离开他，甚至还跟之前的心上人偷偷约会了几次，可毫无用处——与活力四射的安森相处了四个月之后，其他所有男人都无法吸引她了。

他在七月份被派往国外执行任务，那时，他们对彼此的情感和欲望都达到了顶点。波拉本来想在离别前和安森完婚——可计划最终没能完成，原因不外乎他总是满嘴的鸡尾酒味，而她自己也因为要与爱人分别而忧思过度，身体常常不太舒服。他离开后，她给他写了一封长信，惋惜那些他们在等待中错过的相爱时光。八月份，安森驾驶的飞机意外坠入北海。他在海水中挣扎了一夜才被救上一艘驱逐舰，又因为患了肺炎被送到医院。还没等他被遣送回国，停战协定就签署好了。

在安森回来之后，他们其实有很多机会在一起，而且也没遇到什么难以克服的障碍，但两人的脾气秉性又开始在暗中作怪。热情的亲吻和激动的泪水不见了，对彼此的话也不那么上心了，推心置腹的亲密交谈也没有了，如今两人的交流只能靠远远的通信来维系了。一天下午，有个社交界专栏的记者为了确定他们是否订婚，在亨特家中等了两个小时。安森矢口否认，却没想到，最新一期的刊物在头版头条的位置，发表了这样一篇文章，其中说道——"经常可以在南安普敦、温泉城和塔克西多公园看到他们出双入对。"此外，他们严肃的谈话已变成了持久的争吵，婚事几乎就要告吹了。安森肆无忌惮地到处买醉，有一次连和她的约会都没去，为此波拉开始对他的行为进行约束。这使他在孤芳自赏和自知之明面前，感到绝望又无助：看来婚约肯定是要解除了。

"亲爱的，"现在他在信中这样写道，"我最亲爱的，最最亲爱的，当我在午夜醒来，想到情随事迁，我们至今没能完婚时，我真想死去。我连一秒都活不下去了。今年夏天我们见面的时候，也许就该把事情好好谈一谈，那样就会做出不同的决定吧——记得那天，我们喜忧参半，我觉得如果失去你，我也活不成了。你说起别人，难道你不知道，我眼里没有别人，只有你……"

当波拉在东部四处游历时，有时会故意在信中提及一些让自己快乐的趣事去试探安森。但安森很聪明，从不胡乱猜测。当他在信中看到另一个男人的名字时，反而更加笃定了她对自己的感情，同时还有点瞧不起这样的手段——对这类事情他总是显得很傲慢。但他仍期盼有朝一日他们能够终成眷属。

波拉不在纽约的这段时间，他全身心地投入到纽约战后令人眼花缭乱的各项活动中，进了一家证券行，参加了五六个俱乐部，在舞会里，还同时周旋于三个社交圈——他自己原来的圈子，耶鲁大学年轻人的同学圈，和涉及半个百老汇的圈子。但白天那八个小时，他会毫无保留地投入到在华尔街的工作中去。在那里，他凭借家族庞大的关系网、自己的聪明才智还有旺盛的体力，很快就平步青云了。更难得的是，他有一个清醒的头脑，思考起问题层次分明。而且他精力旺盛到有时只休息不到一个小时，就精神抖擞地回办公室继续工作了。当然，这种情况不太常见。总之，基于他出色的表现，早在1920年的时候，他的薪水加上代理费就已经超过了一万两千美元了。

当耶鲁的传统不再受人追捧时，安森的名气却在纽约的同学圈中越来越大，比他在大学时还要有名。他自己住在一栋豪宅里，还有办法让其他年轻人也过上这样的生活。当时，他的事业基本已经走上正轨了，而那些年轻人中的大部分还是初入职场，没有稳定的收入。他们会来找他一起消遣娱乐，同时也为了给自己谋个出路，安森爽快地答应帮忙，他非常乐于助人，愿意帮他们解决各种难题。

现在波拉的来信里不再提起其他男人了，恰恰相反，全文都洋溢着一股前所未有的柔情。他通过几个渠道打听到，波拉正跟一位"时髦的花花公子"在一起，那人名叫洛厄尔·塞耶，是个有钱有势的波士顿人。虽然他敢肯定波拉还爱着自己，但一想到有可能会失去她，就总觉得心神不宁。她差不多有五个月没来过纽约了，唯一那次还闹得不太愉快。随着谣言越来越多，他也越来越渴望见到她。二月份的时候，他趁着休假去了佛罗里达州。

波光粼粼的沃思湖犹如一块璀璨的蓝宝石，到处停泊的游艇打扰了它清幽的美丽，大西洋则像是一块巨大的带状绿松石，丰饶奢华的棕榈海滩就静卧在它们之间。布利克斯酒店和皇家普林斯顿酒店这两座壮观的建筑，就像一对魁梧的双生子，从亮闪闪的沙滩上拔地而起。在它们周围聚集着林中舞厅、布拉德利赌场和十几家时髦的女士服帽店，那里的商品价格比纽约高出三倍。在布利克斯酒店的格子凉台上，有两百名女士跳着当时颇为流行的"双步舞"健美体操，只见她们右跨一步，再左跨一步，转个身，接一个滑步，与此同时，两百双胳膊上的那两千只手镯，也随着音乐的节拍上下摆动，叮当作响。

夜幕初垂，在大沼泽俱乐部里，波拉、洛厄尔·塞耶、安森和一个临时凑数的人正在打桥牌，看起来兴致正浓。安森打量着波拉，觉得她认真打牌的温婉面庞，显得苍白又疲惫——她已经在这儿待了四五年了，他们相识也有三年了。

"黑桃二。"

"抽根烟吗？……噢，不好意思。我不要牌。"

"我也不要。"

"我要黑桃三双倍。"

房间里烟雾弥漫，大概有十多张牌桌。安森和波拉的眼神不经意间碰到一起，就再也没分开，尽管塞耶不停地打量着他们……

"刚才叫的什么牌？"他心不在焉地问。

坐在角落里的年轻人吟唱着：

> "华盛顿广场的玫瑰啊，
>
> 我正与你一同凋谢，
>
> 在这地下室的空气中……"[1]

烟尘如浓雾般笼罩着人们，一打开房门，屋子里的烟雾就被风吹得打起转来。有一双明亮的小眼睛，快速扫过一张

---

[1]　引自 1920 年一首流行歌曲《华盛顿广场的玫瑰》，由詹姆斯·F.汉莱作曲，巴拉德·麦克唐纳作词。

张牌桌，寻找着柯南·道尔先生，在大堂那里，确实有群人看起来很像英国人。

"你可以用刀割断它。"

"……用刀割断它。"

"……用刀。"

一局桥牌打完后，波拉突然站起身来，她俯身对安森说了几句话，神情忧郁，嗓音低沉。他们看都没看洛厄尔·塞耶，就一同走出了房间。刚走下那段长长的石阶，他们就立刻握住了对方的手，肩并肩地漫步在洒满月光的迷人海滩上。

"亲爱的，亲爱的……"在一处隐蔽的地方，他们不顾一切地、热烈地拥吻在一起……波拉把脸向后挪开一点，好让他的双唇说出她等待的话——他们再次接吻时，她能感到那些话就在他嘴边了……于是，她又一次从他怀里挣脱出来，仔细聆听着，可当他无言地抱紧她时，她明白了，他什么也不会说了——除了那一声声"亲爱的，亲爱的！"那声音像从前一样饱含深情，却又充满悲伤，总让她忍不住流下泪来。她的情感温柔顺从地跟随着他，但她不禁泪如泉涌，在心中不停呼喊着："向我求婚吧——噢，安森，我最亲爱的安森，快向我求婚吧！"

"波拉……波拉！"

这两个字就像一双手，不停地拧痛她的心，安森感到她正浑身颤抖，他心想，能知道她如此动情就够了吧。他不需要再说什么，不需要用那些不切实际的情话去承诺彼此的缘分。但他转念又想，既然她已属于自己，又为何还要再等一年呢——难道要永远这么拖下去吗？他仔细思考着他们的将来，更多的是为波拉考虑，而非自己。

又过了一会儿，她突然说自己要回酒店去了，他迟疑了一下，第一个念头是"我要抓住机会，现在就向她求婚"，遗憾的是他很快又改变了主意，心想："算了，我还是再等等吧——她总归是我的……"

可他忽略了一点，这三年来的焦虑和紧张，已经把波拉折磨得疲惫不堪。在这个月夜，她对他的情感就像蒲公英飞离了花茎，再也回不来了。

第二天上午，安森就返回纽约去了，一路上他都闷闷不乐的，心里被某种不安占据着。四月底的某天，他收到一封来自巴尔港的电报，在电报中波拉告诉他，自己已经和洛厄尔·塞耶订婚了，即将去波士顿举行婚礼。事先没有任何预兆，这件他认为永远也不会发生的事情，终究还是发生了。

那天上午，他狂饮了一通威士忌，然后来到办公室，片刻不停地工作起来——唯恐一停下就会发生什么事。到了晚上，他照旧出去参加各种社交活动，对发生的一切只字不提。他看起来和平常一样，还是那么热情和幽默，没有半点魂不守舍。但有一件事，他自己也无能为力——接连三天，不管在什么场所，不管和什么人在一起，他都会突然间伤心得不能自已，像个孩子一样掩面痛哭起来。

五

　　1922年，安森带着一个刚入行的晚辈去英国出差，到伦敦调查几笔贷款，这次差旅说明他已经进入了证券行的高层。他今年已经二十七岁了，身材微微有点发福，但绝不显得臃肿，言谈举止比同龄人显得老成些。不管长辈还是晚辈，大家都很喜欢他，也非常信任他。做母亲的都觉得让他照顾自己的女儿很放心，因为不管在什么场合，他总有办法和最年长或是最保守的人融洽相处。他给人的感觉，就像是在说："我们可以彼此信赖，这点毋庸置疑。"

　　他就像是个牧师，虽然对人性的弱点了如指掌，却有颗慈悲的心，能够宽厚待人。他还非常注重保持良好的仪表礼仪，最典型的例子，就是他每个星期日的上午，在一所贵族圣公会主日学校讲课的事了——哪怕只是冲个冷水澡，再匆匆换上一件常礼服，他也能把他昨夜狂欢的痕迹一扫而光。

　　父亲去世以后，安森负起了家里全部的责任，说实话，现在这个家所有孩子的命运都指望他了。因为一些复杂的原因，他目前还无权支配父亲的财产，这些财产由他的叔叔罗伯特管理。在所有家族成员中，罗伯特叔叔最热衷于赛马了，他和住在惠特利山附近的人一样，有一副好脾气，并且嗜酒如命。

　　罗伯特叔叔和他的妻子爱德娜，曾经是安森年少时最好的朋友。然而，安森长大后，却让这位叔叔伤透了心。他先是因为内心的优越感，不肯加入赛马组织；后来，罗伯特叔叔又帮助他参加了城市俱乐部，要知道这是全美国最难加入的俱乐部了——只有"纽约缔造者"的家族成员才能入会（或者换句话说，就是在1880年前发迹的家族）——可安森根本没放在心上，刚获得入会资格，就跑去参加耶鲁俱乐部了。为了这件事，罗伯特叔叔还曾劝过他几句。然而，最让罗伯特叔叔无法接受的是，安森竟然拒绝到他自己开的证券行工作，虽然那里有些守旧，还有些疏于经营。这件事之后，罗伯特叔叔对安森的态度就逐渐冷淡了。他像是一个小学老师，把自己知道的都教完了之后，就慢慢退出了安森的生活。

安森的生活中有很多朋友——几乎每个人他都曾不遗余力地帮助过，也差不多让每个人都难堪过。原因不外乎他突然说了句粗话，或是他那不分时间场合就酩酊大醉的毛病。要是别人在这方面不小心犯了错误，他会很恼火——但轮到自己的时候，他就会一笑了之了。要是遇到了什么有趣的事，他就会声情并茂地讲给朋友们听，自己也忍不住哈哈大笑。

那年春天，我在纽约工作，所以经常和他一起在耶鲁俱乐部吃午饭，因为我上的大学当时还没成立自己的俱乐部，所以就和耶鲁大学合用一个。后来，我在报纸上看到了波拉的婚讯。有一天下午，当我问起这件事时，他把他们的故事从头到尾全都讲给我听了，也许是压抑太久了，他也渴望倾诉吧。从那以后，他就把我当成了他最亲密的朋友，经常邀请我去他家参加晚宴，那感觉就像是一旦他吐露了自己的心事，那些刻骨铭心的回忆就也成了我的一部分。

我发现，尽管母亲们都很信任他，但他对女孩们的态度，却不是每一个都不假思索地体贴照顾。这还是得看女孩们自己——如果哪位女孩表露出一丝轻浮，那她就只能自求多福了，安森是不会多加呵护的。

"生活啊，"他有时会这样替自己辩解，"是生活，把我变得这样玩世不恭。"

他口中说的生活，指的就是波拉。有些时候，特别是当他喝醉的时候，这个念头就会在他的脑海里不停地翻搅，提醒他波拉是如此残忍又绝情地抛弃了他。

说安森"玩世不恭"，倒不如说他认识到天生就水性杨花的女孩不配得到怜惜。说到这儿，不得不提他和多莉·卡吉尔的暧昧往事。在那些年里，尽管这只不过是他诸多风流韵事中的一笔，但却对他触动最深，甚至对他的人生观产生了深远的影响。

多莉的父亲是一位声名狼藉的"男公关"，因为他靠攀亲附贵进入上流社会。她长大后加入了青年女子协会[1]，在纽约广场饭店初入社交界，还进了纽约州众议院。只有为数不

---

[1] 美国一个慈善组织，主要由上流社会的女性组成，旨在帮助穷人。

多的几个老牌名门望族，例如亨特家族，才会质疑她到底算不算出身"豪门"，因为报纸上总会刊登出她的照片，相比其他大家闺秀，她确实备受瞩目，令人羡慕。她有一头深色的秀发，双唇娇艳饱满，肤色红扑扑的，惹人喜爱。进入社交界的第一年，她每次外出参加宴会，都会用粉白色的粉饼把脸色遮盖好，因为那时明艳的肤色已经过时了——维多利亚式的白皙才是最时髦的。

只见她身穿利落的黑色套装，两手插袋，斜倚着墙，身体微微前倾，脸上挂着一副忍俊不禁的表情。她的舞姿美妙绝伦——她热爱舞蹈超过一切——当然，除了坠入爱河。从十岁那年开始，她就一直在恋爱，可令她心动的男生常常对她不理不睬。那些追求她的人——人数还挺多的——在三言两语地交谈过后，她就厌烦了。虽然感情上总是不顺利，但她的内心仍怀有最深的柔情。当她遇见心上人的时候，总会再尝试一次——有时她能如愿以偿，但通常都以失败告终了。

这位情路波折、热情奔放的姑娘没有想到，那些拒绝过她的人有某种相似之处——他们都有一种强烈的直觉，能看透她的弱点，不是她在感情上的弱点，而是观念上的问题。安森第一次见到她时，就意识到这点了，那时波拉结婚还不到一个月。他日夜用酒精麻痹自己，假装爱上了多莉，但只勉强维持了一个星期。然后，他就断然结束了这段感情，把她抛到脑后了——可他却早已霸占了她的心。

　　和当时的很多姑娘一样，多莉自由散漫惯了，为人有些轻佻。略微年长的那代人不愿意循规蹈矩，但那只是战后打破陈规运动的一方面——多莉这代人也不愿意墨守成规，但她们的行为却反而显得自己既老套又顽劣。她发现在安森身上有两个极端，他时而放任自己尽情享乐，时而又充满保护他人的力量，这恰恰是一个在感情上听天由命的女人所寻找的。不管是他性格中沉溺奢侈逸乐的一面，还是坚如磐石般可靠的一面，都满足了她天性中每一种需求。

　　她知道他们的感情遇到了阻力，可惜她没猜对原因——她还以为安森和他的家人希望跟更显赫的名门望族结下婚事。不过很快，她就猜对了一点，安森嗜酒的毛病对自己有利。

　　在一场大型的社交舞会上，他们又相遇了。随着她对他的迷恋越来越深，他们总是设法争取更多的时间待在一起。和大多数母亲一样，卡吉尔太太也觉得安森是个值得信赖的小伙子，所以她允许多莉和他一起到远离市区的乡村俱乐部或是郊外别墅去，即使他们回来很晚，也不会对他们的行踪盘根问底，或是质疑女儿给出的解释。最开始的时候，多莉的解释也可能是真的，但是那种想要占有安森的世俗贪念，很快就将她吞没在越来越澎湃的情感浪潮中。没多久，他们就不再满足于在出租车或私家车后座上拥吻对方。他们干了一件出格的事。

　　有段时间，他们都从各自的社交圈里退了出来，另外组建了一个稍逊一筹的社交圈。在那里，就算安森整日酗酒，多莉夜不归宿，也不会引起多少注意和议论。这个社交圈成员复杂——有几个安森在耶鲁大学的朋友，两三个年轻的股票经纪人和证券销售员，还有一两个单身汉。他们都刚从大学毕业，非常有钱，经常挥金如土。虽然这个社交圈没什么影响，规模也不大，但它却给予每个成员充分的自由，这就弥补了它的缺陷。再者说，这个圈子是以他俩为中心的，所以多莉心里多少有了一种居高临下的尊贵感——这种快乐安森可没法理解，他从小就过着众星捧月般的日子，早就习以为常了。

漫长的冬季到了，他们看似一对热恋的情人，但他却并不爱她。他无意隐瞒，常常对她实话实说。春天来临的时候，他感到厌倦了——他想换个环境，开始新生活——况且他也看出来了，他只有两条路能走，要么现在和她快刀斩乱麻，要么就得对证据确凿的诱惑行为负责到底。她家人采取的鼓励态度，也是促使他下定决心的原因——有天晚上，卡吉尔先生轻轻敲了敲书房的门，说为他在餐厅里留了一瓶上好的白兰地，这时安森忽然觉得自己被卷入了生活的漩涡中。他当晚就给她写了一封短信，在信上说自己要去度假了，还说考虑到目前的各种情况，他们最好不要再见面了。

时值六月，他的家人都去乡下避暑了，家里门庭紧锁，他只好临时住到耶鲁俱乐部去。在和多莉相处的过程中，他总会对我讲他们之间的事——言语刻薄，还带着几分戏谑，因为他根本瞧不起朝三暮四的女人，在他心中的社交大厦里根本容不下她们——所以那天晚上，当他告诉我决定和她一刀两断时，我挺高兴的。我曾经在各种社交场合里遇到过多莉，每一次看到她毫无指望的挣扎，都深感怜悯，也为自己在背后了解那么多她的私事感到羞愧，这些事我本无权过问。人们都说她是个"漂亮的小可爱"，但她身上却有种不顾一切为爱献身的精神，这点非常吸引我。那感觉就像是，如果她不这样全身心地为爱神奉献自己，她就会失去活力、奄奄一息似的——或许她已经做好牺牲的准备了，所以当我得知自己无须目睹她为安森做出这样的牺牲时，心里还是挺欣慰的。

安森打算第二天一早就把分手信送到她家去。她住在第五大道的住宅区里，是少数几个对外开放的房子之一。他还知道，卡吉尔夫妇由于听信了多莉的错误消息，为了给女儿创造机会，之前就已经出国旅行去了。他刚迈出耶鲁俱乐部的大门，走到麦迪逊大道上，就碰到一个邮递员打从身边经过，于是他又跟着快递员返回了俱乐部，因为他认出快递员手上的第一封信是多莉的笔迹。

他不看也知道信里都写了什么——肯定先是一番孤独又悲凄的独白，接着是一通耳熟能详的责备，然后又恳求他想一想曾经的美好回忆，用很多"我不知道你是否"之类的措辞——所有这些亲昵的言语，他都曾经在给波拉·莱金德尔的信中说过，现在回忆起来，遥远得仿佛是上个世纪的事了。他翻过几个账单信件之后，那封信又回到了最上面，于是他拿起信，把它拆开了。令他吃惊的是信很短，有点像一张正式的便签，多莉在信上说自己不能和他一起去乡下度周末了，因为佩里·赫尔突然从芝加哥前来拜访。她还补充说，现在的局面都是安森一手造成的，信中这样写道："……如果你能用真心回应我对你的爱，那么我会一直陪着你，不论何时何地，可你没有。佩里对我那么好，而且他恨不得我能立刻嫁给他……"

安森看完信，轻蔑地笑了笑——对付这种暗藏心机的信件，他颇有经验。他都能猜到多莉是怎样挖空心思才想出这个计划的，估计她会先派人去邀请忠诚守信的佩里，再计算好他抵达纽约的时间，然后字斟句酌地写下这封信。她这样做，无非是想让自己心生妒忌，却又不至于离她而去。和大多数欲拒还迎的手段一样，这种做法无用又无聊，只透出一种怯懦的绝望。

忽然间，他感到很恼火。他在门厅坐下来，把信又读了一遍。然后走到电话机旁，拨通了多莉的电话，用清晰强势的语气告诉她，他已经收到她的信了，下午五点钟的时候他会去见她，按照之前约好的时间不变。还没等听她假装犹豫地说完"我大概只能和你待一个小时"，他就把电话挂断了，准备出发去办公室。在路上，他把自己昨晚写的那封信撕得粉碎，扔在了大街上。

他并没有妒忌——对他来说她是微不足道的——只不过由于她那可悲的小诡计，激得他把内心所有倔强和任性都显露了出来。一个头脑简单的人，竟然敢在他面前如此自以为是，还企图诱骗他，实在不能坐视不理。如果她想知道自己属于谁，那她就等着瞧吧。

五点一刻，他来到多莉家的门前，走上台阶准备敲门。门开了，只见多莉穿戴整齐，正准备出门，他暗自回想起在电话里，没听她说完的那句话，"我大概只能和你待一个小时"。

"把你的帽子戴上，多莉。"他说道，"我们一起出去走走吧。"

他们沿着麦迪逊大道散步，走到第五大道时，因为天气炎热，安森的汗水把衬衫都打湿了，衣服贴在他魁梧的身上。一路上他很少说话，似乎在无声地责备她，一句甜言蜜语都没有。还没等他们走完六个街区，她又成了离不开他的人，先是为那封信道了歉，并承诺再也不见佩里了，还说为了弥补自己的过失，什么事都愿意做。她还以为他来找她是因为爱上了她。

"我觉得很热。"当他们走到第七十一街时他说道，"我这身衣服太厚了，简直是冬天穿的。我想回家换件衣服，你介意在楼下等我吗？我一会儿就下来。"

　　她心里特别高兴。他竟然肯说他热了，能够随时分享他身上的感受，这是多么亲昵的举动啊。想到这里，她激动得浑身颤抖。当他们走到铁栅栏大门前的时候，安森掏出了钥匙，又一股喜悦涌上她的心头。

　　楼道里黑漆漆的，安森乘电梯上楼以后，多莉撩起一块窗帘，透过半透明的蕾丝窗纱看向马路对面一栋栋的房子。然后，她听到电梯停了，突然她灵机一动，想对他搞个恶作剧。于是她按了电钮，让电梯降回到一层，然后她走进电梯，把它开到她猜测他住的那一层。她这么做，绝不是出于一时的冲动。

　　"安森？"她喊道，声音中略带笑意。

　　"马上就来。"他在卧室里回应着……之后，又稍微隔了一会儿，他说："现在可以进来了。"

　　他换了衬衣，正在系背心上的纽扣。"这里是我的房间。"他轻声说道，"你觉得怎么样？"

　　多莉偶然瞥见墙上挂着波拉的照片，便出神地注视起来，恰似五年前波拉凝视安森少年时代爱人相片的模样。她听说过一些波拉的事——有些时候，她只要一想到那段情史的某些片段，心里就备受煎熬。

　　她突然走近安森，抬起双臂，和他拥抱在一起。尽管明媚的阳光还照耀在马路对面的后屋顶上，但路灯已经亮了，一抹昏黄柔和的光线透过窗子照进来。用不了半个小时，房间里就会漆黑一片。这个意料之外的机会让他们心潮涌动，两个人都透不过气来，将对方抱得更紧了。机会就近在眼前，几乎无法抗拒。两个人仍紧紧地搂在一起，刚一抬头，他们的目光就不约而同地落在了波拉的相片上，波拉的双眼正从墙上俯视着他们。

安森倏地垂下胳膊，在书桌旁坐下，用一串钥匙打开了抽屉。

"想喝点酒吗？"他声音粗哑地问道。

"不用了，安森。"

他给自己倒了半杯威士忌，一饮而尽，然后推开了通往门厅的那扇门。

"我们走吧。"他说。

多莉迟疑了一下。

"安森……今晚我还是会跟你一起去乡下的。你明白我的意思，对吗？"

"当然。"他直率地答道。

他们开多莉的车直奔长岛，两人的感情从没像现在这样亲近过。他们心里明白即将发生什么——这次不会再有波拉的眼神在旁边，提醒他们感情中欠缺的东西。在这个静谧又火热的长岛之夜，将只有他们两个人共度良宵，他们可以为所欲为。

　　他们计划到华盛顿港的那座庄园度周末，那是安森一位表姐名下的宅第，她嫁给了一位蒙大拿州的铜矿主。过了门房之后，出现了一条看不到尽头的蜿蜒车道，从国外引进的白杨树苗种在车道两边，这条路直通向一栋壮观的粉红色西班牙式建筑。安森以前常去那里避暑。

　　吃完晚餐，他们和安森的表姐一同去林克斯俱乐部跳舞。临近午夜，安森确定他的表姐至少还得跳上两个小时的舞——于是他谎称多莉觉得累了，他得先送她回家，然后再回来。从俱乐部出来后，他们一起上了辆借来的汽车，两个人激动得都有点儿发抖了。安森脚踩油门，直奔华盛顿港。开到庄园门房的时候，他把车停了下来，准备对守夜人交代一些事。

　　"你什么时候去巡逻，卡尔？"

　　"正要去呢。"

　　"那么，你会一直待在这儿，直到所有人都回来吗？"

　　"是的，先生。"

　　"很好。听着，只要有汽车开进这扇大门，不管是谁的车，你必须马上给宅子里打电话。"他把一张五美元的钞票塞进卡尔手中。"明白了吗？"

　　"明白了，安森先生。"守门人卡尔是个保守的欧洲人，虽然心领神会，但既没有挤眉弄眼，也没有嬉皮笑脸。即便如此，坐在车里的多莉还是害羞地把脸别开了。

安森那儿也有宅子的钥匙。进屋后，他就先倒了两杯酒，两人一人一杯——但多莉一口没喝——然后他特别确认了一下电话的位置，发现两人的房间在一楼，离电话都不远，电话铃一响就能听到。

五分钟后，他敲了敲多莉的房门。

"是安森吗？"多莉问道。

他走进屋去，把身后的门关好。只见她斜倚在床上，手支着头，肘部抵在枕头上，正热切地望着他。他在她身旁坐下来，一把将她搂进怀里。

"安森，亲爱的。"

他没有说话。

"安森……安森！我爱你……说你也爱我吧。现在就说给我听——难道你不肯吗？就算是哄我开心也不行吗？"

他根本没在听。因为掠过她的头顶，他看到波拉的照片就挂在墙上。

他站起身，走了过去，站在照片前。月光落在相框玻璃上，忽隐忽现地反射出一丝微光——照片上的那张面孔模糊难辨，但他看出来自己并不认识那个人。他难过得差点哭出来，等他转过身盯着床上那个娇小的身影时，眼神中充满了厌恶。

"这一切都太愚蠢了！"他粗声粗气地说，"我到底在想什么？我根本就不爱你！你还是等别人来爱你吧！你听明白了吗？我说我从来都没爱过你！"

他声音哽咽，说完就快步走出了房间。回到客厅里，他双手抖得厉害，刚给自己倒了杯酒，前大门突然被打开了，他的表姐回来了。

"天哪，安森，我听说多莉病了。"她语气焦急地说道，"我听说她病了……"

"她没什么事。"他打断她，故意提高嗓门，以便多莉在房间里也能听到。"她只是有点累了，现在已经上床休息了。"

实际上，多莉·卡吉尔虽然躺在那儿，但根本无法入睡。她圆睁着双眼，愣愣地盯着天花板，从此以后再也不相信任何事了。至于安森，他在那之后有很长一段时间，都觉得守护万物的上帝偶尔也会使使坏，让人间充满阴差阳错和事与愿违。

六

第二年秋天，多莉结婚了，那时安森正在伦敦出差。和波拉的婚讯一样，安森得知后也感到一些意外，但这件事却对他产生了迥然不同的影响。起初，他觉得多莉这么做很可笑，甚至只要一想起来就忍不住发笑。可没过多久，他就变得垂头丧气，看起来无精打采的——他觉得自己老了。

安森对这两次婚讯的反应有相似之处，但也不尽相同——为什么这么说呢，因为波拉和多莉毕竟属于两个不同的时代。这一次，他仿佛提前经历了一个中年男人，在听说昔日情人的女儿成婚时的那种感觉。他给多莉发了贺电，跟当初给波拉发电报的情形不同，这一次他是发自肺腑地祝福——他可从来没真心希望波拉能获得幸福。

他回到纽约之后，就成了证券行的合伙人。他承担的责任越大，能自由支配的时间就越少。后来，有一家人寿保险公司，以他酗酒成性为由，拒绝给他提供保险。这件事对他触动很大。他为此戒酒一年，还说自己感觉好极了，但在我看来，他很怀念过去把酒言欢的生活，那时的他总喜欢畅谈切利尼式[1]的冒险故事。这是他二十岁刚出头的那些年里，很重要的一部分。但他始终不曾抛弃耶鲁俱乐部。在那里，他是个响当当的人物，之所以毕业七年后的今天，同班同学还留在耶鲁俱乐部，全都是因为他在这里，不然他们早就离开，找更清净的地方去了。

他不会把每天的日程都安排太满，也不会劳神费心地思考太多，这样一来，不管谁遇到了什么问题，他都可以帮上一把。他最初这么做，是出于自大和优越感，后来就变成一种习惯和喜好了。说起来，他总会碰到一些事情——有一次他的弟弟在纽黑文遇到了麻烦，还有一次他的朋友和妻子吵架了需要调解。就算没有这些事，他也闲不下来，不是帮这

---

[1] 本韦努托·切利尼 (1500—1571)：意大利文艺复兴时期的著名大师，他在雕塑、绘画、音乐和写作上都颇有造诣，在那本赫赫有名的自传里，详述了他的各种成就。

个人找工作，就是帮那个人投资。但说到他的专长，那一定
是为已婚的年轻人解决各种难题了。那些年轻夫妇总是能引
起他的关注，对他来说，他们的公寓近乎圣地——他不但对
他们的爱情故事熟稔于心，还亲自帮他们挑选合适的住处，
引导他们如何共同生活，他甚至记得他们每个孩子的名字。
对年轻的妻子们，他的态度总是非常谨慎小心，从来也没有
辜负过丈夫们的信任——说来也怪，他向来放荡不羁，自己
也从来不加掩饰，竟然能做到这点——但丈夫们对他的信赖
始终如一。

　　看到幸福美满的婚姻，他真心替他们高兴；看到痛苦不
幸的婚姻，他也为他们深感悲伤。失败的恋情随着季节的更
替不断上演，也许其中的某段恋情，曾被他如慈父般呵护过。
当听说波拉离了婚，马上又嫁给另一个波士顿人的时候，他
和我聊了整整一个下午，说的都是她的事。他永远也不会像
爱波拉那样去爱任何人了，但他却固执地说自己已经释怀了。

　　"我这辈子都不会结婚了。"他慨叹道，"我已经看透婚
姻了，这世上能有几个人的婚姻是美满的呢。再说，我已经
老啦。"

　　其实他并没有对婚姻绝望。和所有出生在美满成功家庭
的人一样，他对婚姻充满了渴望——不管发生什么，都不会
改变这个信念。在这方面，他游戏人生的性格消失得干干净
净。但他确实觉得自己不年轻了。二十八岁那年，他准备平

静地迎接自己那没有浪漫爱情的婚姻。他果断地选择了一位名门闺秀，这个纽约姑娘不但模样俏丽，人也聪明伶俐，还和他志趣相投，简直无可挑剔——他们已经开始恋爱了。他当初对波拉说的每一句话都是肺腑之言，如今却只是为了赢得姑娘的芳心，他脸上无时无刻不挂着微笑，语气中也充满了令人信服的力量。

"等我到了四十岁，"他对朋友们说，"肯定也会庸俗不堪地迷上哪个歌舞团里的姑娘，和其他人没什么分别。"

然而，他仍然坚持着，不断地去尝试。他母亲希望他早日成婚，况且他现在也完全具备这个经济实力了——他在证券交易所的工作每年都能为他带来两万五千美元的收入。但他不得不面对这样一个现实：在白天，他可以跟朋友们一起消磨大部分时间，那群朋友是和多莉恋爱时结交的；可一到晚上，他们都回家陪着妻女闭门不出了，这时他的自由只令他徒生伤悲。他甚至想过，或许当初应该和多莉结婚，就连波拉都没那样深地爱过他。除此之外，他也逐渐认识到，在茫茫人海中遇到一份真挚的情感，是多么的难能可贵。

正当他沉浸在"爱要学会珍惜"的心境中时，一件令人忧虑的事传到了他的耳朵里。他的婶婶爱德娜，一个年近四十岁的女人，现在正和一个放浪形骸、酗酒成性的小伙子勾搭在一起，那人名叫卡里·斯隆。两人公开私通的丑事几乎人尽皆知，除了安森的罗伯特叔叔还被蒙在鼓里。过去的十五年里，他只顾在各个俱乐部里高谈阔论，想当然地信任自己的妻子。

这件事闹得沸沸扬扬，安森不断听到各种流言蜚语，烦恼也随之加剧。与此同时，他又重新找回了从前对叔叔的亲密感，如今这份情感不再局限于个人，也饱含着重塑和睦家族的心愿，那曾是他骄傲的根本。他的第一感觉告诉他，这件事的关键就是不能让自己的叔叔受到伤害。于是他决定采取行动，试着挽回一下局面，虽然他从没这样自作主张过，但以他对爱德娜性格的了解，这件事由他来处理，总要好过地方法官或者叔叔亲自出面干预。

趁他的叔叔去温泉城的时候，安森把这件事的来龙去脉仔细调查了一遍，确保万无一失之后，他给爱德娜打了一个电话，邀请她第二天共进午餐，地点定在广场饭店。他的语气中透着一股寒意，把她吓了一跳，于是她左右推托，不愿意前来赴约。但他坚持要见她，她说明天没空就约在后天，后天没空就约在大后天，直到她再也找不到借口拒绝为止。

爱德娜按照约定好的时间，来到广场饭店的大堂和他见面。她虽然韶华不再，却依然风韵犹存——满头金色的秀发，一双浅色的眼眸，身穿一件俄罗斯黑色貂皮大衣。纤细的手指上，戴着五只昂贵的戒指，有的镶嵌着钻石，有的镶嵌着翡翠，无一不闪烁着璀璨的光芒。安森不禁想到，她能如此穿金戴银，并不是靠自己的丈夫，这个家族的家底是靠他父亲的聪明才智打下来的，不过这身珠光宝气，确实让她看起来年轻亮丽许多。

尽管爱德娜感觉到安森来者不善，但面对他的直截了当，还是感到措手不及。

"爱德娜婶婶，你的所作所为，让我深感震惊。"他语气强硬，开门见山地说，"一开始，我根本就没法相信。"

"你在说什么？"她警惕地问道。

"这儿只有我们俩，你别再装腔作势了。我说的是卡里·斯隆。别的事暂且不谈，我认为你不应该这样对待罗伯特叔叔……"

"听着，安森……"她显然恼羞成怒，但他用不容反驳的声音打断她，继续说，"……也不应该这样对待你的孩子们！你已经结婚十八年了，你比谁都清楚该怎么洁身自爱。"

"你不能这样对我说话！你……"

"我怎么不能？我当然能！罗伯特叔叔一直是我最珍惜的亲人！"他显得异常激动，心里难受极了，为他的叔叔，也为那三个孩子。

爱德娜一怒之下起身要走，面前那杯加了沙果片的鸡尾酒，她连碰都没碰。

"简直无理取闹……"

"很好，要是你不愿意听我说，那我这就去温泉城，说给罗伯特叔叔听，把你干的好事全都说给他听——反正他早晚都会知道。然后，我再去找老摩西·斯隆。"

爱德娜无力地跌坐到椅子上。

"别那么大声。"她泪眼婆娑地恳求道，"你想让所有人都听到吗？就算你要疯狂地指责我，也该找个人少点儿的地方。"

他没有回答。

"唉，你从来就不喜欢我，我知道。"她接着说道，"你不过是想趁机利用那些可笑的风言风语，毁掉我唯一在意的友谊。我到底做了什么，让你这么恨我？"

安森继续等待着。接下来，她会先说到骑士精神，请求他的尊重和帮助；然后，她会哀求他动一动恻隐之心，可怜她的处境；最后，再求助于他卓尔不凡的素质修养，放过她这一回——只要他把这些都挺过去，忍住不施以援手，她就会坦白一切。这样一来，他就抓住了她的把柄，事情也就容易解决了。所以，不管她怎么说，他都一言不发、不为所动，将这个沉默却有力的武器他一用再用。和预想的一样，随着午餐时间无声无息地流逝，她越来越绝望，简直要被他逼疯了。下午两点，她拿出一面化妆镜，用手帕擦把眼泪擦干，并在泪痕处补了补粉。她同意下午五点的时候，在自己的家里见他。

安森到她家的时候，她正躺靠在一张贵妃椅上，上面铺着夏季专用的印花装饰布，在午餐时间被引出的泪水，似乎还在她的眼里打转。随后，他发现卡里·斯隆正靠在冰冷的壁炉上，神色愠怒又焦虑。

"你到底想干什么？"斯隆直接质问道，"我知道你今天请爱德娜去吃午饭了，还用那些无耻的流言威胁她。"

安森坐下来，神态自若地说："我可不认为那只是流言。"

"我听说你还准备把这些谣言告诉罗伯特·亨特，之后再告诉我父亲。"

安森点点头。

"要么你们一刀两断——否则我只好那么做。"他说。

"该死的，这事儿跟你有关系吗？亨特？"

"别发火，卡里。"爱德娜不安地说，"我们只要让他明白这全都是误会……"

"当然跟我有关系，我的姓氏正在被人们说三道四。"安森打断她的话，"这全都是因为你，卡里。"

"爱德娜根本就不是你的家人。"

"她不是谁是！"他暴跳如雷，"你睁开眼睛看看——她住的这栋房子，她手上戴的戒指，哪一个不是我父亲辛苦挣来的。我叔叔娶她的时候，她根本就身无分文！"

他们不约而同地看向爱德娜手上的戒指，事态发展至今，似乎连这些戒指都成了他们不能承受之重。爱德娜作势要把戒指从手上都摘下来。

"世界上又不是只有这几枚戒指，戴别的也一样。"斯隆说。

"哎哟，真是荒唐啊。"爱德娜高声说道，"安森，你听我说好吗？我已经弄明白这个无耻的传言到底是怎么编造出来的了。我之前解雇了一个女佣，她离开我这儿之后，就直接去奇里契夫家干活了——要知道那些俄国人总是对佣人盘问来盘问去的，然后再把捕风捉影的事儿，添油加醋地说出去。"她气愤地用拳头敲着桌子，继续说道："去年冬天我们都在南方避寒，汤姆就把那辆豪华轿车借给他们用了整整一个月，从那之后……"

"你听明白没有？"斯隆急不可耐地问道，"那个女佣完全误解了这件事。她只知道我和爱德娜是朋友，然后把这个消息带到了奇里契夫家去了。但在俄国，他们认为只要一个男人和一个女人……"

他把这个话题演变成高加索人社会关系的学术演讲了。

"如果你们说的是实情，那最好跟罗伯特叔叔解释清楚。"安森语气冷淡地说，"好让他在听到流言的时候，知道那全是在胡说八道。"

他采取午餐时对待爱德娜的方法，让他们尽情地解释，自己则保持沉默。他知道他们绝非清白，只要让他们继续这样编演下去，过不了多久，他们就会觉得即使私通也是有理由的。这比什么都更能证明他们有罪，而他，只需要等待。到了七点钟的时候，他们在绝望中选择铤而走险，把事情的真相告诉了安森——罗伯特·亨特对爱德娜漠不关心，她的生活又空虚又寂寞，两人偶然间的调情，一发不可收拾地变成了火热的激情——类似的真实故事屡见不鲜，这种不幸也司空见惯，所以他们的憔悴和无助，丝毫没有动摇安森坚强的意志。事实上，当安森说要去找斯隆的父亲时，就注定他们将无计可施，因为斯隆的父亲——那个来自亚拉巴马州的退休棉花经纪人——是个臭名远扬的原教旨主义者，他通过严格控制儿子的日常开销来管教他，并且警告他如果再敢胡作非为，就别想拿到一分钱。

后来，他们去一家精致的法式餐厅吃晚饭，席间争辩依然持续着——斯隆一度要用武力胁迫安森，可没过一会儿，他们又开始哀求他再给他们点时间。任凭他们软硬兼施，安森不曾动摇半分。他看出爱德娜开始打退堂鼓了，这时决不能给他们任何希望，一旦她提起精神，他们又会重燃激情。

半夜两点钟，在五十三街一家规模不大的夜总会里，爱德娜终于挺不住了，她的精神完全崩溃了，大声嚷着要回家。斯隆则狂饮了一个晚上，酒醉后他不免伤感起来，斜靠着桌子，双手掩面地小声抽泣着。安森当即开出了他的条件。斯隆必须在四十八小时内离开这座城市，半年之内不许回来。等他返城后，他们也不能再继续这种关系，但如果爱德娜愿意的话，可以在一年后对罗伯特·亨特提出离婚，并且要履行正规的法律程序。

他停顿了一下，将他们无望的神情看在眼里，看来马上就可以一锤定音了，对此他胸有成竹。

"实际上，你们还有一条路可走。"他慢慢悠悠地说，"如果爱德娜舍得跟孩子们骨肉分离的话，那你们就算在我眼前私奔，我也无计可施了。"

"我要马上回家！"爱德娜再次喊起来，"噢，这一整天你对我们折磨的还不够吗？"

外面夜色正浓，只有一抹昏黄暗淡的灯光，落在第六大道的路面上。在那束朦胧的光线里，有一对不得不分散的情人，他们神色悲伤，依依难舍。两人心里都明白，如今他们既没法舍弃一切私奔，也没有能力与安森抗衡，这场分离在所难免了。想到这里，斯隆蓦然转身，沿着马路越走越远。随后，安森去叫出租车，他轻轻拍了拍一个正在打盹儿的出租车司机的胳膊。

快到凌晨四点了。出租车驶在空荡荡的第五大道上，一股冲洗路面的清水正缓缓地流过。两个刚下夜班的女人，快步走过圣托马斯教堂前的阴影。车子接着开过中央公园的灌木丛，安森小时候经常来这儿玩耍，此刻公园里空无一人。车子沿路继续向前开，路旁的门牌号越来越大，每个门牌号都代表一位房屋主人，因此别有意义。他心想，这是属于他的城市，他的家族在这里已经辉煌发展到了第五代，没有任何变化可以动摇它在纽约城的永久地位，因为变化本身就是纽约精神的化身，而他和其他家族成员一向是以纽约精神闻名的。安森不但有雄厚的财力，还有顽强的意志——软弱的人别想在他面前虚张声势——如今他不仅扫清了使他叔叔和整个家族蒙羞的流言，就连此刻车里这个坐在他身边的颤抖不已的女人的名声，也一同恢复了。

第二天早上，人们在皇后大桥桥墩下一块凸起的岩石上，发现了卡里·斯隆的尸体。当时路上漆黑一片，他情绪又很激动，还没来得及弄明白身下乌黑流动的是河水，一眨眼，明白不明白就没什么差别了——他本打算最后想念一次爱德娜就把她忘记，可他在水中无力地挣扎的时候，呼喊的还是她的名字。

七

安森从没为自己在这件事里扮演的角色内疚过——事情发展到这个地步并不是他导致的。然而，他的一番好意还是被辜负了，他发现他最亲密、最长久，几乎也是最珍视的友谊，一去不返。爱德娜在事后对他叔叔编造了一个什么样的故事，他无从知晓，不过他在他叔叔家再也不受欢迎了。

就在圣诞节前不久，亨特太太离开人世前往圣公会的极乐世界了。于是安森便成了一家之主，担起了照顾全家人的责任。日常家务由一位姑妈帮忙管理，她一直没有结婚，和他们同住了许多年，她试着去管教那几个年纪尚小的女孩，但心余力绌，效果甚微。这些孩子没有一个像安森那么出息，他们都很普通，谈不上出类拔萃，也不算碌碌无为。因为亨特太太的溘然离世，一个女儿推迟了进入社交界的时间，另一个女儿的婚礼也不得不延期举行。不仅如此，他们每个人都被迫失去了一些很重要的东西，亨特一家安稳、奢侈的优越生活算是到头了。

首当其冲的是那笔家产，在交纳了两次遗产税之后被大幅缩减，接下来还得在六个孩子中分配，那就更算不上什么可观的财产了。安森还发现了一个变化趋势，他最小的几个妹妹在谈起某些家族的时候，语气中充满恭顺之意，换到二十年前，那些家族在他们眼里根本是不存在的。他自身的优越感在她们那里根本得不到共鸣——有时候她们和其他人一样趋炎附势，真叫人无可奈何。其次，这将是他们在康涅狄格庄园度过的最后一个夏天了，因为抗议声太强烈了。他们总是抱怨道："谁愿意把一年中最快乐的几个月时光，全都浪费在那个死气沉沉又守旧的小镇里？"他不情愿地做出了让步——秋天一到，就把这处房产拿到交易市场上出售，明年会在威斯特彻斯特郡租个小一点的地方度过夏天。这和他父亲"花钱买方便"的主张相比，已经是退而求其次的决定了，他虽然同情这种反叛，却也深深为之烦恼；记得他母亲在世时，最少每隔一个星期，他就会去那里度周末——即使在最美好的夏季也不例外。

其实，他自己同样是这种变化的一部分。出于对生活的敏锐直觉，他在二十几岁的年纪，就已经对衰败的有闲阶级举办的形式化葬礼感到厌恶。但有一点，他还没有清楚地认识到——他仍然相信社会规范和社会标准的存在。可哪儿有什么规范可言呢。说实话，纽约到底有没有存在过一个真正的规范标准，都令人怀疑。有些人，他们不惜付出任何代价，也要拼命挤进上流社会，好不容易成功了，却发现作为一个社会阶层，它根本发挥不了什么作用——甚至还有更令人吃惊的事呢，那些他们原本避之不及的放荡不羁的艺术家们，却反而高高在上地坐在桌子的贵宾位上。

二十九岁那年，安森最关心的问题，是如何解决内心不断增长的孤独感。他现在已经决定了，自己这辈子都不结婚了。他参加过数不清的婚礼，为他们当男傧相或是迎宾员——家里有一个抽屉，专门放每次参加婚礼时戴的正式领带，那里如今已经被塞得满满当当，关都关不上了。这些领带，象征着每一年里，那些迫不及待相约终身的浪漫爱情，也象征着每一对从他生活中完全消失的年轻夫妻。领带夹、金笔、袖扣，这些年纪相仿的新郎们送来的礼物，被他扔进珠宝盒里，渐渐遗忘了——参加的婚礼越多，他就越难想象自己成为新郎的样子。他衷心地祝福这些婚姻都能幸福美满，同时，也对自己的婚事心灰意冷。

快到三十岁的时候，他变得有点消沉，因为别人只要一结婚，就把他这个朋友抛到脑后了，这种情况最近特别多。他身边的朋友们就这样不断地离散了，不见了，真令人仓皇失措。那些大学校友们——他和他们交往的时间最长，友情最深——竟最先不见人影。他们中的大多数人，都在为各自的家庭生活奔波忙碌，有两个人已经去世了，一个人移民到了国外，还有一个人在好莱坞写电影分镜头剧本，安森是这些影片的忠实观众。现在，他们基本都搬到郊区了，每天坐公共汽车到城里上班，身陷在复杂的家庭生活中，有空就泡在一些不知名的乡村俱乐部里，这些都让他强烈地感到自己在与他们日渐疏离。

记得在他们刚结婚不久的时候，还都挺需要他的，因为他代表着与他们不同的上流社会；他能够对他们拮据的生活提出有效的理财建议，在他们担心两室一卫的公寓太小，犹豫着要不要孩子时，他帮他们打消顾虑。现在，他们的经济状况越来越好，曾经担心孩子到来的二人世界，已经变成了充满乐趣的三口之家。虽然现在他们每次见到安森都显得很开心，但他们刻意盛装打扮的模样，仿佛在告诉他，如今他们地位高了，日子好了，就算遇到什么麻烦，也能自己解决了。他们再也不需要他了。

就在安森三十岁生日的前几周，他早年结交的挚友中，唯一单身的那位也结婚了。按照惯例，安森在婚礼上担当了男傧相，送了一套银质茶具作为新婚礼物，最后再去码头跟新人道别，新人们即将坐上"荷马号"邮轮去度蜜月。那是五月里一个炎热的星期五下午，当他走出码头的时候，忽然想到明天就是周六了，周一之前，他要好好享受这个周末。

"去哪儿好呢？"他暗自琢磨着。

当然是耶鲁大学俱乐部啰！在那里打桥牌直到吃晚餐，然后随便找个人，去他的房间喝上四五杯高度鸡尾酒，度过一个快活的醉醺醺的夜晚。唯一遗憾的是这天下午新郎不能来了——换到从前，在这样的夜晚，他们能玩的可太多了：他们深谙吸引女人和甩掉女人的秘诀，按照他们理智的享乐主义原则，每个姑娘需要给予多少关心他们都心里有数。参加晚宴是一件很有技巧的事情——你要清楚哪些女孩适合哪些场合，适度在消遣娱乐上进行开销；还要控制好酒量，不能让自己喝醉了，比应该喝的略多一点就行了；然后在早上选择一个恰当的时机，说你要回家了。此外，你还要避开大学里的其他男生和爱蹭饭的人，还得注意别让未来的约会对象撞见，碰着打架斗殴的要躲远点，不能太感情用事，言行也要得体。这是真心和女孩相处的态度，其余的都是寻欢作乐罢了。

到了早上，你绝不会感到一丝的羞愧——你也不用下什么决心，但如果你玩过了头，还是会有点心烦意乱的。这时你干脆就开车出去玩几天，对这件事绝口不提，等烦躁无聊积累到一定程度，你又会去参加另一个聚会。

耶鲁大学俱乐部的大厅里没几个人。酒吧里有三个很年轻的男校友抬头看了他一眼，没表示出多大兴趣。

"你好啊，奥斯卡。"他对调酒师说道，"卡希尔先生今天下午来过吗？"

"卡希尔先生去纽黑文市了。"

"哦……是吗？"

"他去那儿看球赛。一块儿去了不少人呢。"

安森又朝大厅看了看，细想了一会儿，然后走出俱乐部，朝第五大道走去。在他加入的另一家俱乐部里——这家俱乐部他差不多有五年没来过了——透过一扇宽阔的窗户，他看到一位双眼含泪、满头灰发的男人，正从楼上凝视着自己。安森连忙看向别处——坐在那里的身影有些惘然，看似孤芳自赏，实则孤苦伶仃，这场景令安森有些忧伤。他停下脚步，然后顺着原路返回，穿过第四十七街，向蒂克·沃登夫妇的公寓走去。蒂克和他的妻子曾是他最亲密的朋友——他和多莉·卡吉尔交往时常去他们家做客。但是后来蒂克经常酗酒，他妻子公开指责是安森把自己的丈夫带坏了。这些话被添油加醋地传到安森那里——虽然最后误会被解除了，但那层亲昵的关系被破坏后，再也不能完好如初了。

"沃登先生在家吗？"他问道。

"他们去乡下了。"

这个意料之外的回答刺痛了他。他们去了乡下，可他却一无所知。若是在两年前，他肯定早就知道了他们出发的日期和时辰，他会在最后一刻赶来，喝上一杯送行酒，然后开始筹划自己的第一次拜访。可如今，他们竟一声不响地走了。

安森看了看手表，考虑着要不要回庄园和家人共度周末，现在唯一能乘坐的是一趟市郊列车，这种慢车得在烈日下颠簸摇晃三个小时才能到站。而且，这就意味着他得在乡下度过整个周末——他可没心情和那些文质彬彬的大学生在门廊上打桥牌，或是在一家乡村路边小店吃晚饭，然后再去跳舞，那曾是备受他父亲钟爱的微小乐事。

"哎呀，不行。"他自言自语道……"这可行不通。"

他可是个高贵的青年，总能给人留下深刻的印象，虽说现在有点发福了，但除此之外，看不出半点花天酒地的痕迹。他天生就注定要成为某个行业的中流砥柱——有时，你能肯定这种天赋不是指社交能力；可有时，你又觉得恰恰是指社交手腕——比如在司法界，或是在传教方面。他在四十七号街一栋公寓楼前的人行道上，一动不动地站了几分钟；这差不多是他有生以来第一次感到无事可做。

随后，他又脚步轻快地走在第五大道上，就像刚刚想起一个重要的约会似的。我们人类和犬类有几个共同的特征，虚张声势就是其中之一。在我看来，安森那天的表现，和一只养尊处优的纯种犬，在没能进入一扇熟悉的后门时的失望模样如出一辙。他准备去尼克那里看看，尼克以前是个受上流社会欢迎的调酒师，每场私人舞会都少不了他的身影，他现在受雇于广场饭店，在那迷宫似的酒窖里，负责冷却不含酒精的香槟酒。

"尼克，"他说，"最近怎么样？"

"快闷死了。"尼克回答道。

"给我调一瓶酸味威士忌。"安森从柜台上递过去一个一品脱的酒瓶。"尼克，现在的姑娘们可真是不一样了；我在布鲁克林和一个姑娘好过，可她竟然连招呼都没跟我打一个，上周就跟别人结婚了。"

"真的吗？哈——哈——哈。"尼克老练地回答说，"她把你给甩了。"

"可不是嘛，"安森接着说，"她结婚前天晚上我们还一起出去了呢。"

"哈——哈——哈！"尼克应付地大笑着，"哈——哈——哈！"

"你还记得那次婚礼吗，尼克？就是在温泉城举办的那次，我让所有侍者和乐师们一起唱《上帝拯救国王》？"

"那是谁的婚礼来着，亨特先生？"尼克有点记不清了，努力地回想着，"我觉得那好像是……"

"我刚给完钱，他们又回来让我多赏些，到后来我都搞不清楚到底给了他们多少钱。"安森继续说着。

"……我觉得好像是在特伦霍姆先生的婚礼上。"

"我没听过这个人。"安森断然否认。当他沉浸在回忆里的时候，突然被一个陌生名字所打扰，这显然是一种冒犯。尼克也觉察到了这点。

"不——不对——"他承认自己说错了，"我应该记得的。他和您关系挺亲近的——是布雷金斯……还是贝克……"

"是比尔克·贝克！"安森一下子想了起来，"婚礼结束后，他们把我放进一口棺材里，还在我身上撒满鲜花，然后把我拉走了。"

"哈——哈——哈！"尼克继续应和着，"哈——哈——哈！"

尼克装了一会儿老家仆的模样，但很快就敷衍起来。于是，安森离开了酒窖，上楼来到饭店大堂。他四处张望着——目光匆匆扫过一位站在接待桌旁的店员，那人看起来很面生；随后又瞥见一枝花，应该是上午那场婚礼用过的，它在一只黄铜痰盂的边沿上摇摇晃晃，不肯掉进去。他走出大厅，来到街上，慢吞吞地朝血红色夕阳笼罩下的哥伦布圆场走去。突然，他又转过身来，按着原路返回了广场饭店，把自己关在一个公共电话间里。

他后来告诉我，那天下午他给我连打了三次电话，不仅仅是我，他给每一个当时可能在纽约的人都打了电话——包括多年未见的那些哥们儿和姑娘，上大学时认识的艺术家的模特，她的电话号码已经模糊难辨，却仍在他的通讯簿里——

电话接线员告诉他，那个交换台已经是空号了。到最后，他把电话都打到乡下去了，接电话的那些男管家和女佣语气肯定地告诉他，某某人此刻不在家，他（她）去骑马了，去游泳了，去打高尔夫球了，上周乘船去欧洲了，总之每通电话都很简短，他一次又一次失望地挂断了电话。心中无声地呐喊着，到底有没有人能来接我的电话啊？

看来这个夜晚，他只能靠自己熬过去了，想想就无法忍受——他原本打算享受一下悠闲的私人时光，可当寂寞袭上心头，独处的时间也就失去了所有魅力。他身边从不缺少女人，可这一夜，仿佛他熟识的所有姑娘全都人间蒸发了，虽然觉得很孤单，但他从没想过随便找一个陌生的女伴来打发这个纽约之夜——他认为那是可耻的、不可告人的事，只有四处奔波的推销员，才会在陌生的城市中做此消遣。

安森付好电话费——那个女收款员本想拿他的巨额电话费开个玩笑，安森却没什么反应——交完款，他就准备离开广场饭店了，这是他那天下午第二次从那儿出发了，依然不知道去哪儿好。刚走出旋转门，他发现旁边站着一个女人，看身形显然怀孕了，夕阳从她的侧面照过来——每当门转动时，她肩膀上那条米色的薄披巾，就会随风飘动起来，门转一次，她就焦急地张望一次，看起来已经等得不耐烦了。他看到她的第一眼时，一阵熟悉又强烈、紧张到不受控制的战栗，瞬间就布满了全身，可直到离她不满五步远的时候，他才认出那是波拉。

"天哪，安森·亨特！"

他感觉自己的心快要跳出来。

"是你，波拉——"

"噢，真是太巧了。我简直无法相信，安森！"

她握住了他的双手，他从她坦率的举止中看得出，她对他已经释怀了。可他却恰恰相反——他觉得自己对她的爱慕之情再次翻涌起来，悄然间就席卷了整个大脑。她是如此的温柔，以前他总觉得她乐观无忧，现在他明白了，她只是担心温柔的心受到伤害。

"我们现在里埃避暑。彼得因为公事不得不来东部——你知道，我现在已经是彼得·哈格蒂太太了——所以，我们在纽约买了一所房子，把孩子们也一起带过来了。有空的话，你一定要来看看我们。"

"我可以去吗？"他立即追问道，"什么时间方便呢？"

"你什么时候想来都可以啊。瞧，彼得出来了。"随着门的旋转，走出来一位英俊挺拔的男人，看起来三十多岁，皮肤被晒成健康的小麦色，唇上的小胡子修剪得整齐漂亮。他线条健美的身材与安森日渐发福的体态形成了鲜明的对比，安森那天穿了件有点紧身的常礼服，更显臃肿了。

"你不应该总这样站着。"哈格蒂对妻子说，"我们在这坐会儿吧。"他指了指大堂里的椅子，但波拉有些犹豫。

"还是直接回家吧。"她回答道，"安森，你不如——你不如今晚就来和我们一起吃晚饭吧？我们刚刚安顿下来，家里有些乱，如果你不介意的话——"

哈格蒂也真诚地发出邀请。

"今晚过来吧。"

安森同意了。他们的汽车就等在广场饭店前面，波拉一上车，就舒展开疲倦的身体，靠在身后的丝绒软垫上。

"我想对你说的话太多了。"她说，"好像永远都说不完。"

"给我讲讲你的事吧。"

"好吧。"——她微笑着看向哈格蒂——"那也要花很长时间呢。我有三个孩子——都是我第一次结婚时生的。最大的今年五岁，老二四岁，最小的三岁。"她又浅浅地笑了笑。"我生他们没怎么浪费时间，不是吗？"

"都是男孩吗？"

"一个男孩，还有两个女孩。后来——噢，后来又发生了很多事。简单点说，我一年前在巴黎离了婚，然后嫁给了彼得。好啦，我讲完了——再补充一点，我现在特别幸福。"

到了里埃之后，他们把车开到一所大房子前，旁边就是海滨俱乐部。车刚停稳，就从房子里跑出三个皮肤黝黑、身材苗条的孩子，英国女教师根本拉不住他们，孩子们朝他们跑过来，嘴里还欢快地喊着什么。波拉把孩子们逐个搂进怀里，因为怀着孕，她的动作分外小心，也有些吃力。面对母亲的爱抚，孩子们却不敢乱动，显然有人教导过他们不可以扑抱妈妈，以免将妈妈撞倒受伤。即便是跟孩子们娇嫩的小脸蛋相比，波拉的皮肤也完全不显老——虽然现在她很疲倦，但在他看来，她似乎比他们上一次在棕榈海滩见面时还要年轻，那已经是七年前的事了。

吃晚餐的时候，她看起来心事重重。晚餐结束后，大家一起听收音机，她闭着眼睛躺在沙发上休息，这种氛围使安森都搞不清，自己留在那里是不是一种打扰。不过，到了晚上九点时，哈格蒂站了起来，大方友好地说想让他们单独谈一会儿。直到这时，她才慢慢地说起自己的心事和一些往事。

"我的第一个孩子，"她说，"就是那个被我们唤作达琳的小姑娘，她年龄最大——当我知道自己怀上她的时候，真是活不下去了，因为洛厄尔对我冷漠得像个陌生人，他根本不把她当成自己的孩子。我给你写过一封信，后来又撕了。噢，你那时对我实在太糟糕了，安森。"

还是当初那种对话，能让人的心情跟着一起一落。安森感到记忆忽然鲜活了起来。

"你是不是订过一次婚？"她问道，"和一个名叫多莉的女孩？"

"我从没订过婚。我努力过，但我再也没有爱过任何人，除了你，波拉。"

"噢。"她停顿了一会儿，接着说："我肚子里的孩子，是我第一个真正想要的。你看，如今我找到自己的爱人了——
终于找到了。"

他震惊得说不出话，原来在她的回忆里，满是对他们诺
言的背叛。见他沉默不语，她马上察觉到一定是"终于"两
个字刺痛了他的心，于是她连忙安抚道：

"我那时非常迷恋你，安森——我什么都愿意为你去做。
但我们在一起不会幸福。对你来说，我不够聪明漂亮。我也
不喜欢你总把事情弄得很复杂。"她停了一下，"你的心永远
都定不下来。"她说。

这短短的一句话，犹如一记重拳，狠狠地打在他的后背
上——在所有的谴责中，这一句他最不应承受。

"如果女人变得不一样了，我就能定下心来。"他说，"如
果我对她们能不这么了解，如果她们不会因为另一个女人心
生嫉妒，如果她们能有哪怕一丁点的自尊心，那么，我就能
定下心来。要是我一觉醒来，发现躺在自己家里，真正属于
自己的家，那该有多好啊——是啊，这就是我梦寐以求的。
波拉，你知道吗，这也是女人们看上我、喜欢我的原因所在。
只是我已经没有机会重新来过了。"

快到十一点的时候，哈格蒂走了进来；波拉又喝了一杯
威士忌，然后便站起身，说自己得回房休息了。她走过去，
站在丈夫身边。

"我最亲爱的，你刚才去哪儿了？"她问道。

"我跟艾德·桑德斯一起喝了点酒。"

"我还担心来着，心想说不定你逃跑了呢。"

她把头靠在他身上。

"安森，他很讨人喜欢，对不对？"她问。

"的确如此。"安森大笑着说道。

她扬起脸看向丈夫。

"好了，我准备好了。"她说。然后转过头，看向安森："你想看看我们的家庭体操表演吗？"

"当然。"他用饶有兴趣的语气回答道。

"看好了。我们要开始啦！"

哈格蒂一弯腰，轻轻松松地把她抱进怀里。

"这就是我们的家庭体操表演。"波拉说，"他会这样抱着我上楼。他是不是很可爱？"

"是的。"安森说。

哈格蒂微微低下头，用脸轻触波拉脸颊。

"我爱他。"她说，"我刚才也总对你这样说，对吗，安森？"

"是的。"他说。

"他是我在这个世界上永恒的挚爱。对吗，亲爱的？……好了，该说晚安了。我们要回去休息了。你看他多强壮，是不是？"

"是的。"安森说。

"客房里为你准备好了一套彼得的睡衣。做个好梦——

早餐时见。"

"好的。"安森说。

八

证券行里的其他几个合伙人,都坚持让安森今年夏天时出国度假。他们说他差不多有七年没休过假了,整个人都萎靡不振的,正好可以趁机休整一下。安森没有同意。

"我要是走了,"他断言道,"就再也不会回来了。"

"那怎么能行呢,老兄。三个月之后,你还是得回来,等到那时,你已经焕然一新了,所有这些坏情绪都会一扫而光。你会像从前一样生龙活虎。"

"不。"他固执地摇了摇头,"我一旦停下来,就不会再回来工作了。我一旦停下来,就意味着我已经放弃了——那就完蛋了。"

"我们不妨试一试。总之,一切随你的心意,哪怕花上半年时间都没问题——我们相信你不会离开我们的。因为呀,你就是个工作狂,闲着你就浑身不舒服。"

他们帮他把行程安排妥当。他们很喜欢安森——事实上每个人都喜欢安森——但他渐渐变得和从前不一样了,那种转变使办公室都笼罩在压抑的氛围里。从前的他,对工作有持之以恒的热情,对高层领导和基层员工一样体贴照顾,还有那朝气蓬勃的饱满状态——然而,在过去的四个月里,他整日焦虑不安，早把那些品质消磨殆尽了。现在的他，看起来和一个烦躁易怒又悲观厌世的中年男人没什么两样。不管是哪笔交易，只要他参与了，除了拖后腿，就是添麻烦。

"我要是走了，就再也不回来了。"他说。

就在他上船出发的三天前，波拉·莱金德尔·哈格蒂不幸在分娩时死亡。那段时间，我们俩总在一起，因为我们正一同越洋旅行。我和他做了这么久的朋友，这是他第一次对我隐藏了自己的感受，没有流露出一丝一毫的情绪。外人看起来，他满脑子想的都是他已经三十岁了——有时候我们正谈着别的事，他会不自觉地把话题转到这上面去，提醒你注意这个变化，随后便沉默不语了，仿佛他刚才说的话，需要独自沉思好一会儿才能全部消化。和他的合伙人一样，我也对他身上的变化感到惊讶不已，但让我高兴的是，"巴黎"号游轮已经扬帆起航了，它会驶向一个全新的世界，把他的一切都远远抛在身后。

"要不要来一杯？"他提议道。

我们走进酒吧，带着起航之日特有的高昂情绪，点了四杯马提尼鸡尾酒。刚喝完第一杯，他看起来就不同了——他突然探过身，拍了拍我的膝盖，脸上那种高兴的神情，几个月来我还是第一次看到。

"你看到那个戴红色礼帽的姑娘没有？"他问，"她小脸红扑扑的，出发那天，我看见两个警察赶来跟她告别呢。"

"她的确很漂亮。"我赞同地说。

"我去乘务长办公室查过她的记录，你猜怎么着，她是一个人上的船，什么旅伴都没有。我等下就去楼下的餐厅，让服务员好好准备一下。今晚，我们要和她一起吃晚餐。"

过了一会儿，他起身离开了，没等时针转完一圈，他就和她并肩在甲板上悠闲地散步了。谈笑风生间，他看起来那么的自信、明朗。她的红色礼帽，在碧绿海水的映衬下显得格外鲜艳。她不时地仰起脸看着他，亮丽的短发随之摆动，迷人的微笑中写满了快乐、好奇和期待。晚餐时，我们喝了香槟酒，大家都特别开心——后来，安森意犹未尽地去打台球，有几个人看见我和他在一起，就向我问起他的名字。我回房睡觉时，他和那个女孩还一起坐在酒吧的长沙发上畅谈不休。

在旅途中，我见到他的次数不如希望中多。他其实不想让我落单，本来打算再找一个人，好安排一些四人双打类的娱乐活动，可惜人没能凑齐，所以我只能在吃饭时见到他了。不过，他有时也会找我一起去酒吧喝杯鸡尾酒，对我说起那个戴红色礼帽的姑娘，还有他们之间浪漫又刺激的经历。那些事经他一讲，没有一个不引人入胜、妙趣横生的，讲故事他最在行了。我为他感到高兴，因为他终于还原本色了，至少恢复成了我眼中的他，这让我感觉舒服多了。在我看来，他只有在爱中才会感到快乐，与他相爱的姑娘会像铁屑对磁铁那样热烈地回应着他，帮他找到真实的自己，让他的生活充满希望。那种希望具体是什么，我也说不清楚。或许她们让他觉得：这世上总有一些女人，会用自己最灿烂、最稚嫩、最珍贵的时光，来照顾和保护他内心的优越感吧，因为那是他最珍视的东西了。

冬之梦

一

在高尔夫球场当球童的孩子们，家里差不多都穷得揭不开锅了，住的地方只有简陋的一间破屋子，前院养着一头半死不活的奶牛。但德克斯特·格林却不同，他爸爸经营着黑熊镇上排名第二的杂货店。最受欢迎的那家叫"宇宙中心"，老主顾都是雪莉岛上的富人们——所以德克斯特当球童，完全是为了赚点零花钱。

进入深秋之后，天气日渐干冷，空中的阴霾连日不散。不久之后，漫长的冬季就降临了，雪改变了城市的颜色，整个明尼苏达州像被装进了一个白色的箱子。等高尔夫球场的平坦球道被积雪覆盖时，德克斯特会带上他的滑雪板去那里滑雪。不过，他并不喜欢这个季节，一到这时就闷闷不乐的——因为整整一个冬天，高尔夫球场都被迫休业，倒成了不起眼的麻雀的地盘，这真让他心里不痛快。在夏天，高尔

夫发球台附近彩旗纷飞，到处都洋溢着欢乐的气氛，瞧瞧现
在，那儿就只剩下一些孤零零的沙箱，被埋在坚硬的冰雪之
下。每当德克斯特拖着沉重的脚步翻过山坡的时候，刺骨的
寒风就像刀割似的，吹得脸生疼；遇上阳光好的时候，他又
得眯起眼睛，抵挡雪地刺眼的反光。

　　四月一到，冬天就戛然而止了。积雪消融得很快，汩汩
地流进了黑熊湖里。有些高尔夫球迷不畏寒冷，早早地带着
红球和黑球赶来，但那时积雪已不见踪影。没有华丽的退场，
也没有春雨为它送别，寒冬就这么悄无声息地离去了。

　　北方的春天有些凄凉沉闷，而秋天却无与伦比的美妙，
这些德克斯特心里都有数。秋天一到，他整个人就神采奕奕
的，嘴里哼着不成调的曲子。有时兴致一来，他还会自编自
演地比画一阵，想象眼前有很多观众，或是指挥着千军万马。
金秋十月，他觉得一切都充满了希望；到十一月，他就全然
陶醉在秋色中了。在这样喜悦的心情中，雪莉岛那转瞬即逝
的灿烂夏天，早被他忘在脑后了。他幻想自己成了高尔夫冠
军，在一场精彩的比赛中打败了 T.A. 赫德里克先生。这场比
赛在他脑海中演绎了好几百次，每一个细节都被他不知疲倦
地反复修改过——有时他一路领先，赢得轻而易举；有时他
处于下风，却出色地反败为胜。不仅如此，他还想象自己像
莫蒂默·琼斯先生一样，从豪华的皮尔斯银箭轿车上走下来，
神态高傲地踱步迈进雪莉岛高尔夫球俱乐部的休息室；或是

在俱乐部浮码头的跳板上，完成一次完美的花式跳水表演，惹得众人称赞不已……而莫蒂默·琼斯先生，就和其他观众一起，看得目瞪口呆。

说来也巧，有一天，琼斯先生竟双眼含泪地找到德克斯特——这可不是幻想，它确确实实发生了——赞美他是俱乐部里最厉害的球童，只要他肯留下来，自己一定会给他满意的工钱，因为俱乐部里的其他球童，差不多每个球洞都会丢一个球。

"这可不行，先生，"德克斯特果断地回绝了，"我不想再当球童了。"稍微停顿了一下，他又补充说："我已经过了做球童的年纪了。"

"怎么会呢，你看起来还不到十四岁。今早到底发生了什么？你怎么突然就不想干了呢？你之前不是还答应我，下个星期要陪我去参加洲际锦标赛吗？"

"我就是觉得自己太大了。"

随后，德克斯特交还了他的"一等"球童的徽章，跟球童领班结算好工钱后，就返回到黑熊镇上的家里了。

"他是我见过的最好的球童！"那天下午，莫蒂默·琼斯先生一边喝酒，一边大声感慨道，"他从没丢过一个球！手脚快，反应快，不多嘴，人老实，还懂得感恩！"

德克斯特之所以不想再当球童，都是因为一个刚满十一岁的小女孩。有些女孩儿小的时候相貌平平，但用不了几年光景，就会出落得如花似玉、楚楚动人，令无数男人着迷，同时也让他们烦恼不已。然而，这个小女孩却不同，她的美貌很早便显露于眉眼之间了。不管是她微笑时双唇一抿的弧度，还是闪烁着热情的明亮双眸，都有一种蛊惑人心的魅力。这样的女人，仿佛天生就有一种魔力。如今看来，这点毋庸置疑，因为她娇小玲珑的身体，无处不散发着迷人的光彩。

那天，她一早就迫不及待地出门了，九点钟已经到了高尔夫球场，身旁还跟着一个穿白色亚麻衣服的保姆。保姆肩上背着一个白色帆布袋子，里面装着五支崭新的高尔夫球杆。德克斯特初见她时，她正站在球童室旁边，看起来有些不自在。为了掩饰这份不安，她没话找话地跟保姆聊天，故意做出吃惊的表情，还无缘无故地扮了几个鬼脸。

"你瞧，今天的天气多好啊，希尔达。"德克斯特听到她这样说。说完她嘴角微微一弯，露出一个迷人的笑容，眼神却偷偷地四下打量着，目光落到德克斯特身上时，停留了一下。

然后，她转过头，对保姆说："我猜今早不会有太多人来这儿打球，你觉得呢？"

说完她又露出了那招牌式的微笑——矫揉造作的痕迹非常明显——却还是那么光彩照人。

"我真不知道咱们现在该怎么办。"保姆双眼放空地说道。

"哎呀，别担心，有我呢。"

德克斯特一动不动地站在那里，嘴角微微带笑。如果他再向前迈一步，她就会发现自己正盯着她看——可如果退后一步，又没法看清楚她的脸。一开始，他并没有意识到她的年纪有多小。过了一会儿，他才想起来去年曾经看到过她几次，那时候她还穿着灯笼裤呢。

想到这里，他忍不住笑了出来，声音不大，却有些冒昧——他自己都吓了一跳，连忙转身大步走开了。

"那边的男孩儿！"

德克斯特停下了脚步。

"请等一下……"

毫无疑问，她喊的人就是他。不仅如此，她还冲他嫣然一笑——这与众不同的微笑，曾俘获了许多男人的心，让他们直到中年还念念不忘。

"你好，请问你知道高尔夫教练在哪儿吗？"

"他给别人上课去了。"

"那么，球童主管在吗？"

"还没过来呢。"

"这样啊。"她一时没了主意，无措地愣在那儿，右脚撑着站了一会儿，又换到左脚。

"我们想雇一个球童。"保姆说，"莫蒂默·琼斯太太让我们过来打高尔夫球，可没有球童的话，我们也不知道该怎么打。"

话没说完，保姆就闭嘴了，因为琼斯小姐狠狠地瞪了她一眼，虽然她马上又换上了灿烂的笑容。

"现在就只有我一个球童，"德克斯特对保姆说道，"但球童主管过来之前，我得替他看着这儿。"

"那好吧。"

于是，琼斯小姐和保姆走开了，站在离德克斯特有一段距离的地方。两人本来说得好好的，突然就吵了起来，琼斯小姐气得从袋子里抽出一支球杆，用力敲打着地面。光这样她觉得还不够解气，又举起了球杆，作势向保姆的胸前挥去，保姆连忙抓住球杆，从她手里扭抢了过来。

"你这个该死的老东西！实在是太可恶啦！"琼斯小姐尖声叫道。

紧接着，又是一场争吵。德克斯特觉得她们虽然在吵架，但看着实在像是一出喜剧，有几次他差点笑出声来，好在都忍住了，才没被她们听到。说不清什么原因，但他就是觉得小女孩做得对，既然她要打保姆，那就肯定有她的道理。

恰巧这个时候球童主管回来了，这场闹剧才得以收场。

保姆一看到球童主管，就走上前说："琼斯小姐需要雇一个球童，但这个小伙子却说他走不开。"

德克斯特连忙解释说："麦肯纳先生叫我留在这儿等您过来。"

"这好办，你等的人已经来了。"琼斯小姐说完，向球童主管甜美一笑，然后把装着球杆的袋子扔在地上，神色傲慢地迈着小步，向第一个发球台走去。

"想什么呢？"球童主管转过头对德克斯特催促道。"还不赶紧跟上去？像个木头桩子似的杵在这儿做什么？快把小姐的球杆都捡起来啊！"

"我今天不想干活了。"德克斯特淡淡地回答。

"你说什么？"

"我说我不想干了。"

话音刚落，他自己都吃了一惊，怎么突然做了这么重大的决定呢。他可是这儿最受欢迎的球童啊，况且这里的收入也不错。每到夏天，他一个月就能挣到三十美元，在湖滨一带，再也找不到比这更赚钱的活儿了。可他顾不上那么多了，在强烈情感的触动下，他急需一个出口，将内心混乱不安的情绪，痛痛快快地宣泄出去。

然而，事情绝非那么简单。德克斯特的冬之梦，已经悄无声息地操控了他。在未来，类似的事情还将不断上演。

二

虽说现在这些冬之梦的特点和发生的季节各有不同，但他们的实质并没有改变。几年后，在它们的怂恿下，德克斯特放弃了前往州立大学攻读商科的机会。当时他父亲已经是十分富有的生意人，能够承担这笔学费。可为了一些莫须有

的优势，他转而选择了一所在东部的老牌名校，害得他常常
为囊中羞涩而苦恼。虽然他的冬之梦是从思考如何成为富人
开始的，但那只是一种巧合，您可千万别误会我们的主人公
是个贪财的势利眼。他想要的，不仅仅是在远处欣赏那些光
彩夺目的物品，或是结识一些穿金戴银的有钱人，他渴望的
是彻彻底底地占有这些。几乎生活中的一切，他都追求最好
的，却说不清楚自己究竟为何这样做；命运在纵容他肆意享
受的同时，也会莫名地让他夙愿难偿。总的来说，这个故事，
讲的就是他求而不得的一段经历。至于他辉煌的事业，这里
就不一一赘述了。

他发迹的过程堪称传奇。大学毕业后他回到城里，那
里住着许多被黑熊湖吸引来的富豪。刚回来还不满两年，
二十三岁的他就被大家广为称赞，常听人们说："城里有个
非常厉害的年轻人……"那时他身边的富家子弟们，不是冒
着风险兜售债券，就是心惊胆战地拿着家产去投资，还有一
些埋头苦读二十四卷的《乔治·华盛顿商业课程》，只有德
克斯特凭借过硬的学识和过人的胆识，用借到的一千美元买
下了一家洗衣店的部分股权。

德克斯特入伙的时候，那家洗衣店的规模还不大，但他
从英国人那儿学到了防止高级羊毛高尔夫球袜缩水的洗涤技
术，由此开辟了新的特色服务领域，并在一年之内成了高尔
夫爱好者的首选洗衣店。男人们如果想洗"设得兰"羊毛长

袜和毛衣，就一定会送到他的洗衣店。正如当年他们要是想雇球童，就一定会雇个不丢球的一样。没过多久，连同男士们太太的高级内衣也一并送到德克斯特的店里清洗了——那时他的洗衣店，已经又在城里开设了五家分店。不满二十七岁的时候，他就拥有了城镇附近最大的洗衣连锁店。也正是在那时，他卖掉了自己的股份，只身前往纽约发展。但我这次要讲的，是发生在他事业刚刚起步时的故事。

他二十三岁那年，满头白发的哈特先生——就是那些爱说"城里有个非常厉害的年轻人"的长者中的一位——给了他一张贵宾卡，邀请他一起去雪莉岛高尔夫球俱乐部度周末。某天下午，他应邀前往，在俱乐部前台的登记簿上签下了自己的名字。那天，他和哈特先生、桑德伍德先生、赫德里克先生玩了一场四人双打比赛。记得当年，他就是在这片球场上当的球童，还给哈特先生背过球杆包，他闭着眼睛都能画出来这里的每一个坑洼和每一道水沟。虽然他认为没有必要再提起这些陈年旧事，但他的目光总忍不住瞄向跟在他们身后的四个球童，仿佛想从他们的举止神态上找到自己当年的影子，好填补些许过去和现在之间的鸿沟。

说起那天，还真是耐人寻味，一幕幕往事总会突然在他脑海中闪过。最开始他还担心自己技不如人，没想到一眨眼的工夫，就遥遥领先于 T.A. 赫德里克先生了，这种优势让他备受触动。如今看来，赫德里克先生不但性格惹人讨厌，就连高尔夫球技也谈不上有多好。

后来，发生了一件大事。要不是哈特先生把球丢在了第十五球洞区，这件事也不会发生。当时，他们正在深草障碍区找球，突然从身后的山坡上传来一声清脆的喊声：“快让开！”他们球也不找了，连忙直起身，可还没等站稳，就看见一只光洁的新球从山坡上直奔他们而来，正好击中了 T.A. 赫德里克先生的肚子。

“哎哟！” T.A. 赫德里克先生疼得直喊，“谁来把这群疯女人赶出去啊！她们也太不像话啦！”

一个人走上山坡，随后传来她的声音。

“打扰了，麻烦借过一下。”

“你把我肚子打得疼死啦！”赫德里克先生怒气冲冲地说。

“是吗？”女孩朝这群男人走了过来，“真是抱歉。我刚才特意喊了‘快让开’呢。”

她目光淡然地扫过这几个男人，然后继续观察那只球的掉落轨迹去了。

“我该不会是打进深草区了吧？”

谁也不确定她这句喃喃自语是出于天真的好奇，还是略带尖酸的反问。不过她立刻就打消了所有疑问，因为当她的搭档爬上山坡时，她兴高采烈地向对方高呼：“我在这儿哪！要不是杂草把球挡住了，我就一杆进洞啦。”

随后，她手握五号铁头球杆，摆好姿势，准备打一个短距离球。德克斯特趁机仔细打量起她——今天她穿了一件蓝色条纹裙子，领口和肩膀上镶着白色的边饰，和晒黑的皮肤形成了鲜明的对比。记得她十一岁时，身材纤弱单薄、举止夸张做作，使得那双灵动的眼睛和那张招牌的笑脸，看起来别扭又好笑。然而，记忆中的她已经一去不复返了，如今的她，美得摄人心魄。她双颊上各有一抹粉红，就像特意画上去似的——那颜色并不明显，而是随着她兴奋的情绪，时有时无地出现在她的脸上，娇嫩得好像随时都会消散。她那若隐若现的天然腮红，那妙语连珠的口才，给他留下了一个又一个深刻的印象——粉雕玉琢的容貌、争强好胜的个性、对生活的激情与活力。不过他发现，她眼底似乎有一缕忧伤，隐藏在奢华的生活背后。

她想都没想就挥出了这一杆，一副兴趣索然的样子。球被打到了深草区另一边的沙坑里，她敷衍地扯出一个笑脸，心不在焉地说了声"谢谢"，就朝球落的方向走去了。

因为让她先打了那一球，男士们耽搁了好一会儿，终于轮到赫德里克先生开球了，他站在附近的一个发球台抱怨道："真不愧是茱蒂·琼斯啊！依我看，对付这种小丫头，就得把她吊起来，狠狠地打她的屁股，打上半年她就老实了。然后再把她嫁给一个老骑兵头子收拾。"

"我的天哪，快别这么说，她长得多好看啊！"桑德伍德先生赞美道，他今年刚刚三十出头。

"好看？"赫德里克先生不屑地大声嚷道，"瞧她那副样子，就像随时都等着男人上去亲一口似的！眼睛大得快赶上母牛了，成天眨巴来眨巴去的，恨不得把城里的小牛犊子们挨个勾引一遍！"

看样子，赫德里克先生话中有话，并非暗指母性本能那么简单。

"我看她挺有打高尔夫的天分，只要肯用心，一定会打得很好。"桑德伍德先生替她打抱不平。

"她打球的姿势根本不像样。"赫德里克先生表情严肃，断然否定了。

"至少她的形体非常好，绝对是可塑之才。"桑德伍德先生再次反驳道。

"还是先感谢上帝吧，多亏刚才那球她没用力打。"哈特先生边说边对德克斯特使了个眼色。

日暮时分，漫天的火烧云煞是壮观，蓝色夹杂着红色和金色，连云朵也被镶上了一圈金边。太阳缓缓落到山下，带走了这片绮丽多彩的云霞。这时，伴随着轻柔的晚风，西部干爽的夏夜来临了。德克斯特站在高尔夫俱乐部的阳台上，向远处眺望。一轮圆月刚刚升起，皎洁的月光洒在湖面上，一缕和风轻轻拂过，掀起粼粼水波，好似层层叠叠的银色蜜糖。月光女神将食指放在唇上，霎时间，天地万物归于沉寂，平静的湖水宛若一面天镜，反射着清冷的月色，四周一片静谧安详。德克斯特换上泳衣，畅快地游到最远的浮码头才上岸。他舒展开身体躺在那里，身上的水珠滴落在跳板潮湿的帆布上。

一条鱼跃出了水面，一颗孤星正兀自闪耀，沿湖的微弱灯光明明灭灭。忽然，德克斯特听到了一阵悠扬的钢琴声——那琴声从一座隐秘的半岛传来，越过辽阔的水域翩然而至，愈发显得轻灵飘逸。琴师演奏的都是近几年夏季的流行曲——像是《干杯！中国先生》《卢森堡伯爵》和《巧克力精兵》[1]。此时此刻，月朗星稀，夜色四合，一泓阔水，琴声如诉，这是多么美妙绝伦的情韵啊，令人心旷神怡。德克斯特沉醉不已。他安静地躺着，用心感受，侧耳倾听。

又一支乐曲响起了。德克斯特一听便认了出来，这首曲子凭借欢快又新颖的旋律，曾在五年前风靡一时，那时他还是个大二的学生。记得有一次，学校舞会上的乐手们演奏了这支曲子，可惜他那时手头吃紧，承受不起舞会的开支，只能站在体育馆外面偷偷地听。那音乐多么婉转动人啊，听得他如痴如醉。与那时相比，此刻的自己富足安逸、悠然自得。

[1] 《干杯！中国先生》是1896年的流行音乐剧《艺妓》中的插曲，由西德尼·琼斯作曲。《卢森堡伯爵》是1909年一部轻歌剧中的片段，由弗朗兹·莱哈尔作曲。《巧克力精兵》选自1908年的一部轻歌剧，由奥斯卡·施特劳斯作曲，改编自乔治·萧伯纳1894年创作的《男人与武器》。

想到这里，他双眼满是笑意，那是得偿所愿后的欢喜。这个世界对他青睐有加，让他在生活中如鱼得水。他甚至觉得周围的一切都在闪闪发光，那光彩如此绚烂、如此迷人。这般美好的心境，怕是一生也只有这一回了。

突然，从岛上一处昏暗的角落，蹿出一艘扁圆的小摩托艇。速度很快，马达嘟嘟作响，一听就是竞技用的赛艇。摩托艇划开水面，带着两道翻滚的雪白浪花向前奔驰，转眼就开到了他附近，动听的钢琴声被淹没在水花声里。德克斯特用胳膊支起上身，看到船舵前站着一个人，那人眨着一双乌黑的大眼睛，也在隔水打量着他。随后摩托艇就开走了，在湖中心漫无目的地绕了一个又一个大圈，湖面被搅起了滚滚浪花。奇怪的是，转了几圈之后，摩托艇突然方向一变，又掉过头，笔直地朝他开了过来。

"谁在那儿？"她关掉发动机，问了一句。这次他们之间的距离非常近，德克斯特连她身上的穿着都看得一清二楚，那是一件粉色的连身款泳衣。

摩托艇停下的时候，船头碰到了浮码头，跳板猛地一斜，他摇摇晃晃地朝她栽了过去。两个人同时认出了对方，心思却各有不同。

"我们下午在高尔夫球场见过吧？你和几个男人一起打球来着，对吗？"她问道。

"没错。"他对她说。

"对了，你会开摩托艇吗？要是会的话，我想请你帮我开一下，这样我就能在船后面滑冲浪板了。自我介绍一下，我叫茱蒂·琼斯。"说完她冲他傻傻一笑——准确来说，这个傻里傻气的笑脸没做成，因为在德克斯特看来，她唇角弯起的弧度没有丝毫的古怪，反而有一种致命的吸引力。"我住在岛的另一边，这会儿家里来了一位我不喜欢的客人，估计他现在还等着我呢。刚才我一看到他的车开到门口，就赶紧从后门开着摩托艇溜出来了。他可真够烦的，成天说我是他的心上人。"

又一条鱼跃出了水面，那颗孤星还在兀自闪耀着，沿湖的微弱灯光依旧明明灭灭。不同的是，茱蒂·琼斯此刻就坐在德克斯特身旁，给他讲解开这艘摩托艇的要领。教会他之后，她就跳下了水，灵巧地朝漂浮在水面的冲浪板游去。她的泳姿优美自如，令人赏心悦目，那感觉就像在看随风摇曳的树枝，或是展翅翱翔的海鸥。只见她那两只被晒成浅棕色的手臂，在暗银色的水波纹上轻柔地划过，手肘最先露出水面，紧接着前臂向后一挥，整个动作一气呵成，溅起阵阵水花。她的手臂有规律地从水面探出，然后向后，就这样循环往复，朝前游出一条水路来。

等她上了冲浪板，他就发动了马达，朝湖心驶去。中途德克斯特回头看她，发现冲浪板的前段已经翘了起来，她正跪在较低一些的板尾。

"加足马力，"她大声喊道，"全速前进！"

他百分百听命于她，连忙把调速杆推到最快那档，雪白的浪花瞬间冲上船头。等他再回头看时，女孩已经站到了冲浪板上，双臂像翅膀一样向后张开，仰头凝望着明月。

"夜风可真冷啊！"她冲他高声说道，"你叫什么名字？"

他如实相告。

"我说，你明晚来我家吃饭吧，怎么样？"

他只觉得自己的心脏"扑通扑通"地乱跳，血液都快沸腾了，激动得就像摩托艇不停翻搅的螺旋桨。她不过一时兴起向他邀约，却改变了他的人生轨迹。算起来，这已经是第二次了。

三

第二天傍晚，德克斯特去了她家。在门厅等她下楼的时候，他恍然觉得这间洒满夏日阳光的房间，包括窗外的玻璃门廊上，都被爱慕茱蒂·琼斯的追求者们挤得水泄不通。德克斯特了解这些男人的特点，他从迈进大学校门那天起，身边就都是这些人——他们来自知名的贵族预科学校，打扮得衣冠楚楚，每年暑期都出门度假，黝黑的皮肤显得光泽又健康。他有一种直觉，自己比这些阔少爷们更出色，因为他更有进取心，更加拼搏。但扪心自问，他也希望自己的孩子，能像那些人一样，在优越的环境中长大。他不得不承认，和他们相比，自己就像是个粗犷的壮汉，只有通过不懈努力，才能成为人上人。

后来他发达了，开始穿高级手工定制的衣服，全美国手艺最好的裁缝他都认识。他今晚穿的这套西服，就出自那些顶级裁缝之手。他的母校崇尚严谨审慎的作风，这一特点渗透进他的言谈举止间，使他与其他大学的毕业生迥然不同。他意识到这种行事风格对自己颇有益处，因此更加注重培养。尽管他觉得不修边幅、言行不羁的人，往往比衣着考究、谨言慎行的人更加自信。可是，这份洒脱恐怕只能留给他的孩子去享受了。因为他的母亲克里姆斯蒂奇只是波希米亚的一个农民，活了一辈子也没说明白几句英语。有母如此，想必儿子也干不出什么出格的事。

七点刚过，茱蒂·琼斯下楼了，身上穿着一件蓝色丝绸小礼服。德克斯特一看到她，心里便有些失望，他原以为她会打扮得更加隆重的。没想到接下来发生的事，让他越发失望了。简单的寒暄之后，她径直走向配餐室，推开门，吩咐道："玛莎，可以上菜了。"难道不应该有一位彬彬有礼的男管家宣布晚宴正式开始，请他入席后，再端上一杯鸡尾酒来开胃吗？不过几分钟之后，这些情绪就烟消云散了，因为他俩正肩并肩地坐在沙发上，深情地凝望着对方。

"今晚爸妈不在，就我们俩。"她体贴地说道。

德克斯特见过她父亲一次，那场面真是一言难尽，好在她父母今晚都不在家，不然又该被他们盘问不休了。他出生在明尼苏达州一个叫基博尔的小镇，从这儿往北五十里就到了。他始终把基博尔看成自己真正的故乡，黑熊镇只能算是第二家乡。虽然这种出身背景谈不上有多好，但也没差到说不出口。人们去时髦的湖滨度假村时，在这样的小镇上歇歇脚最惬意不过了。

他们先是聊到他念的大学，碰巧她最近这两年常去那儿见朋友；接着又探讨起常到雪莉岛度假的游客，都是附近哪个城市的人；最后，还说到德克斯特那蒸蒸日上的洗衣店生意，明天他可能就得回去照看店面了。

不过共进晚餐时，她看上去心事重重的，这让德克斯特有些不自在。那些恼人的话，配上她沙哑的声音，听得他心里惴惴不安的。就算她脸上挂着笑容——不管这笑是冲着德克斯特、盘子里的美食，还是空无一物的角落，都完全不是发自内心的喜悦，因为她眼里一丝笑意也没有——焦虑和烦躁害得他如坐针毡。每当她噘起嫣红的双唇，弯起嘴角时，与其说是在微笑，还不如说是在期待一个吻。

晚餐结束后，她带他来到夜色朦胧的玻璃门廊，有意改变一下沉闷的气氛。

“今晚我心情不太好，你不会怪我吧？”她问道。

“怎么会，恐怕是我不讨人喜欢。”他反应很快。

“别这么说，我挺喜欢你的。但我今天过得糟透了。有一个我中意的男人，今天下午突然来跟我坦白，说自己其实是个一贫如洗的穷光蛋。这简直就是晴天霹雳。我和他认识这么久了，他居然瞒得滴水不漏。这简直太过分了，你说呢？"

"也许他只是不敢告诉你吧。"

"就算你说得对，"她接着说，"那他也不应该骗我啊。要是我一开始就知道他是个穷小子的话……算了，我也迷恋过不少没钱的男人，还一心想要嫁给他们。可这次情况不同，这次我一点心理准备都没有啊。被他这么一打击，我到现在都没缓过神儿来。打个比方说吧，如果一个女孩直到订婚，才告诉未婚夫自己是个寡妇，就算男方可以接受，心里也……"

说到一半，她突然停住了，然后话锋一转，问道："你究竟是个什么样的人呢？不妨直截了当地告诉我吧。"

德克斯特犹豫了一下，诚恳地回答说："我不是什么大人物，我的事业才刚刚起步。"

"那你是不是很穷？"

"正好相反，"他坦率地说，"在整个西北地区，我可能是最富有的年轻人了。我知道这话听起来有点自负，但既然你希望我以诚相待，那我也就直言不讳了。"

短暂的沉默之后，只见她双唇一弯，眉眼带笑，轻盈地转个身，就站到了德克斯特面前。她仰起脸，温柔地注视着他的双眼。德克斯特心里一慌，喉头一紧，刹那间连呼吸都

忘记了，不由自主地幻想起与她亲吻的感受——当四片唇瓣
轻触，当暧昧的气息起伏，会带来怎样奇妙的体验呢？他的
幻想很快就成真了——她一次又一次狂热地亲吻着他，每个
深吻都带着一股刺激和兴奋。但她的吻不代表任何承诺，只
是出于满足和愉悦。这样的吻使他迷醉，却没能缓解他的饥
渴，反而令他无法克制地予取予求……说起来，这和做慈善
很像，倾囊相授往往会创造出更多需求。

　　这一刻他才恍然大悟，原来自己爱这个女孩已经很久了。
早在他因为男人的自尊和情感的萌动，拒绝给她当球童的那
刻起，他就想要拥有她，这个念头从未停止过。

四

　　一切就这么开始了，在随后的交往过程中，她的花边新
闻层出不穷，这样的主旋律始终没有变过，直到他们的感情
落下休止符。德克斯特从没想过一个女孩可以这般口无遮拦、
任性妄为，他简直无力招架，却又无法自拔，只能任由她摆
布。茱蒂深知美貌是自己最厉害的武器，只要这武器火力全
开，她想要什么就有什么。花样百出的伎俩、八面玲珑的手腕、
处心积虑的谋划，这些全都和她不沾边儿——她只需要露出
千娇百媚的姿态，再展现一下婀娜多姿的身段，就足以让男
人们神魂颠倒了。所以，她每段风流韵事，几乎都是头脑发热、
一时冲动的产物。德克斯特并不想改变她，他沉浸在她丰富

热烈的情感浪潮中，盲目地认为那些缺点无关紧要，甚至觉得这么迷人的女孩，有点绯闻也无可厚非。

他们共度的第一个晚上，茱蒂把头依偎在他的肩上，轻声耳语道："我也不知道自己这是怎么了。昨晚心里还装着别的男人，今晚就爱上了你……"这是多么浪漫又感人的情话啊，他兴奋得心都在颤抖，好不容易才平复好情绪。对他来说，这是无比珍贵的一刻。可没想到，才过了一个星期，他就被迫改变了想法，原来深情的告白不过是花言巧语。有天晚上，她开着敞篷跑车和他一起去参加野餐晚会，晚餐结束时她却不见踪影，被找到时，她居然正跟别的男人在车里亲热。德克斯特简直不敢相信自己的眼睛，要不是因为有其他人在场，他早就失控了，根本顾不上维持什么体面的礼节。虽然事后茱蒂一再向他保证，说她绝对没有跟那个男人接吻，但德克斯特心知肚明她是在说谎——不过看在她还有心思骗自己的份儿上，心里多少又宽慰一些，至少她还在乎他的感受。

那年夏天结束之前，他就弄明白了，原来围绕在茱蒂身边的男人少说也有十几个，自己只是其中之一罢了。他们中的每一个人都曾独占她的芳心，大概有一半人至今还不时地跟她打情骂俏，这是他们奢侈的精神慰藉。每当有人受不了长时间的冷落，准备另求新欢时，她就会特意跟他柔情蜜意一番，这种鼓励犹如一针强心剂，至少还能让他再追求个一两年。这些束手无策的情场败将们，被茱蒂肆意玩弄于股掌之间，但她并不是有心为之。事实上，连追求者们自己都没意识到她的所作所为有什么恶意。

通常来说，一旦有新欢出现，旧爱便全部惨遭抛弃——约会也自动被取消了。

这是最令人绝望的时候，除非她主动示爱，否则你再努力挽回也没用。她不是那种疯狂追求就能得到的女孩——才华横溢的内在打动不了她，玉树临风的外表也吸引不了她；如果有人态度强硬步步紧逼，她索性就用肉体关系把问题解决掉，那玲珑有致的身姿仿佛有种魔力，不管你意志有多坚定，头脑有多聪明，也赢不了这场爱情游戏。他们就像提线木偶，在她制定好的规则里跌跌撞撞。只有自己的欲望得到了满足，让男人们纷纷坠入她风情万种的魅力中，茱蒂才会觉得心满意足。或许是因为经历了太多不成熟的恋情吧，那些青涩的恋人们当时还不懂得承担责任，一再将她辜负，才使她如今自我保护似的不肯轻易敞开心门，只愿意从肉体上感受爱情的滋养。

德克斯特度过了第一阶段的喜悦之后，不安和不满就接踵而来了。他不可救药地爱上了茱蒂，快乐得完全迷失了自我，她却不给他解药，反而让他像吸食鸦片那般越陷越深，越来越迷惘。好在他足够幸运，这种魂不守舍的狂喜，在这一年的冬季还不常发生，因此工作没有受到太多影响。其实在他们最初相处的时候，也有过情不自禁共浴爱河的甜蜜时光——记得那年仲夏，他们一连三天，每天都在她家昏暗的游廊上度过漫长的夏夜。日落时分，那腼腆羞涩的吻便开始了，他们忘情地相拥在花园凉亭的幽暗角落，还有爬满绿叶的藤架后面，直至夜色缭绕也停不下来。不知不觉间，晨光熹微，迷人的朝霞落在她身上，令她看上去宛如梦中仙子。因为昨夜的耳鬓厮磨，忽然在明晃晃的阳光里与他四目相对，让她好生难为情。那娇柔羞怯的模样令他心荡神驰，恨不得立即和她订婚。当得知她没有婚约的时候，他简直心花怒放。正是在那三天，他第一次开口向她求婚。然而她却总是闪烁其词，有时推托地说"也许改天我就会同意啦"，有时敷衍地说"别说话，吻我就好"，有时又突然说"我其实挺想嫁给你的"，有时安慰他说"你知道我是爱你的"，后来——干脆一言不发了。

恰巧这时有一位访客从纽约到她家里来，致使德克斯特和她那美好的约会刚到第三天就被迫终止了。到了九月中旬，那个纽约人还在她家里住着，关于他俩关系的各种传言让德克斯特痛苦不堪。据说这个男人很有背景，他父亲是一家大型信托公司的董事长。可惜他的好景也不长，还没到一个月，就听说茱蒂厌倦他了。有天晚上，他们一起去参加舞会，茱蒂却偷偷溜出去，和当地的一个公子哥在摩托艇上玩了一夜，把纽约人独自留在俱乐部里发了疯似的到处找她。她对公子哥说，自己对那个纽约人早就没兴趣了。果不其然，两天后这位访客就离开了。有人看到她去车站送行，那个可怜的纽约人看上去伤心极了。

那年夏天就这么过去了。一转眼，德克斯特已经二十四岁了，在生活和事业中越来越得心应手、左右逢源。他参加了城里的两家俱乐部，并在其中一家安顿下来，准备长住。虽然他是俱乐部里炙手可热的单身男士之一，但他参加舞会却只为茱蒂一人，只要是她有可能露脸的聚会，他绝不会错过。按理说，他本应该周旋于各类社交活动——如今的他年轻有为，深受城里父辈们的喜爱，因为他对茱蒂一往情深，在很大程度上，也强化了他的正面形象。可即便如此，他却对社交没有半点热情，他看不惯那些不务正业整天泡在舞会上的家伙，不管是工作日还是休息日，他们总是随叫随到；还有那些风流成性到处拈花惹草的坏小子们，在宴会上总是凑到已婚少妇面前和她们眉来眼去，看了真叫人心生厌恶。他早就有了去东部的打算，他准备去纽约，而且要带着茱蒂·琼斯一起去。他不再对她长大的这个地方抱什么幻想，这里既不能实现他的理想，也不值得她继续留恋。

请务必记住这一点——因为这是让一切发生的源头，不然你肯定想不通他怎么会为了她做出那种事。

在遇见茱蒂·琼斯的一年半之后，他和另一个女孩订婚了。女孩名叫艾琳·舍尔，她的父亲对德克斯特一向非常赏识。艾琳有一头浅金色的头发，长相甜美可爱，举止大方得体，就是稍微有一点胖。当时有两个男人正在追求她，接受了德克斯特的求婚之后，她就果断地拒绝了那两个追求者。

记得初见茱蒂时，正是盛夏。暑往寒来年岁疾，又是一年秋风起——为了让茱蒂·琼斯那倔强的双唇说出"我愿意"，他付出了太多大好的光阴。她曾经对他热情如火，不断地诱惑他，给他希望；也曾经恶意地玩弄他，对他的痛苦视而不见；更曾经对他冷嘲热讽，嫌他是个乡巴佬。在追求她的那段时间里，德克斯特受尽了她的蔑视和侮辱，每件琐事都可能招来她鄙夷的目光——仿佛只要当过她的心上人，就必须付出此代价似的。她对他招之即来挥之即去，就算他心有苦楚，也只好皱着眉头挺下去；她带给他难以名状的欢喜，也带给他无法忍受的精神折磨；她让他徒增烦恼无数，还惹过不小的麻烦；她故意激怒他，践踏他的情感，利用他对自己的殷勤，消磨他对工作的热忱——然而她做这些，仅仅是出于好玩。可以说她对他做尽了一切，唯独没有呵斥过他。在他看来，她没有那么做的原因，无非是担心破坏之前树立起的冷酷形象，再不然，就是怕暴露自己的真实感受。

秋去冬来，德克斯特意识到自己和茱蒂·琼斯的缘分走到了尽头。他有过挣扎和不舍，但最终说服自己接受了这个结局。可是到了晚上，他却辗转反侧，难以成眠，又陷入了无限的纠结之中。一个声音提醒他，别忘了你为她遭过多少

罪，受过多少苦，还列举了一条又一条她不适合为人妻子的
缺点；另一个声音却说，无论怎样，只要爱还在，你就无法
割舍她。他思来想去，好一会儿才睡着。接下来的那个星期，
他拼了命地工作，天天都加班到很晚才回家，有时夜里还会
去办公室写工作计划。他希望忙碌能够治愈心里的疼痛，不
然他满脑子都是她在电话里沙哑磁性的嗓音，还有午餐时她
在桌子对面眼闪秋波的动人姿色。

　　疯狂工作的一周结束后，他去参加了一个舞会，碰巧遇
到了她。当时她正跳得起兴，他径直走过去，邀请她共舞了
一曲。跳完舞，他既没有请她和自己坐在一起，也没有赞美
她今天的装扮，这恐怕是相识以来第一次破例。她却丝毫不
在意这些细枝末节，他不由得暗自心伤——可伤心又能怎样
呢？他发现她又换了新男伴，却一点儿也不觉得嫉妒。他的
心早就嫉妒不起来了，那里已经千疮百孔，疼痛到麻木。

　　他在舞会待到很晚，光和艾琳聊天就花了一个小时。他
们谈到书籍和音乐，不管哪一样他都是个外行。不过没关系，
他现在有的是时间，想干什么就能干什么，他还产生了一个
相当自负的想法——作为年轻才俊的杰出代表，德克斯特·格
林对这些事情应该更在行才是。

　　这些事发生在十月，当时他已经年满二十五岁了。次年
一月，德克斯特和艾琳订婚了，他们决定到六月再宣布婚讯，
九月就举行婚礼。

　　这一年，明尼苏达州的冬季，漫长得像不会结束了似的。直到四月末，春风才迟迟地吹来，漫山遍野的积雪终于开始融化，雪水叮咚作响，流进了黑熊湖。一年多来，德克斯特第一次享受到了心灵的安宁。茱蒂·琼斯去了佛罗里达州，后来又去了温泉城，听说她不知在哪儿订了婚，又不知为什么悔了婚。德克斯特好不容易下定决心和她一刀两断，但人们还总把他俩联系在一起，经常向他打听茱蒂的消息，弄得他心里不时隐隐作痛。可是后来，人们发现他渐渐和艾琳·舍尔亲近起来，在宴会上他总是坐在她旁边，所以就不再来叨扰了，反倒会把茱蒂的近况转达给他。他再也不是她最亲近的人了。

　　终于到了五月。一天晚上，他独自徘徊在漆黑的街道上，夜色像潮湿的墨水般倾洒下来，他心头掠过一丝惆怅——时不我待，岁不我与，曾经刻骨铭心的欢乐，现在已如烟消逝。回想去年的这个时候，他正被茱蒂那尖酸的嘲讽气得发晕，本想再也不原谅她了，却狠不下心离开她，那是连时间也无法改变的烙印啊——他平时想都不敢想她有一天会爱上自己，但那时，他忍不住这么幻想过。他本以为自己会陪她一生，看尽世间繁华，奈何还是成了她命途里的匆匆一旅人。回忆中的幸福已无法触碰，徒留一声叹息。他心里很清楚，自己并不爱艾琳，对他而言，她就像是身后的一方挂帘、端茶倒水的一只手、呼唤子女的一个声音……那炽热的情感、那让人意乱情迷的魅力，全都远去了。从此该与谁共享美妙绝伦的夜晚，又该向谁倾诉时光流转、季节更迭带来的动人景致呢……他还记得她嘴角弯起的弧度，还记得那两片薄唇亲吻他的触感，还记得那双让他飘飘欲仙的明眸……他会永远在心底为她保留一个位置，这份回忆有生之年难以磨灭。

五月中旬，正是春末夏初交替的时节，天气总是乍暖还寒的。一天晚上，德克斯特去艾琳家找她，他们订婚的消息再过一个星期就要宣布了——这是所有人都意料之中的事情。他们打算今天晚上去大学俱乐部待上一个小时，坐在长沙发上看看别人跳舞。她舞技一流，特别受欢迎，和她一起出去，他从不用提心吊胆的。

他走上那栋高级别墅的台阶，熟门熟路地进了房间。

"艾琳？"他喊了她一声。

艾琳的母亲从客厅里走出来迎接他。

"德克斯特，"她母亲解释说，"艾琳正在楼上休息，她有点偏头疼。她本来还想跟你一起出去，我劝了劝，让她去睡会儿了。"

"只要她没事就好，我……"

"哎呀，别担心。明天一早她不还得跟你一起去打高尔夫嘛。今天晚上你就让她好好休息一下吧。好吗，德克斯特？"

她的笑容和蔼可亲。事实上，她和德克斯特对彼此的印象都不错。德克斯特在客厅和她寒暄了几句，道过晚安后就离开了。

德克斯特就住在大学俱乐部里，所以他又原路返回了。
走到俱乐部门廊那的时候，他停下来，站着看了一会儿跳舞
的欢乐人群。他倚靠着门柱，偶尔看到一两个熟人，便冲他
们点点头——没一会儿，他就困得直打哈欠了。

"你好啊，亲爱的。"

一个熟悉的声音忽然在耳畔响起，把他吓了一跳。跟他
说话的不是别人，正是茉蒂·琼斯。她刚丢下自己的男伴，
穿过舞池走到他的面前——她还是那么光彩照人，看上去就
像一个纤细的洋娃娃，她今晚打扮得金光灿灿的——头发上
扎了一条金色的发带，裙摆下露出两只金色的鞋尖。她冲他
莞尔一笑，娇柔的面庞美得像初开的桃花。他觉得整个房间
都随之一亮，接着周身窜过了一股暖流。他插在晚礼服口袋
里的双手一次次攥紧，心里暗潮涌动，激动得快喘不过气来。

"你什么时候回来的？"他故作镇定地问。

"跟我来，让我慢慢讲给你听。"

话音刚落，她转身便走，德克斯特紧随其后。有多久没
见过她了啊——这次意外的重逢，差点儿让他喜极而泣。她
简直就是一个魔法公主，就算只是走在寻常的街道上，身边
也伴着撩人心怀的迷魂曲。当年她离去时，带走了全部不可
思议的际遇；如今她回来了，也带回了所有生机勃勃的希望。

走到门廊时，她转过头问："你是开车来的吗？没开的

话，正好我有。"

"我有一辆跑车停在这儿。"

随后，她上了他的车，金色的裙摆摩擦出一阵窸窸窣窣的声响。他为她关上了车门。她坐过的汽车怕是数也数不清了吧，各种型号、各种款式，不胜枚举——上车后她就背靠在真皮座椅上，胳膊肘往车门上一搭，等车启动。这种作风一看就知道是个情场老手，就算没人招惹也是个自甘堕落的主儿——只有她自己不这么认为——但这一次她确实是真情流露。

德克斯特坐稳后，暗自镇定了几次，才发动汽车。他倒了一下车，然后便朝马路驶去。他不断地开导自己——这不算什么，千万别当回事儿，一定记住啰！丢下原来的男伴和别人跑出去玩，这种事她以前做的还少吗？再说你都已经把她放下了，就像处理账本上的一笔坏账那样。

他慢慢地朝城里开去，一路上心神不定的。车子穿过商业区冷清的街道，碰巧一部电影刚刚结束，退场的人群令街上显得热闹了一点。台球厅门口也有些青年在晃荡，有的没精打采像个病人，有的精神百倍像个拳击手。从酒吧间里传来杯觥交错的声音，还有手拍打吧台的声音，回廊光洁的玻璃窗反射出一缕昏黄的灯光。

她目不转睛地盯着他，一语不发，沉默的气氛让人局促不安。在这种关键时刻，德克斯特竟然绞尽脑汁也没想出一句逗趣儿的话，来打破这尴尬的气氛。他在一个路口转弯，顺着蜿蜒的小路向大学俱乐部开去。

"你想过我吗？"她突然问道。

"大家都很想你。"

他心下琢磨着，猜想茱蒂是否听说过艾琳的事儿。毕竟她才回来一天——但实际上，她刚离开这里，他就订婚了，差不多是同时发生的。

"你嘴可真甜啊！"茱蒂苦笑着说——但愁苦的模样不过是做做样子罢了。她把他从头到脚地打量了一遍，他假装看不到她炯炯的目光，专心致志地开着车。

"你比以前更帅气了，"茱蒂仿佛陷入了回忆，若有所思地说，"德克斯特，你有一双迷人的眼睛，叫人见之难忘。"

德克斯特听完差点儿笑出来，不过他还是忍住了。这种话说给没见过世面的毛头小子还差不多，即便如此，他还是不免心动了一下。

"亲爱的，我实在过够了现在的生活。"她把每个人都称为"亲爱的"，她漫不经心地伸出亲昵的橄榄枝，即使那人只是普通朋友。"要是你现在能娶我该有多好啊。"

她的直截了当让他一头雾水。按理说，他现在应该立刻把事情说明白，告诉她自己就要和另外一个女孩结婚了，可他的舌头就像打结了似的，怎么也说不出口。让他违背自己的真心，发誓说从没爱过她，都比开口告诉她自己的婚讯来得容易。

"我想我们会相处得很融洽,"茱蒂的语气还是那么盛气凌人,她继续说道,"除非你已经把我忘了,爱上了别的女孩。"

她的自信显露无遗,甚至还毫无顾忌地说,她觉得那样的事根本是无稽之谈,就算是真的,也无非是因为他年轻气盛、考虑不周——很可能还是为了炫耀。她会原谅他的,在她看来那就是一时赌气,不是什么大事,何必小题大做、斤斤计较呢。

"我知道,你的心里只有我,决不会爱上第二个人的。"她接着说道,"你总是那么全心全意地爱着我,我最喜欢你这点了。对了,德克斯特,去年的事你还记得吗?"

"是的,我还记得。"

"我也记得!"

她是真的动情了吗?还是在动情地表演?

"我希望我们能重新开始。"她恳切地说。

德克斯特只好硬着头皮拒绝:"我想,我们已经回不去了。"

"我就猜到你会这么说……听说你对艾琳·舍尔正穷追不舍呢。"

她不过是轻描淡写地说起这个名字,德克斯特却突然感到一阵羞愧。

"算了,你直接送我回家吧。"茱蒂忽然大声嚷道,"我才不要回去那个没劲的舞会呢，全是些乳臭未干的小子。"

德克斯特听罢赶紧在一个岔路转弯，改道向住宅区驶去，回家的路上，茱蒂无声地哭了出来。他以前从没见过她哭。

昏暗的街道变得豁然开朗，富人们的豪宅在四周次第显现。他把车停在莫蒂默·琼斯先生的别墅前，那是一座高大宏伟的白色建筑，此刻正静卧在迷离的月光下安睡，显得格外幽静，却别有一番迷人的光彩。它坚固的设计让他吃惊不小——房屋的外墙砌得又厚又结实，坚硬的钢制主梁，撑起了整个主体结构，展现出一种大气恢宏、雄伟壮观的气势。它的存在，仿佛就是为了和他身边年轻漂亮的美人做个对比似的，衬得茱蒂愈发娇小纤弱、惹人怜爱——当然这就跟证明一只蝴蝶振翅产生的风力一样，完全多此一举。

他安静地坐在驾驶座上，表面上波澜不惊，内心却万马奔腾，生怕自己稍微一动，茱蒂就一头钻进了他的怀里。她哭得一塌糊涂，这不，又有两颗泪珠儿落下来，挂在她的唇边，颤抖个不停。

"我长得比谁都好看，"她哽咽地说，"为什么却得不到幸福？"她泪湿的双睫，不断动摇着他坚定的决心。见他一直沉默不语，她万念俱灰，嘴角都垂了下去，泣不成声地说："德克斯特，只要你愿意娶我，我会毫不犹豫地嫁给你。我心里明白，你肯定认为我不配做你的妻子，但我会为了你成为更好的女人，德克斯特。"

此刻，德克斯特的内心百感交集——无数愤怒的、骄傲的、热情的、怨恨的、温柔的情绪，全部纠缠糅杂到了一起，让他不知该如何开口。接着，一股来势迅猛的情感巨浪向他袭来，冲刷掉了他身上仅剩的一点理智、一项原则、一丝疑虑和一份自尊。只要他点头，面前这个正在和他说话的女孩就将属于他，成为他美丽的妻子，成为他炫耀的资本。

"进屋坐一会儿好吗？"德克斯特听见她紧张地倒吸了一口气。

他迟疑了一下，没有立即回答。

"好吧，"德克斯特声音颤抖地说，"我进去坐会儿。"

五

说来奇怪，德克斯特从没为那晚发生的事后悔过，当时没有，事后也没有。即使茱蒂仅仅对他旧情复燃了一个月，就悔了婚弃他而去，但若把这件事放在十年的时间长河里，再激烈的爱与恨，也都算不了什么大事。不过，由于对茱蒂的妥协，他确实让自己陷入了更加痛苦的泥潭，同时也深深地伤害了艾琳和她的父母，两位长辈一直对他疼爱有加，从没把他当成外人看待。但这些对他来说都无关紧要，就连艾琳悲泣的模样，也没在他心中留下什么深刻的印象。

从这点来看，德克斯特算是个铁石心肠的人。他完全不在乎城里那些人对他的所作所为有何看法，倒不是因为他马上就要离开这座城市了，而是因为他觉得感情上的事，外人说得再有理，也都是雾里看花水中望月。子非鱼，焉知鱼之乐。所以他向来我行我素，不理睬别人的建议。当他认清现实，发现自己再努力也无法挽回茱蒂，只能眼睁睁看她离开时，同样听不进任何人的劝。他的内心对茱蒂没有一丝一毫的怨恨。他爱她，事到如今依然爱着，并且只要他还有一口气儿，就会继续爱下去——虽然他已经永远失去了她。为此，他忍受了常人无法想象的，肝肠寸断的痛苦，正如他曾有幸感受过短暂却直冲云霄的快乐。

茱蒂解除婚约的理由荒唐得离谱，她说自己不想把他从艾琳身边"抢走"——那曾是她一心要干成，并且十拿九稳的事。他淡然地看着她说谎的样子，面对如此虚伪的借口，竟说不上有多反感。时至今日，他已经不记得厌恶和喜欢是什么滋味了，他就像是她可有可无的玩具，不应有感情，不配有悲喜。

二月，他去了东部。本来打算把洗衣店的股份卖掉后，就在纽约定居——没想到三月美国也正式宣布参战，他的计划被迫改变了。他马上返回西部，把生意交给合伙人打理，自己则在四月底参加了第一期军官训练营。当时，有成千上万的年轻人和他一样，带着满腔的热血和崇高的信仰走上战场。硝烟弥漫的日子，使他无暇顾及个人情感，也恰好把他从纠缠不清的情网中解放了出来。

六

还记得吗？开篇我就说过，不会在这里详述德克斯特的一生——不过有时笔下生风，难免会牵扯到一些与他少年之梦无关的事情。这些梦的来龙去脉差不多都讲完了，他的故事也快要结束了。只有一个意外的插曲，还需要交代一下，说起来，那是七年之后的事了。

那件事发生在纽约，当时他三十二岁，已经是纽约城里响当当的人物了。日子过得顺风顺水、逍遥快活。除了战争刚结束时，匆匆去了一次西部之外，他已有七年没踏上那片土地了。这次碰巧有个叫戴弗林的人从底特律来纽约出差，因为一些公事，顺便到他的办公室来拜访。接着，这个意外的插曲就发生了。可以说，他生命中那段最特别的回忆，就终结在此。

"原来你的老家在中西部啊，"那个名叫戴弗林的人不但喜欢刨根问底，说话也没轻没重的，"这倒挺有意思——我还以为像你这样的人，八成是在华尔街长大的呢。对了，我跟你说，我在底特律有个铁哥们儿，他老婆跟你是老乡。他们举行婚礼时，我还给他们当过迎宾员呢。"

德克斯特不明白他到底想说什么，因此没有搭话。

"他老婆叫茱蒂·西姆斯，"戴弗林随意地说道，"出嫁前叫茱蒂·琼斯。"

"没错，我认识她。"德克斯特心里有些不耐烦。他当然知道茱蒂结婚了，她的婚讯他早就听说了——但他从没打听过她婚后的生活，也许是有意为之吧。

"她真是个不错的女人，"戴弗林沉默了一会儿，忽然神色黯然地说，"我都有点替她惋惜。"

"此话怎讲？"德克斯特心里的弦一下子紧绷起来，急切地打探她的消息。

"唉，还不是因为她丈夫。那个路德·西姆斯简直是个疯子。我倒不是说他虐待她，打骂她，但他成天都喝得烂醉如泥的，家里的事都不管，还到处勾三搭四——"

"她就不勾三搭四吗？"他打断戴弗林的话，问道。

"当然不会！她成天待在家里照顾孩子。"

"这样啊。"

"不过对他来说，她是有点太老了。"戴弗林说。

"你说她老？"德克斯特大声反问道，"天哪，老兄，她才二十七岁啊。"

一股热血直冲上来，他满脑子只有一个念头——这就破门而出，搭乘最近一班的火车，直奔底特律去见她。想到这里，他不由自主地站了起来。

"不好意思，我耽误你了吧，"戴弗林连忙向他道歉，"我刚才没注意到你有事——"

"我有事？我什么事都没有啊。"德克斯特平稳了一下情绪，继续说道，"我现在没什么可忙的，真的一点事也没有。你刚才说她二十七岁是吗？不，不对，是我说她今年二十七岁的。"

"对，是你说的。"戴弗林没趣地答道。

"好了，你接着说吧。继续。"

"说什么？"

"当然是茱蒂·琼斯的事啊。"

戴弗林满脸无奈地看着他。

"让我想想，还有什么没说来着。我干脆把知道的都告诉你吧。她丈夫对她差劲透了，不过他们看起来，又不像是会离婚，或者分居什么的样子。有时她丈夫做得太过分，连我们都看不下去了，可她还是会原谅他。要我说，她这么忍耐，都是因为太爱他了。记得她刚来底特律的时候，可真是个标致的姑娘啊。"

标致的姑娘？德克斯特觉得这样的形容真是太荒谬了。

"怎么？难道她现在就不'标致'了吗？"

"现在嘛，也算不错。"

"你给我等一下！"德克斯特倏地站起来，走到戴弗林旁边坐下，继续说道，"我不太明白你的意思。你一开始说她是个'标致的姑娘'，现在又说她'也算不错'。你到底有没有搞清楚？茱蒂她根本就不是那种普普通通的漂亮姑娘，她是位绝色佳人！她的美倾国倾城，世间难寻！你知道为什么我这么清楚吗？因为我非常了解她！我比谁都了解她！她是……"

戴弗林扑哧一声笑了出来。

"别激动，我可不想跟你吵架，"他笑道，"我挺喜欢茱蒂的，因为她的确是个好姑娘。可我想破脑袋也想不出来，路德·西姆斯那样的男人怎么会疯狂地迷上她呢？可他确实这样了。"然后又补充了一句："大多数的女人倒是挺喜欢她的。"

德克斯特眼神锐利地盯着戴弗林，揣摩着他说这话的种种可能。是出于男人的粗心大意和不拘小节吗？还是他们有什么私人恩怨，才故意这般口出恶言？

"女人啊，一结婚就变成黄脸婆喽。"戴弗林边说边打了一个响指，"这种事儿，你肯定也见过不少。我都快忘了茱蒂在婚礼上有多明艳动人了，因为我成天看到的都是她婚后的模样。不过她那双大眼睛倒是没怎么变，一直都那么好看。"

德克斯特感到一阵头晕目眩，仿佛全身的血液都凝固了。他活了三十几年，从没有过这样的感觉。他明明没喝酒，可为什么觉得自己醉得厉害呢。他记得戴弗林又说了句什么，把他逗得哈哈大笑，可那句话到底是什么，又有什么好笑的，他却说不出来。又过了一会儿，戴弗林起身告辞了。他走后，德克斯特就在沙发上躺了下来，望向窗外纽约天边的暮色——夕阳正缓缓沉入鳞次栉比的高楼背后，夹杂着粉红的金色余晖，染就了漫天的彩霞，透出一种温柔的朦胧之美。

德克斯特曾以为茱蒂离开之后，自己便没什么可失去的

了，心也已百炼成钢、水火不侵——可就在刚刚，他分明觉得
自己又失去了点什么，那感觉如此强烈、如此痛彻心扉，仿佛
迎娶茱蒂的人是自己，亲眼看见她容颜衰败的人也是自己。

　　曲终了，梦消散，心已空。他使劲儿用双手揉着眼睛，
无助地对抗着没顶的慌乱，努力去回想记忆中的片段——雪
莉岛微波荡漾的湖面，被月光轻笼的阳台，高尔夫球场上的
条纹装，干燥酷热的夏天，阳光下她脖颈上柔软的金色汗毛。
还有回应他亲吻的湿润双唇，流转着忧郁和伤感的双眸，早
上焕然一新的清秀面庞。岁月何其残忍啊，竟将这些全部抹
杀！往事如昨，再难追寻了。

　　压抑了这么多年，他第一次失声痛哭了起来。那是为自
己而流的眼泪。他顾不上又红又肿的双眼，也不去管流进嘴
里的眼泪，两只手不可抑制地颤抖个不停。他多么想去关心
她、去照顾她，但他连这么做的资格都没有。他已经远离了
她的生活，再也无法回头。情路已尽，骄阳已沉，伊人难再
寻。还有什么能抵挡无情的时光呢？只有那冰冷的灰色钢铁
吧。过不了多久，时间就会将他此刻的悲伤痛楚也一并带走，
将它埋葬在西部的乡间田野——那里有他的幻想，他的青春，
他多彩的生活。那里，也是他的冬之梦，萌发生长的地方。

　　"很久以前"，他喃喃自语，"那时我还是个少年，总觉得
心里有股力量。但现在已经没了。它已经不复存在，永远地
消失了。不管我多难过，不管我多渴望，它都不会再回来了。"

宝贝派对

　　每当约翰·安德鲁斯感慨韶华易逝、青春易老的时候，只要想到自己的孩子，就会有一种生命得以延续的慰藉。仿佛耳边响起孩子啪嗒啪嗒的脚步声，或是在电话里听到她咿咿呀呀的乱语声，就削弱了他至今仍碌碌无为的难堪。他家有一个雷打不动的习惯——每天下午三点，妻子都会在城郊的家里给他的办公室打电话。时间一长，他开始对这一刻充满了期待，因为那差不多是一天中最让他欢喜的事了。

　　约翰今年三十八岁，正是年富力强的时候，可他内心却有点沧桑，因为他的人生路太过艰难曲折了。虽然他现在身康体健、衣食无忧，但对于平凡生活中的小幸福却不太珍惜，甚至对小女儿的宠爱也不是全心全意的。因为自从她出生之后，夫妻俩缱绻亲热之事就总被打扰，他们搬到这个城郊小镇也都是为了她，这里的空气确实清新宜人，代价就是要面对仆人没完没了的麻烦事，外加他每天都得早出晚归地奔波在通勤火车上。

不过小爱德乖巧稚气的模样实在惹人怜爱。他喜欢让她坐在自己的膝盖上，闻她满身的奶香，轻轻爱抚她柔软的胎发，仔细打量她那双蓝眼睛。它们水汪汪的，美得好像破晓时分的曙光。一般逗她玩上十分钟，约翰就会心满意足地把孩子交给奶妈了。要是时间久了，孩子闹起来，他难保不会发脾气。他的性格很急躁，一旦有什么事情不合心意，就会大动肝火。记得有个星期日的下午，约翰正和朋友们一起打桥牌，调皮的小爱德把一张黑桃 A 藏了起来，说什么也不肯交出来，气得约翰大发雷霆，疯狂地咆哮了一通，把他妻子都惹哭了。

为了这点小事就勃然大怒真是够可笑的，事后约翰自己也觉得很惭愧。问题是随着小爱德一天天地成长，这样的事会越来越多——现在楼上的婴儿室已经关不住她了，根本没法让她在里面老老实实地待上一整天，用她妈妈的话来说，小爱德越来越像个"小大人"了。

小爱德已经两岁半了，今天下午她还要去参加一个宝贝派对哩。她的妈妈伊迪斯是个心思缜密的女人，下午给约翰打电话的时候，就把这个消息告诉了他。淘气的小爱德在一旁大声喊道："我摇去派堆啦！"[1] 那嘹亮的嗓音把约翰听电话的左耳震得嗡嗡直响，不过这倒顺便确认了一下消息的准

---

[1]   模仿婴儿发音，原句应为"我要去派对啦"。

确性。

"亲爱的，下班后顺便去一趟马基家，好吗？"伊迪斯继续说道，"这个派对肯定会特别有趣的。我准备把爱德好好打扮一番，给她穿上那条崭新的粉色连衣裙，到时来个精彩的亮相……"

伊迪斯突然大叫了一声，电话信号也随之中断，看来小捣蛋鬼又拽着电话线，把电话机狠狠摔到地上了。约翰一想到那个画面，就忍不住大声笑起来。他决定赶早一班的火车回家，到朋友家参加宝贝派对的提议令他兴致盎然。

"到时候肯定会乱成一锅粥的！"他想想都觉得有趣，"估计会有十多个妈妈来参加聚会，她们全都围着自己家的宝贝儿打转，别的什么也顾不上；宝宝们则全都在调皮捣蛋，一会儿打坏个东西，一会儿又抓了满手的蛋糕。不过等派对结束后，每个妈妈都会在回家的路上称赞自己的宝贝儿了不起，比聚会上所有的孩子都出色。"

他今天的心情特别好——觉得生活中的一切都出现了转机，充满了希望。不一会儿火车到站了，他打算下车后先走一走，于是摇头拒绝了一个纠缠不休的出租车司机。天边的夕阳渐渐西垂，十二月的空气冰凉又清新，他沿着一条幽静的山路朝家走去。虽然这会儿才六点钟，可月亮已经悄然东升，草坪上的那层薄雪好似甜点上的糖霜，在高洁的月光下闪闪发亮。

他脚步轻快地走在小路上，虽然天气寒冷，呼吸都带着哈气，但他心中的幸福感却在不断攀升，对宝贝派对的期待也越来越强。他边走边想——小爱德会不会被其他同龄的孩子比下去呢？那条小粉裙会不会看起来太扎眼？不够清新可爱？思量间，他不觉加快了脚步，前面不远处就到家了，透过窗口，可以看到圣诞树上的彩灯正在闪烁。不过他没有进家门，继续朝邻居马基家走去，宝贝派对是在他家举办的。

他迈上石砖台阶，刚按下门铃，就听到了屋内欢腾的人声。他心下很是高兴，看来他来得还不算太晚。他侧过头，仔细听着——原来这不是孩子们喧闹的声音，而是大人们吊起嗓门大声呵斥的声音；至少有三个人的声音混杂其中，其中一个简直是在歇斯底里地哭喊，他马上认出这是自己妻子的声音。

"肯定是出事儿了。"他当即反应过来。

他试着拧了一下门把手，发现并没有上锁，于是推开门，疾步走了进去。

事情还得从头说起。宝贝派对定在四点半开始，但足智多谋的伊迪斯·安德鲁斯自有打算——她决定五点钟再带着小爱德到场，那时其他孩子的衣服应该已经玩得一团糟了，对比之下，小爱德这条平整又鲜艳的裙子会更加出彩。当她们来到马基家的时候，眼前已是一片欢腾的景象——四个小女孩儿，加上九个小男孩儿，正伴着留声机里的音乐左扭右扭，跳得很是起劲儿。每个宝宝都烫了时髦的鬈发，梳洗得干净整洁，打扮得光彩照人，看得出他们被妈妈呵护得无微不至，其实妈妈们也在暗中较量，心里面有得意也有妒忌。仔细看的话，其实只有两三个宝贝在正经八百地跳着舞，但随着妈妈们不断地鼓励，所有孩子都在屋里跑来跑去，那场面还真是热闹。

伊迪斯带着小女儿一出现，大家就异口同声地夸个不停，都说小爱德看起来可爱极了。那赞美声一浪高过一浪，有那么一会儿连音乐声都听不到了，小爱德害羞得忸怩起来，肉嘟嘟的小手不停拨弄着裙摆边儿。虽然没有人热情地亲吻她——因为她还小，得小心交叉感染——但当她走过别的妈妈身边时，每个人都会赞叹一句"真是太漂亮了"，接着疼爱地握一下她粉嫩的小手，然后才依依不舍地把她交到下一个妈妈手里。小爱德禁不住大家的鼓励和怂恿，很快就和跳舞的小伙伴们玩到了一起，并且成了派对上最闪亮的主角。

伊迪斯站在门旁边，一边和马基太太聊天，一边密切地关注着身穿粉裙的小家伙。她对马基太太的印象并不怎么好——觉得她傲慢又肤浅，可约翰和乔·马基意气相投，每天早上都一起坐通勤火车上班，所以这两个互相看不顺眼的女人，也伪装得像一对好闺蜜似的。她们经常抱怨对方"你怎么都不来我家串门"，还总是一起计划各种各样活动，她们一般会这样说——"这几天有时间的话，我们就一起出去吃晚饭，然后再去看场歌剧。"两人心知肚明，那不过是敷衍之词罢了，所以谁也没当真。

"小爱德真是招人喜欢。"马基太太堆起一个笑脸，说完还舔了一下嘴唇，伊迪斯特别讨厌她这个动作。"她看上去就像个小大人——我差点没认出来！"

伊迪斯心里琢磨着，马基太太故意用"小爱德"这个字眼，是不是话里有话呢？因为她的儿子比利·马基虽然比爱德小几个月，但看起来又高又壮，足足比爱德胖了五磅还多。伊迪斯拿起一杯茶，走到长沙发那边，和另外两位妈妈一起坐下，开始进入今天下午的正题——细数爱女最近的种种进步和调皮。

不知不觉一个小时过去了。宝贝们跳舞跳腻了，开始在屋里进行刺激的探险。他们误打误撞地进了餐厅，先是绕着那张大餐桌跑来跑去，后来又尝试着去推厨房的门，好在妈妈们及时从客厅赶到，才避免了一场悲剧的发生。妈妈们刚把他们都领出来集合好，一转眼，这些小淘气包们又挣脱开妈妈，一溜烟儿地跑回餐厅，继续鼓捣那扇弹簧门去了。妈妈们嘴上抱怨这些孩子真是"玩疯了"，手上纷纷掏出雪白的手帕，擦去自家孩子娇嫩额头上那层细密的汗珠。后来，妈妈们什么办法都试了，可宝贝们就是不肯老老实实地坐下来，他们左扭右扭地想从妈妈的膝盖上溜下去，嘴里还不满地大喊着："放我下去！放我下去！"下地之后，又兴冲冲地奔向那个充满魔力的餐厅。

　　直到最受宝贝们欢迎的甜品登场，这场探险才告一段落——只见一个大蛋糕被端了出来，上面还插着两支蜡烛，美味的香草冰淇淋盛放在一个个浅碟上。比利·马基走上前，吹灭了蜡烛，还好奇地用拇指去抠了抠蛋糕上白色的糖霜。满头红发的比利真是个强壮的宝宝，而且还很爱笑，就是有点罗圈腿。甜点和宝贝们都各就各位了，就差大快朵颐了，虽说孩子们吃得狼吞虎咽，倒也没出什么乱子——今天下午他们的表现已经非常可圈可点了。要是换到三十年前，如此和睦友爱的宝贝派对是不可想象的——这都要归功于现代化的抚养方式，使他们的饮食和作息都非常有规律，所以看起来个个精神饱满，小脸蛋粉扑扑的，性格也很合群。

　　吃完甜点之后，派对也差不多结束了，妈妈们陆续带着宝贝离开了。伊迪斯看了眼自己的手表，心里越发着急——已经快到六点了，约翰怎么还没过来呢。她多希望此刻他也在场啊——他会惊喜地发现，小爱德俨然变成了一个高贵优雅、冰雪聪明的小淑女，她的小礼裙还是那么整洁，只沾到了一小滴冰淇淋，要不是别人不小心从背后碰了她一下，连这一滴都不会从她的下巴上掉下去。约翰真该来看看小爱德有多么懂事，还有其他那些机灵的小家伙们。

　　"你真是个小乖乖。"她宠溺地将女儿揽到膝前，温柔地对她耳语，"你知不知道自己有多乖？知不知道自己有多乖？"

　　小爱德的耳朵被妈妈的哈气弄得痒痒的，不由得笑了出来。

　　"汪，汪！"她忽然学起了小狗叫。

　　"你看到小狗了吗？"伊迪斯四下张望了一圈，"这里没有小狗呀。"

　　"汪，汪！"小爱德有点着急了，"我要那个汪汪！"

　　她抬起小手，指着那个方向，伊迪斯顺着望了过去。

　　"那不是小狗呀，我的小乖乖，那是泰迪熊。"

　　"小熊？"

　　"对呀，它叫泰迪熊，是比利·马基的玩具。你才不稀罕比利·马基的泰迪熊呢，对吗？"

　　爱德分明就想要的不得了。

　　她从妈妈的双臂间挣脱出来，一步一步朝比利·马基走去，这会儿比利正和玩具熊玩得不亦乐乎，紧紧地把它搂在了怀里。小爱德站在比利旁边，眯着眼睛打量着他，仿佛正在盘算着什么计划，比利则得意地嘿嘿直笑。

　　精明老练的伊迪斯又看了眼手表，这回她完全失去了耐心。

　　客人们已经走得差不多了，剩下的宝贝屈指可数，除了爱德和比利之外，就只有两个宝宝还在屋里——其中一个之所以还没走，是因为他躲到了餐桌下面不肯出来。约翰真是个自私的家伙，居然到现在都没来。他难道一点儿都不为自己的孩子感到骄傲吗？瞧瞧别人家的父亲是怎么做的——有六七个早早就过来了，不但进屋和大家一一打了招呼，还陪宝贝们玩了一会儿，然后才带着老婆孩子一起回家。

突然间，传来一声哀号。只见爱德一把抓住泰迪熊，把它硬生生地从比利怀里拽了出来。比利不甘心地追上去，可没想到爱德随便一推，他就摔倒在了地板上。

"快住手，爱德！"伊迪斯大声喊道，然后连忙抿住嘴唇，几番克制才没笑出来。

乔·马基今年刚满三十五岁，不但模样帅气，还有一副健美的身材。他把儿子扶起来，让他站到自己的脚上，并冲他打趣儿道："兄弟，你可真不赖啊。姑娘一推你就倒了！你也太配合啦。"

"他的头磕破了没有？"马基太太听到动静赶紧跑了回来，她刚去门口热情地把另外一位妈妈送走，现在就只剩伊迪斯母女俩了。

"头没事儿。"马基高声答道，"他好像是撞到了别的地方，你身上有哪里疼吗，比利？好像是磕到了什么地方。"

比利根本顾不上身体疼不疼，他满脑子想的都是怎么才能把自己的东西给抢回来。不过爱德的双臂正紧紧搂着泰迪熊，他根本无处下手，好不容易发现小熊的一只腿暴露在外，可惜怎么抢也没抢过来。

"不许碰它！"爱德瞪着眼睛警告道。

　　两次较量，爱德意外地大获全胜，她的自信心霎时飙升起来。趁大人们没注意，爱德突然把泰迪熊扔到地上，两只小手抓住比利的肩膀，猛地把他向后推去，比利一下子摔了个四脚朝天。

　　这次可把比利摔得不轻。只听一记闷响，他的后脑勺重重地撞到了地板上，说来也巧，偏偏就那里没铺上地毯。比利疼得猛吸了一口气，紧接着"嗷"的一声哭了起来。

　　房间里顿时乱成一团。马基先生惊呼了一声，连忙跑向自己的儿子，不过他老婆比他跑得还快，第一时间就把受伤的孩子抱进了怀里。

　　"噢，我可怜的小比利。"她心疼不已地叫道，"天哪，居然摔了这么大一个包！真该打那女孩的屁股，让她长长记性。"

　　伊迪斯也匆忙地来到女儿身边，听见马基太太的话，她不太高兴地撇了撇嘴。

　　"你太不听话了，爱德。"她敷衍地低声责备了两句，"真是个坏丫头！"

　　话音刚落，爱德就仰起头，放声大笑起来。那笑声是如此恣意开怀，如此得意扬扬，充满了胜利者的挑衅和蔑视。不幸的是，这笑声实在太有感染力了。伊迪斯还没反应过来这笑声会带来何种后果，自己就也跟着哈哈大笑起来。怎么说呢，她的笑声简直和女儿一模一样，别人听起来，连那腔调和意图都毫无二致。

她马上就意识到自己失礼了，笑声随即戛然而止。

至于马基太太，她已经气得满脸通红了；她旁边的马基先生正用手指检查宝贝后脑的伤情，他紧皱着眉头，看向伊迪斯的眼神里满是不悦。

"后脑肿得很厉害。"听他的语气，明显已经生气了，却忍着没有发作。"我去拿点金缕梅酊剂来。"

然而马基太太可不像她先生脾气那么好，她已经被怒火烧得七窍生烟了。"我家的宝贝都受伤了，你们竟然还笑得出来！"她气得声音都在颤抖。

这期间，小爱德一直兴头十足地望着自己的妈妈。她惊奇地发现，如果自己笑起来，妈妈也会跟着一起笑。这可真好玩，她决定再试一次，看看会不会产生同样的效果，于是她又仰起头大笑不已，不过这个时机选得可不妙啊。

毫无疑问，对伊迪斯而言，这意料之外的笑声，会让已经很糟糕的局面彻底失去控制，所以她连忙用手帕捂住嘴。但即便如此，还是抑制不住地发出了"咯咯"的笑声。她会跟着小爱德一起笑，不仅仅是出于紧张所致的下意识反应——和自己的孩子一同欢笑，让她感觉非常奇妙——那就像是她们心心相印、同舟共济的宣言。

可以说这是另一种形式的反抗——母女俩准备携起手，与整个世界抗争。

　　在马基先生跑到楼上卫生间去拿药的时候，他的妻子把孩子抱在怀里，来回踱着步，轻轻摇晃着手臂，试图安抚怀中号啕大哭的宝贝。

　　"能不能请你们马上消失！"马基太太的脾气突然爆发了。"孩子现在伤得这么重，不说别的，你们最起码应该保持安静！连这个都做不到的话，你们最好赶紧回家去！"

　　"正有此意。"伊迪斯同样不甘示弱，她的火气也噌噌地往上冒。"真没见过这种人，孩子们打闹而已，至于嘛……"

　　"给我出去！"马基太太几乎是声嘶力竭地怒喊，"门就在那，恕不远送——从此以后，你们休想再踏进我家半步。真是上梁不正下梁歪，养出这么一个小瘪三！"

　　伊迪斯本来已经拉着女儿的手，快步朝门口走去了，听到最后那句话时，她当即停下了脚步，气冲冲地转过身，横眉怒目地瞪着马基太太。

　　"你再骂我女儿一句试试！"

　　马基太太懒得搭理她，继续来回踱着步哄着孩子，嘴里嘀嘀咕咕个不停，像是自言自语，又像是在偷偷地跟比利小声说话。

　　伊迪斯一下子哭了出来。

　　"你放心，我这就走！"她哽咽地说，"你是我这辈子见过的最粗鲁无礼，最……最粗俗肤浅的人。我……我觉得你家孩子活该被推倒……因为他就是个笑话，他就是个又肥……又蠢的小笨蛋。"

恰巧这时乔·马基从楼梯上走下来，把伊迪斯的话听了个一清二楚。

"你怎么能这么说呢，安德鲁斯太太。"他愤懑不平地说道，"没看见孩子都受伤了吗？你真该控制一下自己的情绪。"

"凭……凭什么要我控制情绪！"伊迪斯气得都结巴了，"你怎么不让你老婆控……控制一下呢？我活到现在，都没见过她这么粗俗肤……肤浅的人。"

"她竟然还敢辱骂我！"马基太太怒不可遏，脸色铁青。"你看到她有多不可理喻了吗，乔？我要你立刻把她们赶出去。如果她赖在这里不走，你就拽着她的肩膀，把她给撵出去！"

"你要是碰我一下，我就跟你没完！"伊迪斯高声喊道，"你以为我想留在这里吗？等我找到外……外套的，我马上就走！"

伊迪斯的双眼盈满了泪水，连方向都辨认不清了，她拉着爱德的小手，跌跌撞撞地朝门口走去。就在这时，大门被推开了，约翰·安德鲁斯神色焦急地闯了进来。

"约翰！"伊迪斯高声哭喊着朝他猛扑了过去，仿佛看到救命稻草一般。

"你怎么哭了？发生什么了？到底怎么回事？"

"他们……他们要把我撵出去！"她哭得上气不接下气，

软弱无力地靠在他身上。"你进来之前，他正要对我动手呢！他说要揪着我的肩膀，把我给拖出去。我的外套也不知道去哪儿了，快帮我找找外套！"

"事情不是这样的，你误会了。"马基连忙对伊迪斯解释道，"我们谁也没想赶你出去。"他又转过身，对约翰强调了一遍："我们谁也没想赶她出去。是她……"

"你说'赶她出去'？那是什么意思？"约翰打断他的话，不解地问道，"你们到底在说什么？我怎么一句都听不懂。"

"别问了，快点带我回家！"伊迪斯气急败坏地嚷道，"我一刻也待不下去了！我告诉你，约翰，这些人简直俗不可耐！"

"很好，这回约翰也听到了！"马基阴沉着脸说，"到现在你还没骂够吗？你看看你现在的样子，和疯婆子有什么区别。"

"是他们先骂爱德是小瘪三的！"

大人们激烈的争吵声把小爱德吓坏了，她呜呜大哭起来。虽说她不明白眼前发生了什么，但莫名地觉得害怕。她这一哭不要紧，约翰和伊迪斯更加火冒三丈了，显然自家孩子受委屈了呀。说起来，那天下午小爱德抒发情感的时机总是把握得不太好。这已经是第二次了。

"你们说这话是什么意思？"约翰勃然大怒,高声质问道。"怎么着？难道来你们家做客，还得任由你们辱骂不成？"

"依我看，出言不逊的那个人分明是你老婆！"马基言辞犀利地反驳道，"我实话告诉你吧，要不是你家孩子不懂事，也不会闹成这样。"

约翰轻蔑地哼了一声，好气又好笑地问："看来，你是想把责任都推给一个小孩儿了？还别说，你这么做，真像个顶天立地的男子汉！"

"别跟他白费口舌了，约翰。"伊迪斯见缝插针地说，"快帮我找外套！"

"你实在太让我瞧不起了，"约翰的脾气一发不可收拾，"爱德只是一个天真无辜的小孩儿，你竟然会冤枉她，还把气都撒到她头上。"

"真是开眼哪！我活到现在，都没见过比你更能胡说八道的人！"马基暴跳如雷地怒吼道，"你老婆要是能把她那张破嘴给闭上比什么都强……"

"你才给我闭嘴！女士和孩子还在旁边呢，这种话你也说得出口……"

这时，发生了一个意外的小插曲。伊迪斯本来一直在椅子上胡乱翻找着自己的外套，马基太太则在一旁怒目而视，眼睛里仿佛燃烧着两团火焰。随后，她突然把怀中的比利放在沙发上躺好——比利一躺在沙发上，马上就不哭了，还自己坐了起来，真是怪了——然后径直走向门厅，三下两下就找到了伊迪斯的外套，一语不发地把外套递到她手上。随即转身走开，回到沙发旁，重新把比利抱在怀里，摇晃着手臂哄着孩子，继续怒火中烧地盯着她。这个小插曲，前后不过才几十秒的时间。

"我们好心好意邀请你老婆来玩，可她呢？除了不停地骂我们粗俗，她还会什么！"马基的火气也收不住了，突然大声咆哮起来。"好啊，既然我们这么粗俗不堪，你们可千万躲远点儿！还待在这儿干什么，现在就全都给我出去！"

约翰又哼了一声，轻蔑地撇嘴一笑。

"用不着我说，你的言行已经证明了你的粗俗，"他驳斥道，"你就是个欺软怕硬的混蛋——除了欺负柔弱的女人和孩子，你还有什么能耐。"说完他就转动了球形把手，一把推开大门。"我们走，伊迪斯。"

伊迪斯抱起女儿，率先迈出了大门，约翰又用鄙夷的目光扫了马基一眼，快步跟了上去。

"你给我站住！"马基追了上去。他气得浑身直抖，太阳穴上暴起了两条青筋，显然是瞬间充血导致的。"你以为你能一走了之吗？别做梦了！我不会这么轻易放过你的！"

约翰没理会马基，大步流星地走了出来，连门都没关。

伊迪斯在回家的路上仍抽泣不止，约翰目送妻子走到自家门口才放下心。随后他转过身，看到马基正借着门廊的灯光，小心翼翼地走下满是冰雪的台阶。约翰果断脱掉了长风衣和帽子，把它们丢在路旁的雪堆上。在冰冻的路面上，深一脚浅一脚地朝马基走去。

　　刚刚正面交手了一下，他们就脚下一滑，重重地摔在了人行道上，还没等站稳，两人又扭打在了一起，于是又双双跌倒在地。他们发现另一边的人行道上积雪比较薄，索性把战场转移到了那里，还没来得及喘口气，又开始了新一轮的搏斗。两个人疯狂地朝对方挥舞着拳头，连脚下白白的积雪，都被踩成了一摊黑乎乎的泥浆。

　　整条街道都静悄悄的，只有他们急促又疲惫的喘息声，以及一次次摔进泥浆中的"吧唧"声，回荡在冰冷的空气中。战斗无声地进行着，明月已然高悬在夜空，身旁的房门依旧敞开着，银白色的月光和琥珀色的灯光交织在一起，宛如一支画笔，勾勒出两人清晰的身影。交战中，很多次他们都同时滑倒在地，谁也没占到上风。眨眼间，他们又转战到旁边的草地上，这场冲突已然进行到了白热化的状态。

　　十分钟，十五分钟，二十分钟过去了。在月光下激烈对打的两个男人，俨然进入了忘我的境地。在某些相互默许的停战时间里，他们把短外套和马甲全都脱了，撕扯中身上的衬衫也变成了湿嗒嗒、软乎乎的破布条，狼狈地挂在背后。眼下，两人已是遍体鳞伤，鲜红的血迹格外刺眼。其实他们早就精疲力竭了，之所以还没倒下，仅仅是因为两人此刻的姿势碰巧支撑住了对方——不要说挥一下拳头，哪怕只是稍微动一下，他们都会摔得四仰八叉。

　　然而，这场拼杀并没有因为两位主角体力不支而告终，说实话，这场打斗根本就是毫无意义的。我们人类啊，最擅长在没有意义的事情上浪费时间和精力了。迫使他们停手的，其实是内心的羞耻感——当时，他们正在雪地上扭作一团，忽然从人行道上传来渐近的脚步声。实际上，路人未必能发现他们，因为他们已经翻滚到了街道的背阴处。但他们听到有人靠近时，还是立刻停止了打斗，躺在地上紧紧靠着对方，动也不敢动，大气儿都不敢喘一下——那滑稽的模样，像极了两个在打闹嬉戏的小男孩儿。直到行人渐渐走远，他们才挣扎着站起来，身体像醉汉似的摇来摆去，双眼警惕地盯着对方。

"我要是再跟你打下去，绝对是脑子进水了。"马基喘着粗气，大声说道。

"我也不想跟你打了，"约翰·安德鲁斯紧接着说，"我连手指头都懒得动一下。"

他们又眯着眼睛打量起对方，目光中带着几分不屑的意味，仿佛在说"再跟你打上一天一夜我也不怕"。马基觉得嘴里涌起一股血腥味，原来是他的嘴唇破了，他朝地上吐了一口血，暗骂了几句，然后走到旁边，捡起了自己的短外套和马甲，仔仔细细地拍掉了上面的雪花，仿佛眼前最重要的事就是不能让衣服受潮，其他全是小事儿。

"要不，进来洗把脸吧？"他突然主动示好。

"不用了，谢谢你。"约翰回答道，"我这就回家了……

不然老婆该担心了。"

说完，他也从地上捡起了自己的短外套和马甲，还有长风衣和帽子。这些衣物已经湿透了，一提起来就直往下滴水。谁能想到就在不到半个小时前，它们还好端端地穿在他身上呢，男人冲动起来也够荒唐的。

"那么……晚安了。"他吞吞吐吐地说道。

倏然间，他们像约定好了似的，同时朝对方走去，友好地握了握手。他们这么做，绝不是出于虚情假意——因为握手的同时，约翰·安德鲁斯的另一只胳膊还亲密地环抱住马基的肩膀，末了又在他后背上轻拍了几下。

"伤到哪儿了吗？"马基的语气柔和了很多。

"我没事……你怎么样？"

"我也没事，应该没受伤。"

"那就好。"约翰·安德鲁斯停顿了一下，"那么，我先走了。"

接着，约翰·安德鲁斯把衣服搭在胳膊上，一瘸一拐地转身走了。月光融融，照亮了回家的路，他绕过那块被他们踩成烂泥的雪地，又穿过了两家之间的草坪。离这儿半英里的地方有个车站，七点钟出发的那列火车已经响起了汽笛。

"要我说，你一定是气迷糊了。"伊迪斯沮丧地说，"我还以为你留下来，是打算跟他们讲和，最后来个握手言欢呢。所以我就放心地回来了。"

"你其实希望我跟他们重归于好吧？"

"那你可说错了，我这辈子都不想再见到他们了。但我总觉得，如果是你的话，会那样做的。"约翰心平气和地坐在放满热水的浴缸里，他的脖颈和后背上布满擦伤和瘀青，伊迪斯用碘酒轻轻擦着伤口。"我还是把医生叫来吧，"她担心地说，"万一你受内伤了呢。"

他连忙摇头。"千万别去！"他马上制止了妻子，"家丑不可外扬啊，我可不想弄得尽人皆知。"

"我到现在都没明白，事情怎么就闹成这样了。"

"我也是啊。"他哭丧着脸，苦笑了一下，"或许宝贝派对本身就是件麻烦事吧。"

"对了，幸好……"伊迪斯语气轻快地说。"幸好家里的牛排还够明晚吃的。"

"所以呢？"

"吃得好，你才能快点恢复啊。你知道吗，我差点儿就买了牛犊肉。我们还是很幸运的，是吧？"

半个小时后，约翰洗完了澡，因为脖子上有伤，他只好换上一件宽领的上衣，然后一点点挪到镜子前，每走动一下，都疼得龇牙咧嘴的。"我得好好健健身了。"他边打量着镜中的自己，边若有所思地说道，"这身子骨大不如前了。"

"锻炼得强壮些好下次打败他吗？"

"这次我也赢了啊。"他吹嘘着说，"好吧，至少我们打了个平手。话说回来，这种事是第一次，也是最后一次。以后你再也不许骂别人'粗俗'了。如果发生了不愉快，你就直接拿起外套走人。知道了吗？"

"我都听你的，亲爱的。"她温顺地答道，"刚才我怎么那么冲动啊，现在一想真是后悔。"

他们边走边说，路过婴儿房的时候，约翰突然停住了脚步。

"她睡了吗？"

"估计是睡了。没关系，我们一起进去看看她吧——说声晚安就出来。"

他们轻手轻脚地进了屋，里面很暗，温度很舒适，他们走到婴儿床边弯下腰，望着小爱德——她已经酣然入睡，小脸看起来红彤彤的，粉嫩的两只小手紧握在一起。约翰的手越过婴儿床的围栏，轻柔地抚摸了一下她顺滑的发丝。

"她睡得可真香啊。"他低声说了一句。平日里，小爱德总是吵着嚷着不肯睡，现在睡得这么沉，他还有些纳闷儿。

"是啊，今天下午她也累坏了。"伊迪斯解释道。

"安德鲁斯夫人，"黑人女佣在走廊里轻声呼唤道，那声音刚好能让伊迪斯听见，又不会吵醒孩子。"马基夫妇前来拜访，他们就在楼下，想要见见您。马基先生好像被人狠揍了一顿，夫人。他鼻青脸肿的样子，就像一块烤牛排。他旁边的马基夫人，看上去气得要命。"

"我的天哪，他们又是哪根神经搭错了啊！"伊迪斯叫道，"你就告诉他们，说我们都不在家。想让我下楼，门儿都没有！"

"你肯定会下去的。"约翰语气严肃，态度坚决。

"什么？"

"你应该马上就下楼去。记住一点，不管那个女人做什么，你都要为今天下午说的话道歉。那之后，你们就算老死不相往来也不要紧。"

"为什么要我道歉……约翰，我说不出口。"

"你一定要道歉。你想一想，你光是下楼都这么不情愿，那她到我们家来，岂不是要下更大的决心。"

"那你能陪我去吗？我不想一个人，好吗？"

"我会下去的——很快就去。"

约翰·安德鲁斯一直站在原地，直到妻子关门离开。随后他弯腰把女儿从婴儿床里抱了出来，顺带把她身上盖的、身下铺的毯子都紧紧抱进了怀里，然后在摇摇椅上坐下。她忽然动了一下，他不由得屏住呼吸，好在她迷迷糊糊的，换了个姿势，又马上在他的臂弯里安然入睡了。他慢慢低下头，用脸颊疼爱地摩挲她柔亮的发丝。"我的小心肝儿，"他喃喃自语道，"我的小宝贝儿，我可爱的小公主。"

此刻约翰·安德鲁斯恍然大悟，明白了自己傍晚时究竟为何而战。将他变成强悍骑士的人，此刻就甜甜地睡在他的怀里，他会忠诚地守护着她，直到生命的最后一刻。房间依旧那么昏暗，摇椅有一下没一下地来回晃着，约翰坐在上面，久久没有离开。

宽　恕

一

从前有一位神父，他面容冷峻，目似寒水，常在寂静的夜里独自哭泣。说起缘由，多半是因为那漫长而酷热的午后实在难熬，害他没法专心致志地侍奉我们的主耶稣基督，更别提与主进行神秘的精神沟通了。下午四点左右，偶尔会有一群瑞典姑娘从他家窗外的小路走过，她们叽叽喳喳、吵吵闹闹的，那刺耳的笑声快把他烦死了，他只好大声地祈祷让夜晚快一点到来。天色一暗，这个世界就安静了。但让他苦恼的还不光是这些，有时他经过伯格药店，发现里面只点了几盏昏黄的灯，看起来阴沉沉的，就连冷饮机的金属出水口都闪着寒光，空气中还弥漫着一股廉价卫生皂的香精味。糟糕的是这条街是他回家的必经之路，每个星期六的晚上听完忏悔后，他都得打这儿走过。没办法，他只得小心翼翼地走到马路的另一边，这样在他闻到那香精味儿之前，风就把它给吹散了，要是能直接吹到月亮上去就再好不过了。

　　不过下午四点那让人抓狂的闷热，是怎么躲也躲不掉的。他向窗外望去，目光所及之处是漫山遍野的麦子，它们茂密地生长在达科他州的红河谷里。真想不出还有什么比麦田更难看的东西了，他叹口气，对那地毯图案般的景致失望透了。于是他闭上眼睛，任思绪带着自己穿行在光怪陆离的迷宫里，不然又该去哪儿躲避这无处不在的烈日呢。

　　一天下午，他正打着瞌睡，脑中的想法就像古老钟表上的指针那样，走一会儿又停一会儿。这时，管家敲了敲书房的门，走了进来，身后还跟着一个模样很是俊俏的小男孩儿。这孩子看起来有点紧张——他名叫鲁道夫·米勒，今年十一岁。小男孩局促地坐下，一缕阳光恰好落在他身上，神父坐在胡桃木书桌后面，假装正忙得不可开交。这间屋子静得可怕，跟鬼屋似的，来了这么一个小可爱，还真令人心情舒畅，不过他得把这些心思掩饰好才是。

　　过了一会儿，他慢慢转过头，朝小男孩看去，没想到却猛地对上一双瞪得老大的蓝眼睛，那眼波里的光彩闪烁不定。他被小男孩吓了一跳，等缓过神来才明白，这位年幼的访客似乎正处于一种极度惶恐的状态。

　　"你的小嘴儿正抖个不停。"施瓦兹神父说道，他的嗓音低沉沙哑。

　　小男孩连忙用手捂住了颤抖的双唇。

"你是不是闯什么祸了？"施瓦兹神父一针见血地问，"好了，把手拿开吧，给我讲讲到底怎么回事。"

施瓦兹神父一下子想起来了，小男孩是卡尔·米勒的儿子，米勒先生是个货运代理商，也是这片教区的教民。小男孩虽然极不情愿，但还是把手放了下来，语气绝望地低声讲了起来。

"施瓦兹神父……我犯下了可怕的罪行。"

"你冒犯了贞洁吗？"

"不是的，神父……比那还糟。"

施瓦兹神父浑身打了一个激灵。

"难道你杀人了吗？"

"我没有——但我担心我自己会被杀——"他的声音顿时高了八度，啜泣地说。

"你想去告解室忏悔吗？"

小男孩悲伤地摇了摇头。施瓦兹神父清了清嗓子，尽量让声音听起来更加温和，准备接下来再说些亲切随和的话，安慰他一下。在这种时候，他必须忘记自己的苦恼，变成上帝的化身。他满怀虔诚，不停地在心里祈祷着，希望得到上帝的指示，帮他做出正确的决定。

"跟我说说事情的经过，好吗？"他的声音明显温和了不少。

小男孩眼泪汪汪地看着他，发现刚才还一脸不耐烦的神父，此刻充满了道德上的包容力。他这才安下心来，努力卸下一切伪装，鼓起勇气对神父讲述了这个故事。

"三天前正好是星期六，父亲提醒我那天必须去做忏悔，因为我已经有一个月没去了。我爸妈每个周末都会去教堂，那天我因为贪玩就没去。我根本就没把爸爸的话当回事儿，觉得不做忏悔也没什么大不了的。接着就把这件事抛在脑后了，因为当时我正和小伙伴们玩到兴头上。吃完晚饭，父亲问我有没有去做忏悔，我说'还没有'，他一把拽住我的衣领，命令我说'你给我马上去'，我连忙说'好的，好的'，然后拔腿就往教堂的方向跑去。父亲当时还在我身后喊道：'你要是不去，就别再回这个家！'……"

二

告解室里挂着落地的毛绒窗帘，昏暗角落里的褶皱一晃，帘布下方探出一只鞋，一看便知是老年人穿的那种鞋，鞋底磨损得厉害，看样子穿了很久。窗帘后面，一个不朽的灵魂正在单独和上帝交谈着，当然阿道弗斯·施瓦兹神父也在场。里面有微弱的声音传出来，像是在谨慎地密谈着，能隐约听到说话时牙齿轻微的摩擦声，偶尔对话会被施瓦兹神父清晰的提问声打断。

鲁道夫·米勒正等着进去做忏悔，他跪在告解室旁的靠背长椅上，竖起耳朵紧张兮兮地偷听着，可惜完全听不清里面在说什么。神父清晰的嗓音忽然响起，吓得他心里一阵慌乱。下一个就轮到他了，他准备坦诚交代自己违反了第六条和第九条戒律，在他后面还有三四个人在排队，估计那些人也会无耻地偷听他的告解。

鲁道夫从不干通奸那种勾当，甚至没打过邻居家老婆的歪主意——可他犯下的罪行又跟这种事脱不开关系，这真够让他难以启齿的。相比之下，还是那些不太丢脸的罪过比较容易开口——因为它们都是些小毛病，不会备受人们苛责，不像性侵犯那样，会在他的灵魂上刻下丑陋的罪痕。

他刚才特意用双手把耳朵遮住，做出一副拒绝偷听的样子，就是希望别人在他忏悔时，也能如此以礼相待。告解室里的忏悔者突然一动，吓得他赶紧把脸埋进了臂弯里。一丝恐惧渗透进他的身体，仿佛就挤在他的心肺之间。现在，他必须不遗余力地为自己的罪行忏悔——这并非出于内心的悔恨，而是因为他触犯了上帝。他要想方设法再次获得上帝的信任，为了达到这个目的，他得先过自己这一关。经过了一番激烈的情感斗争之后，虽然还有点战战兢兢，有点自怜自怨，但他总算是说服了自己，决定开始做忏悔了。告解室对他来说，恐怖得就像一口巨大的棺材，不过只要他能控制住自己心中的杂念，保持住稳定的精神状态，好好地把忏悔做完，他就会免于卷入自己宗教生涯的另一场危机。

然而，事与愿违，一个邪恶的念头正逐渐吞噬着他——

我应该马上离开这里，趁还没有轮到我，赶紧回家去，然后告诉妈妈都怪自己来得太晚了，神父已经回去了。但是这么做也有风险，运气不好的话，谎言就会被识破。得再想个办法，对了，我可以说自己已经做过忏悔了啊，但这么说的话，就必须逃开明天的圣餐仪式，因为灵魂不洁的人吃了那里的食物就会中毒，变得头重脚轻，全身瘫软，从圣坛的围栏翻下，直接堕入地狱。

他又模模糊糊地听到了施瓦兹神父的声音。

"那么，为了让你……"

神父的声音低沉沙哑，根本听不清楚，鲁道夫觉得他自己再也待不下去了，看来今天下午是没法做忏悔了。正当他忐忑不安、犹豫不定的时候，告解室的把手被人轻轻一扣，嘎吱一声，滑门被放了下来，随后毛绒挂帘也被卷了起来，发出一阵窸窸窣窣的声音。这时想走已经来不及了……

"帮帮我吧，神父，我是个有罪之人……我向万能的上帝忏悔，也向您忏悔，我的神父，我的罪行是……是已经一个月零三天没来忏悔了……我责怪自己……因为这玷污了我主耶稣基督的圣名……"

这种小罪微不足道。他完全是在装腔作势——这哪里是自责，根本就是在自夸嘛。

"……我向您忏悔，因为我曾对一位老奶奶很不尊敬。"

格子窗后面，一个朦胧的身影微微动了一下。

"为什么这么说呢，我的孩子。"

"就是那个斯温森奶奶！"鲁道夫本来还轻声细语的，这下突然激动地大声说道，"我们玩棒球时不小心砸坏了她家的窗户，她没收了球不肯还给我们，所以我们就对她喊了一下午的'老太婆，快滚蛋'。没想到，下午五点钟左右她气得犯了病，他们只得去叫了医生。"

"继续说，我的孩子。"

"我向您忏悔……因为我怀疑自己不是父母的亲生儿子。"

"你说什么？"他的话让询问者颇为震惊。

"我觉得我不是父母的亲生儿子。"

"你为什么会这么想？"

"这个嘛，只是出于自尊心。"忏悔者高傲地回答。

"你的意思是说，你觉得自己太出色了，他们不配做你的父母，对吗？"

"是的，神父。"他的语气不像刚才那么神气了。

"接着说吧。"

"我向您忏悔，因为我不听妈妈的话，还骂过她。因为我在背后说别人的坏话。因为我学会了抽烟……"

所有不足挂齿的过错都被鲁道夫说尽了，不知不觉间，他正一寸一寸地接近那个说不出口的罪行。他用力把脸埋进掌心，那十根手指就像法庭被告席的围栏，不断向他施压，恨不得抓住他的心脏，将那羞于见人的丑事一把给拽出来。

"我向您忏悔，因为我满口脏话。而且，还总有些色情的想法和欲望。"他的声音小得快听不见了。

"很频繁吗？"

"我不记得了。"

"一周一次？或者一周两次？"

"差不多一周两次。"

"你被这些欲望控制了吗？"

"没有，神父。"

"有这种欲望的时候，你是一个人吗？"

"不是的，神父。我那时和两个男孩儿，还有一个女孩儿在一起。"

"听我说，孩子，你应该远离那些容易犯罪的场合，就像远离罪恶本身一样，你能做到吗？因为一旦靠近邪恶，人就会产生邪恶的欲望，邪恶的欲望又会导致邪恶的行为。告诉我，发生这件事的时候你们在哪儿？"

"在一个谷仓里，前面正好是……"

"不要提到任何人的名字。"神父立刻打断他。

"好吧，当时我们在谷仓的阁楼里，那个女孩儿……正和一个男孩儿说话……说的都是些下流事，我在一旁听着。"

"你应该离开——你还应该提醒那个女孩，让她也离开那里。"

他怎么可能离开！他真想告诉施瓦兹神父，那些下流话是如何的新鲜刺激又柔情浪漫，听了之后又是如何让人心跳加速、血脉贲张。也许在少年犯管教所里，那些萎靡不振、面无表情、屡教不改的女孩儿，也会说些这样的话，那将成为他们黑暗生活中最亮的火光。

"还有什么事需要忏悔吗？"

"没有了，神父。"

鲁道夫顿时觉得如释重负，这才发现自己已经紧张得满手是汗。

"你刚才有没有说谎？"

这个问题让他心里一惊。像所有习惯性说谎者和本能性说谎者一样，他对真实充满了强烈的敬畏感。为了脸面上好看些，他做出了一个快速却羞耻的回答。

"天哪，当然没有，神父，我从不说谎。"

顷刻间，一股自豪感油然而生，仿佛平民坐上王位那般得意。按照惯例，神父开始低声地进行劝诫，这时他忽然意识到，自己刚才像个英雄似的将说谎的事实全盘否定，不过是又犯下了一个可怕的罪行——他竟然在忏悔时说了谎。

施瓦兹神父接着说"现在开始悔罪"，他忧心忡忡地跟着神父大声重复着：

"噢，我的主基督耶稣，我真心忏悔冒犯了您……"

他必须立刻做出弥补——这个罪过实在太严重了——然

而，当他说完祷告词的最后一个发音之后，伴着一道刺耳的声音，滑门被从里面关上了。

他垂头丧气地从闷热的教堂里走了出来，外面暮色正浓，麦田一望无际，天空布满彩霞，这片自由的天地让他长舒一口气，忘却了对自己罪行的深刻反省。他深深地吸了一口清新的空气，将烦恼丢到一旁，一遍又一遍地自言自语道："布莱奇福特·萨尼明顿，布莱奇福特·萨尼明顿！"

布莱奇福特·萨尼明顿是他对自己的别称，这个名字出自一首歌。每当他变身成布莱奇福特·萨尼明顿时，周身都散发出一种温柔的贵族气质。因为布莱奇福特·萨尼明顿是个战无不胜攻无不克的大人物。只要鲁道夫眼帘微垂，那就意味着布莱奇福特隆重登场了。如果这时你从他身边走过，就会听到空中飘荡着惹人羡慕的低吟："布莱奇福特·萨尼明顿驾到！布莱奇福特·萨尼明顿大驾光临！"

当他大摇大摆地走在回家的崎岖小路上时，完全把自己当成了布莱奇福特，可走到路德维格大街前的那段碎石路时，鲁道夫高昂的兴致完全消失了，他冷静下来，陷入谎言带来的恐惧中。毋庸置疑，上帝肯定已经知道了他的罪行——但鲁道夫在心里为自己保留了一个角落，在那里就连上帝也奈何不了他，以前对付上帝的各种小把戏，都是在那里琢磨出来的。现在，他又躲进了这个角落，思量着如何才能完美地避开撒谎带来的种种后果。

首先，他必须不惜一切代价，避免参加明天的圣餐仪式。触怒上帝到今天这种地步，中毒的风险实在太高了。他打算明天早上"一不留神"喝杯水，因为按照教会的戒律，那样他就不适合接受圣餐礼了。尽管这个诡计不太高明，却最为可行。他将有可能遇到的风险全部梳理了一遍，并想好了相应的对策，然后又专心致志地思考起如何才能让自己的计划成功实施，想到这里的时候，他刚好转过街角的伯格药房，前面不远就到家了。

三

鲁道夫的父亲是当地一个货运代理商，随着德国和爱尔兰的第二波移民潮来到美国，后来在明尼苏达州的达科他地区定居下来。理论上说，当时的环境对一个精力旺盛的小伙子来讲，绝对是个千载难逢的好机会。但卡尔·米勒始终没能在上司和下属中建立起良好的口碑和形象。在等级分明的产业里，良好的口碑与形象是通往成功必须具备的条件。总而言之，他这个人有点迟钝，又不够踏实可靠，连最基本的人际关系也处理不好，所以才一直郁郁不得志，慢慢地人也变得疑神疑鬼、焦躁不安，整天都垂头丧气的。

米勒平淡的生活里有两道华彩，一是对罗马天主教的信仰，另一个是对"帝国建造者"詹姆斯·J.希尔[1]发自肺腑的崇拜。米勒之短正是希尔之长——希尔头脑灵活，触类旁通；能够见微知著，事情刚一露苗头，他就能猜到结局。而米勒的反应却总比别人慢半拍，他活到现在都没在生活中找着平衡感。在希尔光辉伟岸的阴影下，他那矮小又疲惫的身体正一天天地老去。二十年来，他就这么孤独地生活着，心中只有对希尔的崇拜和对上帝的虔诚。

一个星期日的早上，时针刚指向六点，卡尔·米勒就醒了。此刻窗外还静悄悄的，空气清爽，阳光明媚，到处都一尘不染的。他那头灰黄的头发和满脸的胡须都乱蓬蓬的，他就这么跪在床边，做完了清晨的祷告。然后他脱下睡觉时穿的长裤——他们那代人总觉得穿睡衣别扭——接着换上了一件羊毛内衣，他身材瘦小，皮肤白皙又光滑。

换好衣服，他就去卫生间刮胡子了。旁边的卧室里什么动静也没有，他的妻子睡得正香。儿子也在呼呼大睡，他的小床被屏风隔在客厅的一角，旁边堆放着著名作家阿尔杰[2]的小说、他收藏的雪茄包装纸，还有被虫蛀了的三角旗——其中有康奈尔和哈姆林送他的，也有在印第安人村买的，还有从新墨西哥州带回来的——以及其他一些私人物品。米勒

---

[1]　詹姆斯·J.希尔（1838—1916），被誉为"帝国建造者"，也是一名成功的企业家。在他的努力下，第一条横贯美国北方大陆的铁路建成了，即"大北方铁路"。

[2]　小霍雷肖·阿尔杰（1832—1899），美国儿童小说作家，作品多达130余部。

听到屋外传来小鸟清脆的啼叫声、家禽来回走动的声音，还有火车驶近时低沉的轰鸣声，以及车轮和铁轨摩擦发出的"哐嘁哐嘁"的声音——每天早上六点十五分，开往蒙塔纳州和远方绿色海岸的火车都会从这里经过。他继续刮着胡子，突然间把头一抬，冰凉的水珠正顺着毛巾往下滴——楼下的厨房里似乎传出了一阵鬼鬼祟祟的声响。

他匆忙擦了一下剃须刀，将搭在身上的背带在肩膀处扣好，竖起耳朵仔细听起来。确实有人正在厨房里走动，那脚步声很轻，不可能是他的妻子。他惊得张大了嘴，风驰电掣般冲到楼下，一把推开了厨房的门。

只见他的儿子正站在洗碗池边，一只手握着滴水的水龙头，另一只手拿着一个盛满水的杯子。儿子看起来昏昏沉沉的，一副没睡醒的样子，发现父亲之后，他知道自己又要挨骂了，清澈的眼睛里闪过一丝慌张。他没穿拖鞋，光着两只小脚，睡衣袖口翻卷到手腕，裤腿挂在膝盖上。

父子俩就这么大眼瞪小眼地愣了一会儿——卡尔·米勒眯着眼睛，眉毛向下坠；儿子则圆睁着眼，眉毛向上挑，两人似乎都在寻找释放这饱满情绪的出口。随后，父亲的小胡子往下一垂，遮住了嘴唇，儿子心想情况不妙，父亲又向四周瞥了几眼，确认没有其他人来过的痕迹。

清晨的阳光洒满整个厨房，晒得平底锅微微发烫，洁净光滑的地板和餐桌就像闪着微光的金色麦田。厨房中间有一

个火炉，此刻烧得正旺，汽笛一整天都轻声吹着"哧哧"的
口哨声，许多调料罐和储物罐像叠叠乐玩具似的被摆在一起。
没有任何东西被拿走或挪动，一切都安然无恙——除了水龙
头还在不停地滴着水珠，每落下一缕水流都反射出一道明晃
晃的光线。

"你在干什么？"

"我嗓子渴得难受，想下楼喝杯……"他话没说完就被
父亲打断了。

"你难道不想参加圣餐仪式了吗？"

儿子的脸色顿时变得惊慌失措。

"我把这事给忘了。"

"你喝水了没有？"

"还没……"

话一出口鲁道夫就知道自己说错了，事实上他现在说什
么都没用了，面前那两道深邃的、愤怒的目光早把真相看在
眼里。现在他才意识到自己根本就不应该下楼，之前隐约觉
得有必要在洗碗池旁放一个湿漉漉的水杯，那样他的话就显
得更逼真了，没想到他的想象力竟以诚实的方式背叛了他。

"马上倒了，"他父亲命令道，"我说马上把水倒了！"

鲁道夫绝望地把玻璃杯倒扣过来。

"你到底想什么呢？"米勒生气地责问道。

"没想什么。"

"你昨天去做忏悔了吗？"

"去了。"

"那你还过来喝水？"

"我不是有意的——我刚才给忘了。"

"也许比起你的信仰，你对口渴关心得更多一些。"

"我是真的忘记了。"鲁道夫觉得自己都快哭了。

"忘记不是理由。"

"好吧，但事实如此。"

"你最好给我小心点！"他父亲用充满怀疑的语气大声警告他，"你再敢健忘到连自己的信仰都记不住，看我怎么收拾你。"

鲁道夫一语不发地听着，然后保证说："我以后会牢牢记住的。"

"你知道忽视信仰的后果是什么吗？"他父亲怒不可遏地高声呵斥道，"你会变成一个骗子，一个小偷！到那时，等待你的就只有少年犯管教所！"

这个耳熟能详的威胁，也没能把鲁道夫从眼前的深渊里拯救出来。他应该现在就坦白一切，虽然这么做身体免不了遭殃，会被父亲胖揍一顿；否则就只能带着自己亵渎圣明的灵魂，去接受圣餐上基督的血肉，那样就得冒着承受上帝雷霆震怒被惩罚的风险。相比之下，似乎前者更可怕——他虽然害怕被打，但真正令他恐惧的是野蛮的暴力，只有无能之辈才会用暴力的方式宣泄情感，那是他们潜藏的可悲之处。

"现在放下杯子，上楼去换衣服！"他父亲吩咐道，"等下我们到了教堂，你不许去领圣餐，要先跪下来忏悔，请求上帝宽恕你的疏忽大意。"

这句话里有意无意地流露出一种强硬的命令口吻，那就像是一针催化剂，直接打进了鲁道夫的脑袋里，使本来就担忧害怕不知所措的鲁道夫彻底失去了理智。一股夹杂着自尊的愤怒在他心里熊熊燃烧起来，一气之下，他使劲把杯子摔进了洗碗池。

他父亲发出一声沙哑的怒吼，直接朝他扑了过去。鲁道夫连忙躲向一边，不小心撞翻了旁边的椅子，他想跑到餐桌的另一边去，却被父亲一把抓住了肩膀处的睡衣，他吓得发出一声凄厉的尖叫。紧接着一记重拳就打在他的头上，随后雨点般的拳头落在了他的后背上。他抱头逃窜，父亲一直用力揪着他，当他被拖过去或是被拎起来的时候，会本能地用一只胳膊往回拽，强烈的疼痛和愤怒胶着在一起，除了声嘶力竭地冷笑几声，他一直咬着牙不肯认错。还没等他反应过来，父亲忽然停下了拳头。他们狼狈地僵持着，鲁道夫仍被父亲牢牢地摁住，两人浑身都在颤抖，嘴里不停地说些乱七八糟、语无伦次的话。最后，卡尔·米勒边推边骂地把儿子弄上了楼。

"马上去换衣服！"父亲又吼了一声。

此刻的鲁道夫已经变得歇斯底里，内心冰冷执拗，没有丝毫悔意。他的脑袋被打得生疼，脖子也被父亲的指甲挠出一道长长的红色抓痕，他哆哆嗦嗦地换好衣服，抽抽搭搭地啜泣着。他知道母亲就站在自己的房间门口，身上的睡衣都没来得及换，她眉头紧锁、愁云满面，又一堆新皱纹爬上了她的容颜，从脖颈到额头，一处都没能幸免。他看不起母亲的张皇和怯懦，当她想帮他在脖子上涂些金缕梅酊剂时，他把头一扭，蛮横地挣脱了。这个家真令人窒息，他胡乱地洗了把脸，然后就跟着父亲出门了，顺着小路朝天主教堂走去。

四

父子俩只管埋头走路，谁都不理对方，偶尔有熟人路过，卡尔·米勒便机械地点点头。只有鲁道夫急促的呼吸声，扰乱了这个酷热周日里的宁静。

走到教堂门口时，父亲突然停下了脚步。

"我决定让你再去做一次忏悔。你现在就去告解室，把你干的好事都告诉施瓦兹神父，然后请求上帝的宽恕。"

"你不是也发火了吗？"鲁道夫立即反问道。

卡尔·米勒压迫性地向儿子走近一步，鲁道夫警惕地后退了一步。

"好吧，我这就去。"

"你会按我说的做吗？"父亲用沙哑的声音低声问道。

"我会的。"

说完，鲁道夫走进了教堂，一迈进告解室他就跪了下来，这两天他倒是天天来这里。告解室的滑板立即被拉了上去。

"我需要忏悔，因为我今早忘记晨祷了。"

"没别的了？"

"没别的了。"

他心中不禁涌上一阵窃喜，却也掠过一丝忧伤。心灵的安宁与自豪是他生活的必需品，再一次将它们从内心抽离，这让他很是痛苦。一条无形的界线已经被触碰和跨越，他深感孤独，自己的处境在这世上无人能懂——这份心境不只属于那些成为布莱奇福特·萨尼明顿的精彩瞬间，这也是他此刻内心的真实写照。迄今为止，那些疯狂的雄心抱负、微乎其微的羞耻、无法抑制的恐惧等种种心理，都是他不与外人道的个人隐私，在他尊贵的灵魂宝座面前，这都是些不入眼的事情，永远也得不到认可。然而，此刻的他幡然醒悟，原来那些不堪的事情就是他自己本身——至于其他的东西，都不过是在修饰和掩盖罢了。来自周遭的压力，正将这个青春期的少年逼上一条孤寂又诡秘的道路。

他在教堂的靠背长凳上跪下来，紧挨着父亲。弥撒开始了，鲁道夫挺直了身板——旁边没人的时候，他就靠在椅背上偷偷懒——这让他尝到一丝复仇的快感，那么强烈，又那么微妙。父亲在他身旁祷告，请求上帝宽恕鲁道夫，同时忏悔自己不该失去控制、大发脾气，希望也能得到上帝的宽恕。父亲转过头，看了一眼自己的儿子，欣慰地看到刚才那种嚣张放肆的神色已经从他脸上消退了，哭泣也已经停止了。父亲心想，这就是"上帝的恩典"啊，圣餐仪式的内涵也正是如此，其他问题也会迎刃而解的，弥撒结束之后，也许一切都会好起来了。在他的内心深处，一直把鲁道夫视为自己的骄傲，他不禁为自己刚才过激的言行感到深深的愧疚。

以前，每当仪式进行到传递募捐箱的时候，鲁道夫就觉得很难熬。因为他根本没钱可捐，这是常有的事。他觉得自卑又惭愧，低着头假装没看见箱子传到了自己的面前，唯恐被坐在后排的珍妮·布雷迪注意到，会怀疑自己是个穷光蛋。然而今天却不同了，当募捐箱传过来时，他冷漠地扫了它一眼，发现里面已经装了不少硬币，这倒让他不经意间起了兴致。

即便如此，当分发圣餐的铃声响起时，他还是止不住地浑身颤抖。上帝肯定会夺走他的小命的。在过去的十二个小时里，他犯下了一个又一个不可饶恕的重罪，这使他的心理负担格外沉重，因为他即将用亵渎圣餐的方式，为这些悖理逆天的罪过"加冕"。

"主啊，我不值得您来到我的屋檐下；但您只需说一句话，我灵魂的伤口就会愈合……"[1]

座位一阵晃动，领受圣餐的人们双手合十、低着头走向过道。很多更加虔诚的信徒则将两手的指尖顶在一起，做出塔尖的形状。卡尔·米勒就是这么做的。鲁道夫跟着他走到圣坛的围栏边，双膝下跪，然后拿起一块餐巾垫在嘴巴下面。清脆的铃声再次响起，神父将洁白的圣饼放到圣餐杯上，从圣坛上走了下来：

"愿我主耶稣基督的圣体保佑我的灵魂获得永生。"[2]

圣餐仪式刚一开始，鲁道夫的前额就直冒冷汗。顺着过道，施瓦兹神父正一步步走近。鲁道夫胃里一阵翻搅，上帝的意志不可违抗，他觉得自己的心跳越来越弱了。教堂里的灯仿佛正在一盏一盏地熄灭，陷入一片死寂之中，只有那含混不清的祷告声，宣告着主宰天地万物的上帝即将到来。鲁道夫驼着背，耷拉着脑袋，等待着造物主的致命一击。

突然间，他感觉旁边有谁用胳膊肘戳了他一下。原来是父亲在提醒他保持好跪姿，不能松松垮垮地靠在圣坛围栏上；这时，神父离他们只有两步远了。

"愿我主耶稣基督的圣体保佑我的灵魂获得永

---

[1] 祷告词，引自罗马天主教弥撒时所用的书典，原文为拉丁语。

[2] 祷告词，同样引自罗马天主教弥撒时所用的书典，原文为拉丁语。

生。"

神父走到他面前，鲁道夫只得张开嘴巴。他觉得舌头上的圣饼就像一个黏糊糊的蜡块。他呆若木鸡地跪在那里，还保持着仰头的姿势，仿佛时间都停止了。圣饼被他含在嘴里，迟迟不肯咽下。他猝不及防地又被父亲的手肘狠狠捅了一下，这才如梦初醒，发现人们如落叶似的纷纷退下圣坛，头也不抬地回到座位上去了。上帝庇佑着他们，与他们同在。

鲁道夫只能与自己为伴，他汗流浃背，深陷在罪恶的泥潭中。他朝自己的座位走去，沉重的脚步叩击着地板，发出"咚咚"的声响，他知道自己的心里暗藏着罪恶的毒药。

五

"白日飞来的箭"[1]

这个俊秀的小男孩有一双蓝宝石般的眼眸，浓密的睫毛宛如初开的花瓣，他已经向施瓦兹神父忏悔了他全部的罪行——半小时前笼罩在他身上的那束阳光，如今落在了房间的别处。鲁道夫松了一口气，他不像刚才那么恐惧了，吐露完心事之后，一般都会有这样的状态。他明白，只要有神父在房间里陪着他，上帝就不会让他的心脏停止跳动，然后他轻叹一声，安静地坐在椅子上，等待着神父的劝诫。

---

[1] 引自《圣经旧约·诗篇》第91篇第5小节，全句为"你必不怕黑夜的惊骇，或是白日飞来的箭"，原文为拉丁语。

施瓦兹神父面容冷峻，目似深潭，凝视着阳光下的地毯花纹，那上面有象征吉祥的万字符、干枯缠绕的藤蔓以及一簇簇苍白的花朵。门厅里的时钟不知疲倦地走着，时间已经到了傍晚，无论是这间令人厌恶的屋子，还是窗外午后的街道，都散发着死气沉沉、枯燥乏味的气息，偶尔有铁锤的敲击声从远处传来，打破了这燥热空气里的单调。神父的神经都快要绷断了，手指不停地捻动着玫瑰经念珠，那串珠子像是变成了一条小蛇，在桌子绿色的毡布上蠕动爬行。这个时候该说些什么好呢，他完全想不出来。

在这个失落的瑞典小镇里，最让他欢喜的东西，就是小男孩这双漂亮的大眼睛了——它们是那么的明亮澄澈，宛如夏夜闪烁的朗星，睫毛又长又弯，就如两把羽扇，在灵动的美眸上忽闪忽闪的。

房间里鸦雀无声，沉默仍在持续着，鲁道夫只好继续等待，神父搜肠刮肚地想说点儿什么，可绞尽脑汁也一无所获，时钟滴滴答答的声音让他更加心烦意乱。

然后，施瓦兹神父使劲儿地瞪了一眼小男孩，用一种奇怪的声音说道：

"当众人欢聚在他们最向往的地方，万物将光彩熠熠。"

鲁道夫一下子没反应过来，连忙看向施瓦兹神父的脸，似乎在寻求答案。

"我是说……"神父忽然停顿了一下，仿佛在侧耳听着什么。"你有没有听到铁锤的敲击声、时钟的嘀嗒声，还有蜜蜂的嗡嗡声？算了，你就当我没说。问题的关键，是要让更多人到世界的中心来，无论那个地方在哪里。然后……"——他故意把寒凉如深潭的眼睛睁得老大——"万物将光彩熠熠。"

"是的，神父。"鲁道夫嘴上赞同，心里却有点害怕。

"那么，你长大后打算做什么？"

"这个……我之前想当一名棒球运动员。"鲁道夫提心吊胆地回答，"后来又觉得那种理想不是特别好，现在我想成为一名演员，或者是海军军官。"

神父又使劲儿地瞪了他一眼。

"我知道你话里有话。"他说道，语气令人心生畏惧。

鲁道夫不过是实话实说，并没有什么引申含义，被神父这么一暗示，他越发惴惴不安了。

"神父怕是疯了。"他暗自想着，"他这样真令人害怕。他似乎想让我帮帮他，可我做不到。"

"你看起来就挺光彩熠熠的。"施瓦兹神父激动地大声说道，"你参加过社交聚会吗？"

"参加过，神父。"

"那你有没有留意过他们的穿着都很端庄得体？我的意思是说，如果你去参加聚会的话，只要一入场，你就会发现大家的打扮都很体面。也许你还会看到两个小姑娘正站在门

口，还有几个小伙子斜靠着楼梯扶手，到处都装饰着插满鲜
花的花瓶。"

"没错，我去过很多聚会，都是这样。"鲁道夫说道，话
题的转变让他松了一口气。

"那当然了，"施瓦兹神父眉飞色舞地继续说道，"我就
知道你会同意我的观点。我还总结出了一个理论——当很多
人在他们最向往的地方欢聚一堂的时候，万物将焕发出永恒
的光彩。"

鲁道夫发现自己想起了布莱奇福特·萨尼明顿。

"请仔细听我说！"神父焦躁地吩咐道，"不要再担心上
个星期六的事了。虽然背叛信仰会受到上帝的严惩，但前提
是那个人拥有完美的信仰。我这么说你觉得好些了吗？"

鲁道夫完全听不懂施瓦兹神父在说什么，但他还是点了
点头，神父也冲他点点头表示赞许，然后又回到自己的精神
世界里漫游去了。

"我的天，你知道吗？"他高声说道，"他们有一种灯，
居然和天上的星星一样大。我听说在巴黎还是别的什么地方，
有一种灯大如星星。许多人都有一只呢，可把他们开心坏了。
据说他们还拥有各种各样稀奇古怪的东西，你连做梦都想不
到。"

"你看这儿——"他朝鲁道夫走过去，可男孩吓得直往
后退，于是施瓦兹神父又回去重新坐到椅子上，他紧盯着鲁

道夫，目光犀利又炽热。"你去过游乐园吗？"

"没去过，神父。"

"我的天，你赶快去游乐园转转吧。"神父面无表情地挥挥手，"其实游乐园就像是个集市，只不过更加绚丽多彩。我建议你晚上去，站远点儿，找个没光的地方——昏暗的树林那儿就不错。你会看到一个光彩夺目的巨大摩天轮在空中旋转，还能看到人们玩激流勇进，游船会先顺着轨道升上去，然后突然从高处滑下，冲入水中。空气中飘荡着乐队演奏的声音，还有香甜的坚果味儿——所有的东西都在闪闪发光。但这并不会勾起你任何回忆，你懂吗？那些东西跟你没有任何关系，就像是一只飘向夜空的彩色气球，一个挂在柱子上的黄色大灯笼。"

施瓦兹神父似乎突然想到了什么，不禁皱起眉头。

"不过千万别靠得太近，"他对鲁道夫警告说，"一旦走近了，你就会发现那里热气冲天，全是汗味儿，到处都闹哄哄的。"

这次谈话让鲁道夫觉得异常古怪吓人，因为对方可是神父。他心惊胆战地坐在那里，水晶般明澈的眸子睁得圆滚滚的，目不转睛地看着施瓦兹神父。然而，在那份恐惧的背后，他更加笃定了自己的信念。有一种难以言喻的美妙在他心中升腾，却跟上帝没有丝毫关联。他不再担心上帝会因为他扯点小谎就大动干戈，因为上帝一定可以理解鲁道夫，明白他之所以这样做，是为了让忏悔词听起来顺耳一些，他不堪的罪行需要这些冠冕堂皇的言辞来遮羞。正当他陶醉在这份完美无瑕的荣耀之时，窗外绿意盎然、地势平缓的山冈上，出现了一面银色的三角旗，一队骑兵随之缓缓而来，马蹄声铿锵有力，银色的马刺闪闪发光，金属胸甲在夕阳的照耀下璀璨夺目，像极了家庭装饰画中在色丹作战的德国铁骑军。他们准备驻扎在此，明天一早再继续出发。

神父仍絮絮叨叨个不停，尽说些令人胆寒的字眼，男孩越听越害怕。突然间，有一股令人毛骨悚然的气息从敞开的窗户闯入，房间里的气氛猝然改变。施瓦兹神父一下子从椅子上跌落下来，"咣"的一声跪在地上，身体向后靠在一把椅子上。

"噢，我的上帝！"他声音诡异地高呼道，说完就瘫倒在了地板上。

紧接着，某种难闻的气味蔓延开来，混杂着从神父破旧衣服里透出的压抑气息，以及房间角落里吃剩食物的微酸味道。鲁道夫被眼前这一幕吓坏了，大叫了一声，疯狂地逃出了那栋房子——至于那位精神崩溃的神父，依旧躺在那里一动不动，嘴里颠三倒四地胡乱说着什么，一会儿哭一会儿笑，就像被什么附身了一样，然后发出阵阵阴森尖厉的笑声，久久回荡在房间里。

窗外则是另一番景象，蓝天下的麦浪被热风吹得摇摇晃晃，一群身姿婀娜的金发姑娘走在田间地埂上，修长的双腿在飘逸的花格裙下隐约可见。热汗顺着脖子淌下来，浸湿了领口边儿，她们不时地和正在田里劳作的小伙子们打情骂俏。烈日炎炎的午后足有五个小时，火辣辣的阳光灼烧着这片生机勃勃的大地。再过三个小时，太阳就将西沉，等到夜色渐浓，这些来自北方的金发姑娘和刚从农场回来的高大小伙子们，会横七竖八地躺在麦田旁，躺在如水的月光下。

俏女郎玛婷·琼斯与威尔士王子

一

　　四月的一个清晨，宏伟的"莫扎迪斯"号游轮缓缓驶入纽约港。她就像一位体态丰盈的贵妇，对那些破旧的拖船和慢如龟爬的渡轮嗤之以鼻，倒是对一艘崭新的豪华游艇抛了个媚眼，接着她一声怒吼，用震耳的汽笛声，命令那艘挡路的家畜运送货船马上闪开——贵妇入席，总要闹出点儿动静才罢休。一番折腾之后，她停靠进了专属的码头。稳了稳船身，她得意地宣布了自己的伟大航线——从法国的瑟堡市起航，途经英国的南安普敦市，最后到达美国纽约。不仅如此，她的乘客们也都是世界上呼风唤雨的大人物。

　　游轮靠岸后，主宰世界的大人物们，纷纷走出船舱，来到甲板上，傻乎乎地朝等在码头的穷亲戚们挥手，穷亲戚们心里则暗暗窃喜，可把这些巴黎的金主给盼来了。没过多久，一架巨大的扶梯将"莫扎迪斯"号与北美大陆连接在了一起，舱门徐徐打开，各界名流陆续亮相——著名的好莱坞女影星葛洛莉娅·斯旺森、美国罗德泰勒百货公司的两位买手、来自格劳斯塔克的财政大臣，他此行的主要目的，就是发放债券；还有一位尊贵的非洲国王，一路上他晕船得厉害，总是想随便找个地方下船得了，这会儿他又开始头昏恶心了。

乘客们一个接一个走上码头时，摄影师们手里的相机也没闲着，咔嚓咔嚓地响成一片。忽然，人群中爆发出一阵笑声，原来有两个中西部的男人，被服务生用担架抬出来了，这两个醉汉昨晚大喝了一通，到现在都没醒过来呢。

甲板上的人渐渐走光了，但摄影师们仍在坚守阵地，他们都在等那个如甜酒般甘沁的美人。负责登陆的指挥官也等在舷梯口，他急切地看了眼手表，又朝甲板望去，似乎还有哪位贵宾没有下船。最后，站在码头上的瞭望手们，一起拉长声音喊道"噢——啊——啊"。这般催促之下，B号甲板上的最后一拨随从，终于开始下船了。

走在最前面的是两个法国女佣，怀里各抱着一只染成紫色的迷你犬。她们身后跟着五个搬运工，每个人都捧着数不清的花束，多到连路都要看不清了。另外一个女佣跟在后面，带着一个眼神惆怅的法国孤儿。紧随其后的是另一位指挥官，他手里牵着三条没精打采的狼狗，这三人一狗的步伐都踉踉跄跄的。

突然，一行人停下了脚步。只见船长霍华德·乔治·维奇克莱福特爵士走到了栏杆边，他身边还站着一位身披华丽银狐毛大衣的丽人。

那人正是俏女郎玛婷·琼斯！过去的五年，她游遍了欧洲各大都市；如今，她终于回到了自己的祖国！

俏女郎玛婷·琼斯可不是普通的漂亮姑娘，她好似鲜花幻化的精灵，美得超凡脱俗。下船前，她眉眼带笑地和船长握手告别——那笑容如此灿烂，就像刚听到世界上最新颖、最好玩的笑话一样。她迷人的微笑，随四月的微风飘扬，感染了等在码头的人们，一瞬间，所有人的目光都集中到她身上。

在人们的注视下，她优雅地走下了扶梯。那顶价格不菲、风格独特的帽子，被她折了又折，夹在胳膊下面；她一头轻薄利落的短发，被摩丝打理得一丝不苟，任凭阵阵海风吹拂，依然纹丝不动。那双碧蓝的眼眸，像孩子般清澈纯净；明艳动人的面庞，好似沐浴在朝霞中的新娘。唯独那只单片眼镜有点煞风景，她刚走几步路，浓密的长睫毛就把镜片弄歪了，她用爽朗开怀的笑声化解了一切，然后把这只闹脾气的镜片换到了另一只眼睛上。

只听"啪嗒"一声，她上岸了！身姿轻盈的她，不到百斤，但整个码头都为之一震，为她的美貌所倾倒。有几个搬运工甚至激动得晕了过去；还有一条痴情的大鲨鱼，它千里迢迢地追随了她一路，此刻绝望地跃出水面，只为再看她最后一眼，随后便伤心地潜入了深深的海底。所有这些都在向纽约宣告着，俏女郎玛婷·琼斯回来啦！

　　遗憾的是，码头上没有迎接她的家人，原因很简单，她是这个家唯一的幸存者。在1913年那次悲惨的海难中，她的父母宁愿与"泰坦尼克"号一同沉入海底，也不愿离开彼此，独活于世。他们留下了一笔七千五百万美元的巨额遗产，由当时年仅十岁的玛婷·琼斯继承。在外人看来，她这样的小姑娘简直就是个"灾星"。

　　这会儿，俏女郎玛婷·琼斯（大家早就忘了她的本名）正被摄影师们围在中间，前后左右拍个不停。那只单片眼镜还是不听话，总七歪八扭的，她则继续哈哈大笑，不时无聊地打个哈欠，把眼镜在两只眼睛间换来换去，害得摄影师们连一张像样的照片也没拍到——也就录像还清晰一些。在人群中，有一位英俊的小伙子，他看起来格外激动，眼里似乎燃烧着熊熊的爱火。他名叫约翰·M.切斯特纳德，是个事业有成的年轻人，他的自传体成功史早就刊登在了《美国人》杂志上。很久以前，他就无法自拔地爱上了她，恰似潮汐无法抵抗夏月的引力。

　　当玛婷走下码头时，才在人群中发现他，她一脸茫然地看着他，就像不认识他似的。

　　"玛婷，"他呼唤着，"玛婷……"

　　"你是——约翰·M.切斯特纳德？"她一边问，一边好奇地打量着他。

"当然是我啦！"他气呼呼地抱怨道，"你想假装不认识我吗？还是想假装你没有写信说让我过来接你？"

她大笑起来。两人正说着话，一名司机走了过来，她脱下外套，露出里面的格子连衣裙，海蓝与灰色的搭配，看起来很有格调。她抖了抖身体，把衣服捋平整，那动作就像鸟儿甩掉身上的水珠似的。

"我有一肚子话想对你说。"她随口一说。

"我也是，"切斯特纳德热切地回应着，"但我最想说的是，玛婷，我已经深深地爱上你了，从你离开的那天直到现在，从未停止过。"

她用一声叹息打断了他的告白。

"行了，行了！别跟船上那些美国小伙子似的，这话听得我耳朵都起茧子了。"

"我的天！"切斯特纳德惊呼道，"你怎么能把我的真情告白，和船上那些家伙的花言巧语相提并论呢？"

激动之下，他的嗓音提高了不少，周围有好几个人都竖起耳朵听着。

"嘘！"她提醒道，"你小声点儿。在我回国这段时间，如果你还想见到我，就必须给我老实点儿。"

不过看样子，约翰·M.切斯特纳德的脾气是收不住了。

"难道你都忘了吗？"他抬高嗓门，颤声质问道，"五年前，就在四月的上周四，就在这个码头，你对我说过的那些话，你都忘了吗？”

此话一出，看热闹的人更多了，码头上至少有一半的乘客都朝他们看过来。碰巧这时又有一拨人从海关出来，也好奇地加入了围观的队伍。

“约翰，”她愈发不满了，“如果你再大吵大嚷的，就别怪我收拾你，让你知道什么叫冷静。好了，我要去丽兹酒店了，下午去那儿找我吧。”

“等一下，玛婷！”他哑着嗓子叫住她，“听我说，五年前……”

他话音未落，玛婷就为岸上的看客们，献上了一出精彩的好戏——只见一位身穿蓝灰格子裙的俏女郎，灵巧地向前迈了一步，一把推在面前那个激动不已的小伙子身上。小伙子向后一个趔趄，不料脚下竟踩空了，没等他反应过来，就从九米多高的码头摔了下去，扑通一声掉进了哈得逊河。

人群中有人大喊“快救人”，大家连忙冲到岸边。好在虚惊一场，小伙子的脑袋已经浮出了水面，而且他水性很好，正朝码头游呢。

看到这一幕，作为罪魁祸首的俏女郎，却悠闲地斜靠在码头栏杆上，还把手拢在嘴边做成喇叭形，朝河里的小伙子喊道：“四点半来找我吧。”

说完，她还开心地朝他挥了挥手，而那位在水里奋力挣扎的绅士，恐怕是没法回礼了。然后，她正了正自己的单片眼镜，傲慢地扫了一眼围观的乘客，不慌不忙地走出了人群。

二

这位俏女郎带着五只狗，三个女佣，还有那位法国孤儿，入住了丽兹酒店最豪华的一间套房。女佣在浴缸里放好了热水，还撒上了名贵的芳草，玛婷懒洋洋地躺了进去，舒舒服服地眯了一个小时。刚洗完澡，玛婷就接到了按摩师、美甲师和一名巴黎理发师的电话，她那一头利落的短发，就出自这位理发师之手。当约翰·M.切斯特纳德四点钟赶来的时候，已经有十多个人等在客厅里了，他们中有律师、银行家和玛婷·琼斯信托基金管理人。这些人下午一点半就来了，现在都是一副心急如焚的样子。

一个女佣把约翰从头到脚、仔仔细细地审视了一遍，也许是为了确认他是否干透吧。检查通过后，约翰就被引见到了大小姐的面前。此刻大小姐正在卧室休息，她斜倚在一把贵妃椅上，躺椅上放了二十多个丝枕，她就惬意地靠在那上面。约翰不太自然地走进房间，一本正经地向她鞠了一躬。

"你看起来好多了，"她撑起身子，对他评价道，"游游泳，脸色红润了不少嘛。"

他淡淡地说了声谢谢，算是回应了她的称赞。

"你真该每天早上都下水游一圈。"说完，她又跳到了另一个话题，"我明天就要回巴黎了。"

约翰·M.切斯特纳德倒抽了一口冷气。

"我信里就说了啊，我不会在这儿多待的，顶多就一周。"
她补充道。

"别这样，玛婷……"

"待在这儿干什么呀？纽约一个带劲儿的男人都没有。"

"至少别这么急，好吗，玛婷？你给我一次机会，再多
待上几天吧，哪怕十天也好啊。那样至少你能多了解我一些。"

"了解你？"她的语气仿佛在说早把他看透了，"我的男
人必须要像骑士一样英勇无畏。"

"你的意思是，让我像舞台剧演员那样，充分展示一下
自己的肌肉吗？"

俏女郎厌烦地叹了口气。

"我的意思是，你一点儿想象力也没有，"她耐心地解释
道，"美国到处都是些呆板的家伙。巴黎就不同了，只有在
那里，有品位的女人才有归属感。"

"你真的一点儿都不在乎我了吗？"

"不在乎的话，我为什么还要穿越大西洋来见你啊。问
题是，自从看了船上那些美国人的言谈举止，我就觉得自己
根本不可能嫁给美国人。我只会越来越讨厌你的，约翰，如
果我们在一起的话，我肯定会把自己的快乐建立在你的痛苦
之上，让你伤透心的。"

说完她左扭右扭地不知道在干什么，整个人都快陷在靠枕堆里了。

"我找不着单片眼镜了。"她解释道。

她一个死角也不留，连最里面的靠枕都翻了一遍，却发现那只淘气的眼镜，正挂在自己的脖子后面呢。

"我好想谈恋爱啊，"她边说，边重新把眼镜戴在她孩子般的眼睛上。"去年春天，在意大利南部的索伦托，我差点跟一个印度王侯私奔，可他城府太深了，有时候挺阴险的，而且他有好几个老婆呢，其中一个特别招人烦。"

"别说那些没用的话！"约翰喊了一句，然后痛苦地将脸埋进手里。

"好啦，我又没嫁给他。"她回了一句嘴，"不过他富有又慷慨，什么都愿意买给我。要知道，他可是大英帝国第三大富豪。顺便问一句——你是有钱人吗？"

"没你那么有钱。"

"看吧。那你能给我什么呢？"

"爱情。"

"爱情？"她又缩回到了靠枕堆里，"听着，约翰。对我来说，生活就像是一连串儿的小店，店里面摆满了琳琅满目的商品，每家店的老板都摩拳擦掌地在门口吆喝着'瞧一瞧，看一看喽。我这儿有全世界最棒的东西'。于是我好奇地走进去，钱包里装满了美貌、金钱和青春，准备倾囊而出。'你是卖什么的呀？'我问店主，他搓了搓手，回答说：'您好，小姐，我店今日特供的商品是完美无瑕的爱情。'其实，这种稀罕东西，他早就卖光了，但他发现我有的是钱，就立即派人去上货。噢，每当我想离开的时候，他都会及时把爱奉上——可惜他想卖我却不想买了。那就是我对他的报复。"

约翰·M.切斯特纳德绝望地站起来，朝窗户走去。

"你可别跳楼啊。"俏女郎急忙喊道。

"我不会的。"他把香烟扔到楼下的麦迪逊大街上。

"我那么说不是针对你哦，"她的声音温柔了许多，"我有多关心你，你都想象不到。我的意思是说，大部分美国人都有点儿呆板又没趣。而且这儿的生活太沉闷了，一件让人惊讶激动的事儿都没有。"

"有很多啊。"他坚定地说，"比如说，今天在霍波肯市发生了一起高智商谋杀案，在缅因州发生了一起买凶杀人案。对了，还有一份遏制不可知论派的法案，也已经提交到国会了……"

"我对这种冷幽默没兴趣，"她回嘴道，"我倒是对那些有浪漫冒险气质的人特别痴迷。我跟你说，约翰，上个月我在餐厅碰到两个男人，他们竟然用抛硬币的方式，决定了施瓦茨贝里-莱茵敏斯特王国的命运。我还在巴黎认识了一个叫布鲁奇达克的人，他亲自发动了一场战争，他甚至还有一个新的战争计划，准备两年后实施。"

"玛婷，晚上跟我出去走走吧，就当是散散心。"他固执地坚持着。

"去哪儿啊？"俏女郎不屑地说，"你以为我还跟以前一样，去夜总会喝瓶慕斯甜酒，就兴奋得不得了吗？我更愿意留在这儿做我的美梦。"

"我会带你去纽约最令人激动的地方。"

"那儿有什么？你必须先告诉我才行。"

约翰·M.切斯特纳德下定决心一般，猛地吸了口气，谨慎地看了看四周，一副担心被人偷听的模样。

"好吧，实话跟你说，"他压低嗓音，忧心忡忡地说，"要是我把这件事说出去，很可能就要倒大霉了。"

她一下子坐直了，抱枕如落叶般从她身上掉下来。

"你的意思是说，你有什么见不得人的秘密吗？"她大笑着问，"你觉得我会相信吗？不，约翰，你只会在康庄大道上阔步向前——头也不回地向前。"

她那张小嘴，就像一朵傲慢的玫瑰，毫不留情地说着让他芒刺在背的话。

约翰把他的帽子和外套从椅子上拿起来，把拐杖握在手里。

"我最后再问一遍——今天晚上你要不要和我一起出去？看看会有什么发现。"

"看什么呀？又能看到谁？这个国家有什么好看的？"

"好吧，"他用一种平淡的语气说道，"至少你会见到威尔士王子。"

"什么？"她一下子从贵妃椅上跳了起来，"他回纽约了？"

"他今晚在城里。你想见见他吗？"

"我可以吗？我从来没见过他，我都跟他错过无数次了。只要能见他一面，哪怕只有半个小时，少活一年我也愿意。"她兴奋得声音都颤抖了。

"他之前一直住在加拿大。为了看今天下午的拳击大赛，化名来了纽约。我碰巧知道他今晚要去哪里。"

俏女郎欣喜若狂地尖声喊道：

"多米妮歌！露易丝！杰梅娜！"

三个女佣立即飞奔而来。她们慌乱的脚步声，把房间震得嗡嗡直响。

"多米妮歌，备车！"俏女郎用法语吩咐道，"圣拉斐尔，去准备我的金色礼服和纯金鞋跟的舞鞋。还有镶着大粒珍珠的首饰——算了，你把所有珍珠首饰都拿出来，还有那枚鸽子蛋钻戒，再加上那双宝蓝色的刺绣长筒袜。多米妮歌——快去叫个美容师回来。然后重新放好洗澡水——先放一半冷水，再放半浴缸杏仁乳。多米妮歌——马上去蒂凡尼珠宝店，要多快又多快，必须在打烊前赶到。为我挑选一枚胸针，一个项链坠，一顶发冠，这么说吧，只要是带温莎王朝徽章的东西——什么都行，随便你买。"

她正说着，就手忙脚乱地去解裙子上的纽扣——约翰赶紧转身回避，这时裙带已经从她的肩头滑了下来。

"买些兰花！"她在他身后喊道，"兰花的花语是天堂之爱！你帮我买上四打，我要选四朵最美的。"

女佣们好似受惊的鸟儿一般，在房间里忙得团团转。"香水，圣拉斐尔，快打开香水盒，然后把我那件玫红色的貂皮大衣准备好，我的钻石吊袜带呢，还有护手用的精油！这儿，把这些都拿走！还有这个——和这个——哎哟！别落下这个！"

约翰·M.切斯特纳德温文尔雅地关上了房门。发现外面的客厅里还有六个受托人，他们三三两两地等在客厅里，有的疲惫不堪，有的无聊得要命，有的认命苦等，还有的一脸绝望。

"先生们，"约翰·M.切斯特纳德宣布了一个坏消息，"这趟旅行把玛婷·琼斯小姐累坏了，她今天下午恐怕没法见你们了。"

三

"不知什么原因，这里被称为天空之穴。"

俏女郎环顾四周，发现他们来到了一个露天屋顶花园。头顶就是早春清冷的夜色，穿过幽幽长空，繁星正向他们眨着眼，在漆黑如墨的西边夜幕，挂着一轮冰凉的银月。奇怪的是他们身处的环境却温暖如春。在磨砂玻璃地板上，情侣们或享用晚餐，或相拥曼舞，对黑得吓人的夜空毫不在意。

"这儿怎么会这么暖呢？"他们走向餐桌时，她轻声问道。

"多亏了一种新科技，它可以防止暖气流失。我也不太明白其中的原理，不过自从有了这个好东西，就算在数九寒冬，他们照样能举办这种露天晚宴。"

"威尔士王子在哪儿？"她紧张地问道。

约翰看了看四周。

"他还没来。估计再过半个小时就到了吧。"

她长叹了一口气。

"四年来，我第一次这么激动呢。"

四年——他爱上她，已经五年了。此刻，花园里琥珀色的灯光是那么柔和，这片广袤漆黑的苍穹如此深邃，在夜色的映衬下，她的美让人无法移开目光。他心想，或许十六岁时的她，都不曾像今晚这般令人惊艳。那年，她还是个活泼可爱的小丫头，和那些第二天就要出征的军官们，在饭店一聊就是一整夜。那是一段硝烟弥漫的日子，每天都伴随着沉重的悲伤和痛苦，生命中的华彩随时都会化为乌有。而今晚的她，从灵动的眼眸到小巧的高跟舞鞋，全都用心打扮过，名贵的首饰点缀其间，看起来格外珠光宝气。在他眼里，她就是一件无与伦比的艺术品，好似那种神奇的瓶中船；仿佛造物主为了创造她，穷尽了所有心血，精雕细琢了无数个日夜，才完成了她如今的动人模样。约翰·M.切斯特纳德好想牵着她的手，把她搂进怀里，那样就能把她的鞋尖和耳坠看个究竟，也可以仔细研究一下她忽闪忽闪的睫毛，到底是何方仙物，怎么会如此摄人心魄。

"那个人是谁呀？"她突然问道，手指着对面餐桌一位帅气的拉丁美洲人。

"他叫罗德里戈·迈纳里诺，是个电影明星，也是广告界的宠儿。过一会儿，他也许会跳上一曲。"

俏女郎这才发现，从远处传来阵阵小提琴和打鼓的声音，悠悠扬扬的，仿佛乘着清凉的夜风飘然而至，宛若一个遥不可及的梦境。

"乐队在另一栋楼的屋顶上，"约翰解释道，"这个创意不错吧——快瞧，演出开始了。"

只见一个身材纤细的黑人女孩，从隐蔽的入口处一闪而入，走到了明晃晃的光束下。她刚站定，狂野的曲调就响了起来，这首歌节奏感很强，歌词却很伤感。大家正听得起兴，女孩的嗓子却突然哑掉了，她漏了一拍之后，就跟不上节奏了。节奏一乱套，这首歌就没法听了，简直成了一场可怕的灾难。现在她已经完全跟不上"杰克爸爸"乐队的伴奏了，她绝望不已，又心有不甘，用沙哑的嗓音歇斯底里地哀号了一遍又一遍。响亮的号角此起彼伏，带着强有力的节拍，步步紧逼着她，但她只管聆听着低沉的鼓声，仿佛与之进入了一个被遗忘千年的失落之地，自顾自地翩然吟唱着。小号之后，短笛也败下阵来，最后那女孩抬起手臂，仰起头，用一个带着哭腔的高音作为结尾。然后，灯光骤然熄灭，她的身影也随之消失不见。

"要是你住在纽约，不用问，肯定知道她是谁。"约翰正说着，柔和的灯光亮了起来。"下一个演出的是谢赫·B. 史密斯，他是个喜剧演员，有点呆头呆脑的，话特别多……"

刚说到这儿，约翰就收声了，因为灯光又暗了下去，第二个节目就要开始了。俏女郎长吁了一口气，因为紧张，她身体前倾地坐在椅子上，目光炯炯的样子，活像一只搜索猎物的猎犬。约翰发现她正盯着侧门看，那儿刚走进来几个人，在一张光线很暗的餐桌落座了。

那张桌子前面有几棵棕榈树，一开始俏女郎只模糊地看到三个人影。后来她才看清楚，原来还有第四个人。这个人似乎是个大人物，另外三个人都小心谨慎地掩护着他——他皮肤白皙，长着一张鹅蛋脸，一头深黄色的头发，像黄金般闪耀。

"哇噢！"约翰脱口喊道，"那个人就是王子。"

刹那间，她连呼吸都停止了，如鲠在喉，只含糊地发出了一声惊叹。之后，她隐约意识到那个喜剧演员登场了，就站在舞台一束明亮的灯光下，他已经在那里说了好一阵，空气中不时传来阵阵欢笑。但她的目光仍专注地看着王子，就像着了魔似的。她看到他们中有一个人低下头和另一个人耳语了几句，接着火柴微光一闪，点燃了一支香烟，在昏暗的背景下，香烟的火光闪烁不定。她也不知道自己这样一动不动地看了多久。慢慢地，她的目光似乎发生了变化，变得更加炽热，也更加急迫。等她猛地回过神，发现一只微型聚光灯照到了自己身上。恍惚间，她感觉似乎有人在跟她说话，人们又爆发出一阵欢快的笑声，可是灯光太亮了，晃得她什么也看不清，她下意识地想起身离开。

"别动！"约翰在她对面低声解释道，"他每天晚上都会找个观众开开玩笑，没事的。"

她这才反应过来——原来刚才和自己说话的人，是那个喜剧演员谢赫·B.史密斯。这会儿，他还在跟她逗趣儿呢，也不知他抖了什么包袱，把大家笑得前仰后合的，可她的耳朵里只听到一团嗡嗡作响的噪音。当灯光第一次射向她时，她就本能地换上了优雅的表情，现在更是配合地露出了笑容。这份泰然自若的姿态，可不是人人都能做到的。其实，在这份笑容的背后，她出奇地冷静，就好像根本没发觉那束光，也没意识到他正拿她的美貌开玩笑似的——不过，这种近在眼前又远在天边的感觉，倒让她觉得挺有意思的，说不定他扔个飞镖，都能嗖地飞到月亮上呢。这会儿，她已经远离了"淑女"这个角色——不管哪个淑女，碰到这种事，就算不反唇相讥，至少也会不屑或者可笑地反驳几句吧；然而俏女郎却不为所动，她仿佛是一座光彩夺目的雕像，自始至终就那么安静地坐着，她的美如此高洁纯粹，丝毫不受外界的影响。到最后，喜剧演员都觉得有些尴尬了，他以前从未受到如此冷遇。他匆匆打了个响指，聚光灯随即熄灭。表演到此结束。

演出结束后，喜剧演员就下了台，缥缈的乐声在远处响起。约翰朝她凑过身去。

"我很抱歉，刚才实在帮不上忙。不过你的表现太棒了。"

她浅浅一笑，把这个插曲抛在脑后了——然而接下来的一幕，却让她花容失色，因为这时舞台对面的桌子旁，就只剩下两个人了。

"他走了！"她慌张地大喊道。

"别担心——他还会回来的。他现在必须谨言慎行，你明白吗？我估计他现在正和一个随从在外面呢，等灯光暗下来之后，他就回来了。"

"他为什么要这么小心呢？"

"因为他本不该来纽约的。为了避免麻烦，他连真名都没用。"

两人正说着话，灯光又熄灭了。黑暗中，一个身材高大的男人走了过来，在他们的桌边停下了脚步。

"请允许我自我介绍一下。"他语速很快，说着一口高傲的英国腔。"我是查尔斯·埃斯特勋爵，坐在马奇班克斯男爵那桌。"说完他瞥了一眼约翰，似乎是为了确认他是否明白这个名字意味着谁。

约翰点了点头。

"此事你知我知，明白吗？"

"当然。"

俏女郎忐忑地把手伸向桌子，摸索着那杯一口没碰的香槟酒，一个仰头，全喝了。

"马奇班克斯男爵想问一下，不知你的同伴，可否在下支舞曲之前，去我们那桌坐一会儿。"

两人不约而同地看向俏女郎，接着是一阵短暂的沉默。

"十分乐意。"她答道，然后转过头，用眼神征求约翰的意见。他也点了点头。于是她激动地站起来，心脏扑通扑通地狂跳，亦步亦趋地跟在勋爵身后，绕过一张张餐桌，朝房间的另一头走去。不一会儿，她那身着金色长裙的苗条身影，就消失在了那张光线昏暗的餐桌旁。

四

舞曲已接近尾声，约翰·M.切斯特纳德孤零零地坐在桌前，寂寥地晃了晃手里的酒杯，香槟被摇出了一层泡沫。灯光再度亮起的前一刻，他听到一阵熟悉的脚步声，身着金裙的俏女郎回来了。她满脸通红、呼吸急促，一下子跌坐在椅子上，眼里还噙着晶莹的泪花。

约翰眼神忧郁地看着她。

"跟我说说，你们都聊什么了？"

"他话很少。"

"连一句话都没说吗？"

她拿着酒杯的手止不住地发抖。

"他就趁灯灭的时候，看了我几眼。出于礼节，跟我寒暄了两句。他本人和照片非常像，就是太沉默寡言了，看起来也非常的疲惫。他甚至连我的名字都没问。"

"他今晚就离开纽约吗？"

"半小时后就走了。外面有辆轿车，正等着他和随从们，他们准备在天亮前穿过国境。"

"那么，你觉得他——迷人吗？"

她犹豫了一下，然后慢慢点了点头。

"大家都这么说，"约翰嘴上赞同，脸上却闷闷不乐的。"你是不是还得过去？"

"我也不知道。"她茫然地望了望对面，可那位身份尊贵的大人物已经不在座位上了，不知道又躲到外面什么地方去了。等她回过头来，发现入口处站着一个陌生的年轻男子，他张望了一下，就匆匆朝他们走来。这个人脸色煞白，身上的西服一点儿也不合身，还皱皱巴巴的。他走到约翰·M.切斯特纳德身后，把那只哆哆嗦嗦的手搭在了他的肩膀上。

"蒙特！"约翰惊呼道。诧异之下，他还失手打翻了香槟酒杯。"你怎么来了？发生什么事儿了吗？"

"我被他们盯上了！"年轻人低声说道，声音里充满了恐惧。他谨慎地扫了眼四周。"我必须和你单独谈谈。"

约翰·M.切斯特纳德猛地跳了起来，俏女郎发现他的脸色愈发惨白，简直和他手里的餐巾纸一个颜色。他对她说了声抱歉，便转身离开了，和那个年轻人找了张僻静的空桌子坐了下来。俏女郎好奇地盯着他们，没一会儿，又转头看向舞台对面那张桌子了。他刚才到底有没有挽留她呢？王子只是站起身，朝她点了下头，就走出去了。或许她应该克制一下内心的兴奋和紧张，乖乖在那儿等他回来。从某种程度来说，他重新点燃了她的热情。他满足了她所有的幻想——这种刺激的新鲜感，只有他能给她。她想更多地了解他，去感受他的人格魅力——她尤其想知道，他会用什么特别的方式，对待她这样的美人。

那个脸色煞白的蒙特终于走了，约翰重新回到座位上。俏女郎惊讶地发现，约翰就像变了个人似的，他颓然地歪靠在椅子上，活像个醉汉。

"约翰！你怎么啦？"

他沉默不语，伸手去抓香槟酒瓶，可他的手不停地颤抖，酒从瓶口洒了出来，在瓶底留下一圈湿漉漉的黄色酒渍。

"你不舒服吗？"

"玛婷，"他垂头丧气地说，"我完蛋了。"

"你这是什么意思？"

"我完蛋了，真的。"他苦笑了一下，"就在一个多小时前，我成了通缉犯。"

"你干什么啦？"她惊愕地问道，"警察为什么要抓你？"

灯光再次熄灭了，下一支舞曲即将响起，他咣当一声趴到了桌上。

"到底怎么回事？"她追问道，一种不祥的预感越来越强。他的回答声细如蚊鸣，她不得不探过身去。

"你说什么？你杀人了？"一个寒战霎时窜过她的全身。

他点了下头。她一把抓住他的胳膊，使劲摇晃着他的肩膀，强迫他挺直身板，那动作就像要把一件褶皱的外套抖搂平整似的。他被她摇得头晕目眩，眼冒金星。

"你真的杀人了？他们有证据吗？"

他耷拉着脑袋，又点了下头。

"那你必须马上离开美国！你明白吗，约翰？你现在就得走，趁他们还没追到这儿！"

他惶恐不安地朝门口瞥了一眼。

"我的天哪！"俏女郎喊道，"你还磨蹭什么？"她失神的双眼里充满了绝望，突然间，她眼前一亮，似乎心里有了主意。她深吸了一口气，暗自琢磨了一下，然后在他耳边坚定地说：

"如果我把一切都安排妥当，你同意今晚动身去加拿大吗？"

"怎么去？"

"你别操心这些，交给我就行了，你要打起精神来。我玛婷·琼斯一定会帮你渡过难关的，你听到了吗，约翰？你就老老实实地坐在这儿，等我回来！"

不一会儿，在黑暗的掩护下，她走到了舞台对面。

"马奇班克斯男爵。"她来到王子身后，轻声低语道。

他示意她坐下。

"请问，今晚可以在您的专车里，再加两位乘客吗？"

一名随从猛地转过身。

"男爵的车满员了。"他言简意赅地拒绝道。

"事情真的十万火急。"她急得声音都哽咽了。

"唔，"王子踌躇不定，"这该如何是好。"

查尔斯·埃斯特勋爵冲王子摇了摇头。

"我认为此事万万不可。这种事只会带来麻烦，而且也违反了我们之前的约定。您保证不节外生枝我们才出来的。"

王子皱起眉头。

"这不算是节外生枝吧。"他反驳道。

埃斯特开门见山地问俏女郎：

"请问什么事这么着急呢？"

俏女郎欲言又止。

"因为——因为我们要私奔。"她羞得满脸通红。

王子会心地大笑起来。

"没问题！"他宣布道，"如你所愿。埃斯特也是在公事公办，你别怪他。快去把你的心上人叫来吧，我们等下就出发了。好吗？"

埃斯特看了眼手表。

"还不快去！"

俏女郎拔腿就跑。她想趁着灯光未亮，赶紧带着约翰逃离此地。

"快过来！"她冲着约翰大喊道，"我们可以出境了——威尔士王子会捎我们一程。明天一早你就安全了。"

他茫然地抬起头，双眼迷离，空洞无神。她把钱扔到餐桌上，拽起他的胳膊，快步朝另一张桌子走去，尽量不引起任何人的注意。到了之后，她简短地介绍了一下约翰。王子和他握了握手，表示会助他们一臂之力——随从们也都点了点头，脸上却写满了不悦。

"我们最好马上出发。"埃斯特边说边焦急地看了看手表。

他们刚站起来，就异口同声地发出了一声惊呼——只见两名警察和一名红发便衣侦探，已经从正门走了进来。

"我们这边走，"埃斯特压低声音，指引大家朝偏门走去。"看来这儿要出大乱子了。"他断言道——只见另两名蓝衣警察堵住了这个出口，偏门也出不去了。他们只得停住了脚步，那名便衣侦探已经开始挨桌盘查了，他们心里七上八下的。

埃斯特目光如炬，锐利地扫过俏女郎，又看了一眼约翰，这会儿他已经吓得躲到棕榈树后面去了。

"他们是海关缉私警吗？"埃斯特问道。

"不是。"俏女郎低声说，"情况不妙啊。没有别的出口了吗？"

王子愈发烦躁，重新坐回到了椅子上。

"等你们可以走了，告诉我一声。"说完，他冲俏女郎莞尔一笑，"都怪我无法拒绝你的美貌，现在我们是一条绳上的蚂蚱了。"

突然间，灯光乍亮。便衣侦探敏捷地转过身，跳到了舞台中央。

"谁也不许走！"他大声命令道，"全都坐好，棕榈树后面的，快坐下！约翰·M.切斯特纳德在不在这儿？"

俏女郎心里一惊，不由自主地呜咽了一声。

"找到了！"红发侦探对他身后的警察大声说，"去检查一下那帮可疑的家伙。都给我听好了，统统举起手来！"

"我的天！"埃斯特低呼道，"我们必须赶快离开这里！"他回头冲王子说："这样不行，泰德。你被人发现就糟了。我来拖住他们，你快回到车上去。"

说完，埃斯特又朝偏门靠近了一步。

"把手举起来！那边的，听到没有！"便衣侦探警告道，"不照做的别怪我不客气！听着，你们谁是切斯特纳德？"

"你疯了吗！"埃斯特故意引起他的注意，"我们是英国臣民。不管你在查什么，都跟我们没关系！"

紧接着，不知在哪儿，有个女人尖叫了一声，随后有一拨人拥向了电梯口，警察连忙掏出手枪制止，人们吓得再也不敢动弹了。俏女郎身旁的一个姑娘，一下子晕倒在地板上，就在这时，另一栋楼顶的乐队又开始欢快地演奏起来。

"音乐声停下来！"便衣侦探怒吼道，"给我好好收拾收拾那群家伙——快去！"

两名警察接到命令，大步向他们走来。与此同时，埃斯特和其他几名随从都掏出了左轮手枪，尽力掩护着王子，开始朝偏门退去。嗖——砰！急促的枪声响起，子弹呼啸而过，五六名食客惊恐地掀翻桌子，飞快地向后逃窜，一时间刀叉与杯盘齐飞，噼里啪啦地碎了一地。

恐慌不断升级。三发快速射击之后，是一连串的扫射。俏女郎见埃斯特冷静地瞄准了吊灯，只听一声又一声的巨响，那八盏昏黄的吊灯逐个坠落，空气中顿时充斥着阵阵浓烟。远处欢腾的爵士乐不绝于耳，眼前的人们却惊恐万分，失声尖叫——这是怎样一幅怪异的景象啊。

眨眼间，所有混乱归于平静。一声尖厉的口哨响彻屋顶，透过浓烟，俏女郎看见约翰·M.切斯特纳德朝便衣侦探走去，他高举着双手以示投降。她的心提到了嗓子眼，徒留一声哀叹，有人一不留神踢倒了一摞盘子，那稀里哗啦的破碎声令人胆寒。随后，房间陷入了死寂——就连远处的音乐声也销消失了。

"谢谢大家!"夜风中传来约翰·M.切斯特纳德雀跃的声音,"派对到此结束。各位请自便!"

房间里还是寂静一片——俏女郎深知这意味着恐惧——沉重的负罪感简直要把约翰·M.切斯特纳德逼疯了。

"真是了不起的演出,"他高声赞美道,"我要感谢在场的每一位。请大家重新入席——如果还有没倒下的桌子的话,香槟将无限量供应,我请客,各位想待多久就待多久。"

俏女郎忽然觉得天旋地转。眼前的一幕幕场景令她目瞪口呆——约翰热情地和侦探握了握手,侦探则咧着嘴大笑,还把手枪收进了口袋;音乐声再次响起,刚才晕过去的那位姑娘,居然正在角落里和查尔斯·埃斯特勋爵翩翩起舞;约翰走下舞台,和这个说说话,又和那个打打招呼,还不时亲切地拍拍别人的后背,和对方握握手,一路谈笑风生而来。最后,他来到她面前,一脸天真无辜的表情,像个孩子似的。

"这个点子很棒吧?"他调皮地问。

俏女郎一时没反应过来,还是觉得头昏脑涨的,她摸索着身后的椅子,想要坐下来缓一缓。

"怎么回事?"她恍惚地问道,"我在做梦吗?"

"当然不是啦!你清醒着呢。这一切都是我安排的,玛婷,你明白了吗?这是我为你准备的惊喜,所有这一切都是我编的。是我自导自演的!除了我的名字是真的,其他都是假的!"

她一下子瘫软地倒向他，双手顺势抓住了他的衣领，如果不是他反应快，一把抱住了她，她就摔倒在地板上了。

"拿香槟来——快点！"他焦急地大喊，然后又对站在他身旁的威尔士王子吼道："你！快去把我的车叫来！玛婷·琼斯小姐激动得晕过去了。"

五

一座三十层楼高的摩天大楼，巍然蠢立于市中心，A字形的设计，使它层层变窄。透过顶层的玻璃天窗，可以看到它造型优美、耀眼夺目的白色圆顶。接着，大楼继续往上冲刺，冲到一百英尺的时候，它轻吐出最后一口气，变成了一座纤薄的尖塔，直指苍穹。俏女郎玛婷·琼斯站在顶层楼的窗边，迎着徐徐微风，俯瞰这座城市。

"切斯特纳德先生请您即刻前往他的私人办公室。"

她那双纤细的长腿，顺从地带着主人，沿着铺好的地毯，走进了约翰华丽又凉爽的办公室。这间房子的视野非常好，可以把整个港口和辽阔的海域尽收眼底。

约翰·M.切斯特纳德正坐在办公桌前等她，俏女郎走过去，伸出胳膊搂住了他的脖子。

"你确定你想好了吗？"她不安地问道，"真的下定决心了？"

"都怪你快到纽约了才写信给我，只留给我一周的时间准备，"他柔声抱怨道，"要不然，说不准我会闹出一场轰轰烈烈的革命来。"

"那些全都是为我准备的吗？"她追问道，"你这个完美至极却没什么用的鬼点子，真的只为我吗？"

"没用？"他想了想，"好吧，一开始确实是这样的。但在最后一刻，我特邀了一位餐饮界的大佬，当你在另一桌的时候，我成功地说服了他，在夜总会里实现了那惊魂一刻。"

他低头看了看手表。

"我再打个电话——然后我们就去办结婚手续，午餐前正好能办完。"接着他拿起话筒，"杰克逊？……给我发份电报，一式三份，同时发给巴黎、柏林和布达佩斯，把那两个用抛硬币的方式，决定施瓦茨贝里－莱茵敏斯特王国命运的冒牌公爵，驱逐出波兰边境。如果德国佬那边不配合，就把汇率下调 0.02 个百分点。还有，那个白痴布鲁奇达克又在巴尔干半岛出现了，想要再发动一场战争。把他押上船，立即送到纽约来，要不然就随便找个希腊监狱，把他关里面得了。"

然后，他挂断电话，转过头，得意地冲那位震惊无比的世界公民笑了笑。

"下一站，去市政厅领结婚证。只要你想，那之后我们就直接去巴黎。"

"约翰，"她急切地问道，"扮演威尔士王子的人是谁呢？"

他避而不答，直到他们走进电梯，一口气下降了二十层楼，他才伸手拍了一下电梯服务生的肩膀。

"别这么快，塞德里克。这位女士还不习惯从高空直降。"

电梯服务生转过头，莞尔一笑。噢，他那白皙的肤色，那鹅蛋形的脸庞，还有那一头金发，不正是"威尔士王子"吗。俏女郎的脸像着了火似的，烧得通红。

"塞德里克是威赛克斯人，"约翰解释道，"我可以毫不夸张地说，他们俩的长相惊人的相似。其实王子并不太把王室规矩放在心上，而且我猜塞德里克也是个保皇党。"

听罢，俏女郎取下绕在脖子上的单片眼镜，把带子扔在了塞德里克的头上。

"谢谢你，"她简短地说，"你是我生命中，仅次于约翰的惊喜。"

约翰·M.切斯特纳德突然搓起手来，就像要推销什么商品似的。

"欢迎光临，这位女士快请进，"他打趣儿地说，"我这里是全纽约最棒的商店！"

"你这儿卖什么呀？"

"是这样的，小姐，我们今日特供的商品，是完美无瑕的美丽爱情。"

"老板，快包起来，我全要了，"俏女郎玛婷·琼斯高声说道，"这笔生意太划算了。"

神秘的调节者

一

　　下午五点钟，丽兹酒店昏暗的椭圆形豪华套房里，萦绕着一种惬意又美妙的气氛——所有灯泡同时"嗞嗞"地闪了一下，紧接着又闪了一下，随后灯光亮了起来，落在精致的茶杯上，它旁边光洁的奶白色茶壶刚烧开了水，正叮咚作响地呼唤着主人，微微震动的壶底轻敲着银制托盘，仿佛在优雅地与它亲吻。相比一天中的其他时候，有些人尤其喜爱被琥珀色夕阳笼罩的傍晚，虽说此刻芬芳怡人的白色百合花已经凋谢了，但醉人的时光仍在继续。

　　某个春意盎然的下午，在一个马蹄形的阳台上，年轻的阿尔芬斯·卡尔夫人和查尔斯·亨普尔夫人坐在一张二人位的桌子旁聊天。如果你刚好从下面经过，那么只要一抬眼，就能看到她们。其中身穿连衣裙的那位就是亨普尔夫人——那可不是一条普通的裙子，它用料考究、做工精细，巧妙地装饰着几枚大纽扣，肩膀处有一条大红色的披肩，配上她玲珑有致的身材，堪称完美。这条礼裙的设计虽然时髦，但也有不尽如人意的地方，因为它和法国红衣主教的装束太过相似，显得不够恭敬。不过，这条裙子购买于巴黎著名的奢侈品打造地——和平大街，也许设计这种款式，恰恰是高级时装店设计师的有意之举。卡尔夫人和亨普尔夫人今年都只有23岁，有人说她们颇有心计，特别会替自己打算。两人各有一辆豪华轿车恭候在酒店门口，不过她们更愿意沐浴在四月傍晚的余晖中，沿着林荫大道走回家。

露艾拉·亨普尔身材高挑，有一头浅金色的秀发，这种发色也许在英国乡村女孩儿的身上很普遍，但在美国却并不常见。她的皮肤晶莹剔透，散发着自然的光泽，完全不需要任何粉饰。不过当时的审美观和现在是不同的——那时是1920年——她不但搽了明显的腮红，涂了鲜艳的口红，还画了两道高挑的眉毛，这番打扮显然是画蛇添足，并没有为她增添什么姿色。当然，这话说起来是在五年之后了，在当年她的妆容还是很流行的。

"我已经结婚三年了，"露艾拉边说边把香烟熄灭在一片没有味道的柠檬上。"孩子到明天也两岁了。对了，有几件事我可不能忘了……"

她连忙从笔盒里拿出一支金芯铅笔，在象牙色的笔记本上写下"蜡烛""礼物要包装好"的字眼。写完，她抬起头，看着卡尔夫人，神色有些犹豫。

"我该不该告诉你一些事儿呢？说出来可能会吓你一跳。"

"说来听听。"卡尔夫人好奇地答道。

"我的宝宝总让我很心烦。我知道这听起来很反常，但是伊德，我说的都是实话。他并没有让我的生活充满幸福感。虽然我全心全意地爱着他，但每当我一想到自己得照顾他一下午的时候，我就烦躁得不行，简直想尖叫。才过了两个小时，我就开始祈祷保姆快点进来，好把我换出去。"

当露艾拉坦白了这一切之后，呼吸变得有些急促，她仔细打量着朋友的反应。其实，她谈不上有多紧张或是不自在，因为这就是事实，没有什么比事实更糟糕的了。

"也许是因为你不爱查尔斯了。"这句话说得有些冒险，但是卡尔夫人还是坚持说了出来。

"才不是！我非常爱他！希望你不要因为我刚才的那些话，就产生这样的误解。"露艾拉觉得伊德·卡尔一点儿也不理解自己，"我爱查尔斯，这点毋庸置疑，但爱情已经无法拯救我们的婚姻了。昨天晚上我是哭着睡着的，因为我知道我们已经同床异梦了，要不是因为这个孩子，我们早就离婚了。"

伊德·卡尔已经结婚五年了，她仔细观察着露艾拉，琢磨她是否在装腔作势，但露艾拉那双美丽的眼睛里，分明充满了绝望和悲伤。

"到底出什么事儿了？"伊德追问道。

"唉，一言难尽。"露艾拉皱着眉说，"首先是做饭的问题。
我承认自己不是个称职的家庭主妇，我也从没有想过要改变
这一点。我讨厌去买菜，讨厌下厨房，讨厌有事没事就检查
冰箱是否需要清理，我讨厌假装自己是个对这些感兴趣的女
仆。在饭菜被端上餐桌之前，我连一句跟食物有关的话都不
想听到。你也知道，我从没学习过烹饪，厨房对于我来说简
直就像……就像一个锅炉房。那里面的炊具和机器，没有一
个我会用的。'去烹饪学校学一学就会了'这句话说起来轻巧，
可生活又不是小说，对吗，伊德？在现实生活中，谁会心甘
情愿地把自己变成一个地地道道的家庭主妇[1]呢？——看似
愿意的人其实也不过是迫不得已。"

"说下去。"伊德暂时没有表态，"多对我说一些也没关
系。"

"那我继续。结果家里就闹得鸡犬不宁的。每周都有仆
人离开。有些是我辞退的，因为他们太年轻了，一点儿经验
都没有，什么事也做不好，我可没有耐心慢慢培养他们，没
办法，只好让他们走了。还有些是自己辞职不干的，那些仆
人倒是很有经验，但家里的女主人对芦笋的价格不闻不问之

---

[1] 原词为德语，强调女主人公的不满情绪。

类的事令他们非常反感，所以也走了。这下可好，家里连个做饭的人都没了，我们不得不常常去餐厅或是酒店吃饭。"

"我猜查尔斯并不喜欢那样。"

"他特别反感。事实上，所有我喜欢的事情他都讨厌。他对戏剧院提不起一点儿兴趣，讨厌歌剧，讨厌跳舞，讨厌鸡尾酒晚宴——有时我觉得全世界让人愉快的事都被他讨厌光了。怀孕期间，我差不多在家待了一年，哪儿都没去。后来查克出生了，我又忙着照顾他，做这些我完全心甘情愿。但是到今年，孩子都快两岁了，我也该出去走动走动了。所以我坦白地告诉查尔斯，虽然我已经做母亲了，但我仍是个年轻的姑娘，仍然可以给自己找些有趣的事儿来消遣消遣。从那之后，不管他愿意不愿意，我都和他一起出去参加社交活动。"说到这，她停顿了一下，仿佛陷入了沉思。"这样对他，我心里也很不好受，我到底该怎么做呢，伊德？成天待在家里，我也很委屈啊。我再告诉你一句实话吧，我宁愿让他心里不痛快，也不想牺牲掉我自己的快乐。"

露艾拉并没有完全吐露最真实的想法。她认为自己是非常公平的。在她结婚前，很多人都评价她是个"公正勇敢的人"，她也努力地把公平带到婚姻生活中去。因此，对于查尔斯的种种心思，她常常都能猜透。

如果换到战争年代，她大概就是那种能和丈夫并肩作战的先锋妻子。但这里是纽约，没有任何硝烟和战火。他们也

不需要共同奋斗，去争取那遥不可及的和平与自由——况且
比起她需要的，她已经拥有了太多太多。露艾拉和纽约城里
其他上千名少妇一样，总想做点儿自己喜欢的事。如果她包
里的钱再多一点，丈夫对她的束缚再少一点，她早就骑上高
头大马撒欢儿去了，说不定连婚外情这种事也做得出来。或
者他们拥有的钱再少一点也行，这样她过剩的精力，就可以
消耗在期盼和努力上。不巧的是，查尔斯·亨普尔恰恰悬在
这两者中间。他们是美国庞大的中产阶级中的一员，每年夏
天都会去欧洲度假，对其他国家的风俗、传统和消遣方式充
满了羡慕和渴望，全然不知那正是他们的可悲之处——这个
国家根本没有自己的文化。这个阶级的财产大多是从父母那
里继承来的，他们的祖先大概两百年前就移民到了这里。

　　下午茶时间过得很快，晚餐时间就要到了。刚才还空落
落的餐桌，现在已经零零星星坐了一些客人，他们偶尔喧闹
几句，或是爆发出一阵笑声。在餐厅一角，服务员正将洁白
的餐布铺到餐桌上，他们已经开始为晚餐做准备了。

　　"查尔斯和我都觉得对方很伤脑筋。"短暂的沉默之后，
露艾拉的声音变得异常清脆，随后她又突然压低了嗓音，轻
声说道："他有一个怪癖。他特别喜欢用手搓脸——从早搓
到晚，从餐桌搓到戏剧院——甚至连我们亲热时也搓两下。
我简直要被逼疯了！当这种小事儿都可以激怒你时，就说明
你们的婚姻也快要完蛋了。"说完她停顿了一下，转身把浅

色皮草披在了身上。"希望我没坏了你的心情，伊德。因为想起了今晚的安排，我才讲了这么多。今晚我有一个约会，一个非常有意思的约会。我会先去剧院，然后再参加一个晚餐会，听说那儿会来一些俄罗斯人，他们有的是歌唱家，有的是舞蹈演员，总之都是有趣的人。查尔斯说他不会去的。如果他真不去，我就自己去。我和他就此分道扬镳！"

话音刚落，她就趴在桌子上哭了起来，一双泪眼埋在高级手套里，那哭声细不可闻，夹杂着几分倔强。她们附近没什么人，不会有谁看到她的窘态，所以伊德·卡尔希望她能把手套摘下来，这样她就可以抚摸她的手，给她一些安慰。因为这副昂贵的手套就像是一个停止符号，人们很难同情生活如此富足的人。伊德本想说些什么，像是"哭出来会好受些"，或是"事情没有你想得那么糟糕"，但最后她还是选择保持沉默——她只觉得心里充满了焦躁和厌恶。

随后，一个服务员走了过来，将折叠好的账单放到桌子上，卡尔夫人伸手去拿。

"不，不行，你千万别跟我抢。"露艾拉抽抽搭搭地小声说道，"我来买单，是我约你出来的！你看，钱我都拿好了。"

二

亨普尔先生买下了白色豪华住宅区中的一间套房，作为他们婚后的新房。这些宅院之所以声名远扬，靠的可不仅仅

是它们的名字，更是那令人咂舌的高昂价格。他们在欧洲度
蜜月的时候，不断为这个新家添置家居用品——先是在英国
看中了几个大件，后来又在佛罗伦萨挑了很多装饰品，最后
在威尼斯买了蕾丝和竹丝布窗帘，还选了很多五颜六色的玻
璃杯。每当他们招待客人时，这些色彩缤纷的玻璃杯就会成
为餐桌上一道亮丽的风景。在蜜月中挑选这些东西让露艾拉
觉得格外开心，这既给旅行增添了一些目的性，也免去了无
趣地穿梭于各大酒店和荒凉的历史废墟之间。

　　结束蜜月旅行之后，他们开始了全新的生活。住在阔
气豪宅里的露艾拉发现自己摇身一变，成了财力雄厚的贵夫
人——这座装修一新的公寓是她的，楼下那台豪华专车也是
她的，每每想到这些，她都会感到一阵狂喜。为了这些，他
们把租给《妇女家庭杂志》的那间乡间小屋，和去年那辆车
都抵押出去了，但毫无疑问，这是多么的明智，失之东隅收
之桑榆，命运已经用另一种方式补偿了她。更让她惊讶的是，
自己竟然会对这一切开始感到厌倦。但这确实发生了……

　　记得那是早春四月的一个晚上，时间刚到七点，窗外的
夜色已悄然代替了暮色。她刚进屋，就看见丈夫正在客厅等
她。谁都没有想到，一场激烈的争吵正向他们靠近。她轻轻
关上了身后的房门，径直走进客厅，两人谁都没有说话。有
那么一会儿，她就站在那里，静静望着自己的丈夫，透过他
身后的窗子，她可以看到远处那赏心悦目的景致。查尔斯·亨

普尔今年三十五岁了，他有一张年轻俊朗、棱角分明的脸庞，那双深邃迷人的深灰色眼眸，是他最有魅力的地方，遗憾的是他的头发有些花白了，估计再过十多年，就会变成满头银发了——不过女人们倒是觉得他的发色很是浪漫，露艾拉也不例外。

就在这时，她发现心里的怒火渐渐烧了起来，因为查尔斯的手越过下巴和嘴，正朝脸上伸去，又开始神经质地搓个不停。每当这时他看起来都心不在焉的，有好几次连话都说不清楚，她不得不一再追问"你说什么？"她以前就多次提醒过他，一定要改改这个毛病，他也诚恳地对她道了歉。不过很明显，他并没有意识到这样的行为有多让人恼火，否则也不会一犯再犯。现在两人的关系如履薄冰，露艾拉也不敢再提这些事了——有些话一旦出口，也许就会酿成大祸。

露艾拉把她的手套和钱包随便扔到桌上。在听到这微弱的声音之前，她的丈夫一直遥望着窗外的远山。

"是你吗，亲爱的？"

"亲爱的，是我。"

她走进客厅，走到他身旁，钻进他的怀里，深情地吻了他一下。查尔斯·亨普尔略显拘谨地回应着她，然后慢慢把她转向房间的另一面。

"你看，我带来了一位客人，他将和我们一起吃晚饭。"

她这才发现屋子里还有其他人，奇怪的是，她的第一感觉竟是松了一口气。她主动向那位客人伸出了手，脸上原本僵硬的表情，被一个害羞却迷人的微笑所代替。

"这位是摩恩医生，这位是我的妻子。"

那个男人快步走上前，和她握了握手。他看起来比查尔斯稍微年长一些，有些发福，苍白的脸上有几道浅浅的皱纹。

"晚上好，亨普尔夫人。"他彬彬有礼地说，"希望我的突然到访，没有打扰您的其他安排。"

"噢，怎么会呢。"露艾拉连忙否认道，"您能来一起吃晚饭，我非常高兴。平时就只有我们两个人，也够孤单的。"

刚说完这句话，她就一下子想起了今晚的约会，于是不禁开始怀疑这是不是查尔斯为了让她留在家里而设下的愚蠢圈套。如果是的话，他绝对选错了诱饵。这个男人浑身上下都散发出一股慵懒的气息——那张脸一点儿精气神儿也没有，声音低沉得很，说起话来慢吞吞的，还有那身衣服，磨得都有些发亮了，起码穿了三年。

尽管如此，她还是走进厨房，看看晚餐的菜色怎么样。和往常一样，他们正在试用两个新来的仆人，午餐被他们做得一团糟，更别提像样的餐桌服务了——她打算明天就辞退他们。要是查尔斯能出面就好了——她讨厌当面解雇仆人。因为被辞退的仆人们，有的会哭个不停，有的又特别蛮横无理，但查尔斯自有一套办法对付他们。这个家里，总得有个人管得住他们才行。

仆人已经开始准备晚餐了，烤箱里传出的味道闻起来不错，她心里宽慰了不少。露艾拉把盛菜用的瓷盘一一安排好，接着打开了一瓶意大利产的基安蒂红葡萄酒，那是上次他们吃自助餐时带回来的。然后她去婴儿房看了看小查克，疼爱地给了他一个晚安吻。

"他今天怎么样？"露艾拉向旁边的家庭女教师询问道。小查克一看到妈妈，就开心地爬了过来，然后热情地扑进了她怀里。

"棒极了！"家庭女教师回答说，"我们一起去中央公园散步，他自己走了很远呢。"

"真的呀？你可真是个厉害的小家伙！"她满心欢喜，把小查克亲了又亲。

"后来他不小心踩进了喷泉水里，我只好赶紧带着他打车回家，换下了湿透的鞋袜。"

"做得不错。看这儿，查克，你看这是什么？哎哟，轻点儿！"露艾拉从脖子上解下一条黄色的珠子项链，递到小查克的手里让他玩。"你可别把妈妈的珠子项链弄坏了哦。"她又转身对保姆说："等他睡着之后，把项链放回到我的梳妆台上，好吗？"

离开查克的房间之后，她愈发心疼自己的儿子了——他生活在一个封闭的小圈子里，几乎所有的孩子都是这样孤单地长大，除非生在子孙众多的大家族里。她觉得他就像是一朵惹人怜爱的小玫瑰花，但轮到她亲自照顾查克的时候，那感觉就不是这么回事儿了。他的脸型和自己简直一模一样；当她抱着他，感受到他的心脏和自己一同跳动时，不由得一阵激动，那时她也曾想为了小查克，安分守己地做个家庭主妇。

随后，她回到了自己可爱的粉红色卧室，洗掉了脸上的妆容，然后坐到梳妆台前，重新打扮起来。她不准备再换一套衣服了，摩恩医生并不值得她那样做。尽管这一整天她并没有做什么，但她还是觉得自己累坏了。打理好自己之后，她回到客厅里，准备和他们一起用餐。

"这房子太漂亮了，亨普尔夫人。"摩恩医生真心实意地赞叹道，"也恭喜你们生了一个如此健康活泼的男孩儿。"

"谢谢您。能够得到医生的认可，做妈妈的最高兴了。"她犹豫了一下，问道："请问您是儿科方面的专家吗？"

"专家不敢当。"他说，"其实我是一名全科医生——在医生队伍里，我算是个特例吧。"

"在整个纽约你也是独一无二的。"查尔斯插了一句，说完又开始神经兮兮地搓自己的脸。露艾拉把注意力都集中在摩恩医生身上，假装看不到查尔斯的举动。然而，查尔斯接下来的话，让她当即扭头看向他。

"事实上，我今天邀请摩恩医生到家里来，是想让你和他谈一谈。"他的话完全出乎她的意料。

露艾拉一下子从椅子上站了起来。

"和我谈？谈什么？"

"摩恩医生是我的一个老朋友，你可以信任他，我想他可以帮你解决一些问题。露艾拉，有些事情你不能再回避了。"

"你说什么？"她努力保持微笑，内心却满是震惊和恼怒，"我不明白你到底是什么意思。我什么问题也没有。我觉得我的生活很美好，简直不能更满意了。"

摩恩医生看向查尔斯，用眼神征求他的许可，希望自己能说句话。查尔斯点点头，默许了，同时他的手又不自觉地朝脸上伸去。

"夫人，恕我冒昧，您的丈夫告诉我，您对生活有很多不满，他举了很多例子。"摩恩医生说道，语气客观而诚恳。"他想知道，您是否肯让我帮忙，把这些问题化解掉。"

露艾拉的脸变得通红。

"我对心理咨询没有任何信任可言。"她冷漠地答道，"再说了，我也不认为自己有必要做什么心理咨询。"

"我跟您想的一样。"摩恩医生紧接着说道，"我也对任何事情都不信任，除了对我自己。正如我刚才对您所说的，我并不是一名专家。现在我再补充一点，我也不是一个有强烈好奇心的人。至于能不能帮到您，我不会做任何承诺。"他并没有斥责露艾拉的意思，只是下意识地发表了自己的观点。

露艾拉本想干脆地一走了之，但听完这番放肆的言辞之后，她觉得自己实在无法忍受了。

"我不想知道查尔斯都对你说了什么。"她激动地说道，尽量控制着自己的情绪，"我也不想知道他为什么要那样做。我只想告诉您，不管我和我丈夫之间发生了什么，那都是我们的私事。如果您不反对的话，摩恩医生，我希望有关个人隐私的话题到此为止。"

摩恩医生礼貌地点了点头。他没再尝试讨论这个话题，晚餐沉默地继续着，没人愿意打破僵局。露艾拉决定了，无论如何都要坚持今晚的计划。一小时前她还有所动摇，但事情发展到现在这步，就算是为了挽回自己的尊严，她也要做些反抗。她打算在晚饭后只待一小会儿，等咖啡时间一到，她就找个借口离开，然后换装出行。

没想到他们刚走出餐厅，第一个离开的人竟是查尔斯，他打了声招呼就不见了踪影。

"我有一封信要写，"他说，"一会儿就回来。"没等露艾拉把准备好的台词说出口，他就匆匆走到了走廊的另一头，回到了他自己的房间里，只留给她一记沉闷的关门声。

露艾拉又生气又困惑，她给自己倒了杯咖啡，然后就窝在沙发的一角，愣愣地盯着壁炉里的火苗。

"请别紧张，亨普尔夫人，"摩恩医生突然开口说，"如果您紧张，我也会有压力的。我看起来应该不像是个有攻击性的人吧……"

"我一点儿也没紧张。"她打断他的话。她骗得了别人，却骗不了自己。他太会察言观色了，能够看穿她的情绪，这一点确实让她有些紧张，要是他的洞察力没那么敏锐就好了。

"跟我说说您的烦恼吧。"他的语气轻松又自然，就像在跟她聊天一样。摩恩医生说话时几乎从不看她，要不是因为屋子里就只有他们两个人，她都不知道他在跟谁说话。

那些词句就盘旋在露艾拉脑中，她渴望倾诉，但她不会让摩恩医生得逞的，她准备这样拒绝："别白费工夫了，我什么都不会说的。"人算不如天算哪，这准备好的台词又作废了，她脱口而出的竟是另外一番话，就像她的嘴不听大脑指挥了似的。她完全被自己弄糊涂了。

"你难道没发现我们刚才吃饭时，查尔斯一直在搓脸吗？"她绝望地抱怨起来，"别告诉我你没看见！他那个样子简直要把我气炸了，我觉得自己快被他逼疯了！"

"我能理解您的感受。"摩恩医生点了点他那圆圆的脑袋。

"你难道没发现这个家有多让我窒息吗？"说到这儿，她似乎有点透不过气来。"你难道没发现我有多讨厌做家务和照看孩子？那些活儿没完没了的，好像一辈子也干不完！我想要新鲜和刺激，不管用什么方法，不管付出多少代价，只要能让我的心重新跳动起来，我什么都愿意。"

"我能理解您的感受。"

露艾拉被彻底激怒了，他竟然宣称自己能够理解她。这世界上根本就没人能理解她，她的反抗情绪在此刻到达了顶点。她希望获得认可，认可她大胆追求快乐的欲望，那才是最让她满意的回答。

"我曾经努力做个称职的家庭主妇，但现在我受够了。如果我是那种对生活无欲无求的女人，也许就不会这么折腾了。你可以说我自私，说我愚蠢，这些我都不会反驳；但是五分钟之后，我就要离开了，把这里的一切都抛在脑后，开始我真正想要的生活。"

这次摩恩医生没有接话，他侧着头，好像在听着别的地方传来的声音。

"您不会离开的，"他过了一会儿，他又说道，"我确定您不会走。"

露艾拉大笑了起来。

"我这就出发了，信不信由你。"

他不理睬她的话，继续说道。

"是这样的，亨普尔夫人，您丈夫的身体状况，现在不是很好。他一直努力配合着您的生活方式，久而久之，他的心理压力越来越大，几乎到了无法承受的地步。每当他摩擦自己的嘴时——"

这时走廊传来一阵急促的脚步声，一个女仆踮着脚，满脸惊恐地走了进来。

"亨普尔夫人……"

女仆这一喊把露艾拉吓了一跳，但她很快稳住了情绪。

"怎么了？"

"我想告诉您——"女仆一副战战兢兢的样子，显然没见过什么世面。"亨普尔先生疯了！刚才他走到厨房，把冰箱里所有的食物都扔了出来，现在他又回到房间里去了，一边哭一边唱，特别吓人……"

突然，查尔斯又尖叫了一声，这次露艾拉也听到了。

三

查尔斯·亨普尔的精神彻底崩溃了。二十年来，他夜以继日地辛苦工作，肩上负担越来越重，再加上最近来自家里的压力又如此之大，令他实在无力承受了。实际上，他拥有顽强的意志力，事业也经营得井井有条，唯独处理不好和妻子的关系——他知道自己的妻子非常自私，但人类本性如此，这是人际交往中无法避免的一个问题，而且从某种角度来说，女人的私欲对男人有致命的吸引力。查尔斯觉得像露艾拉这么漂亮的姑娘，难免有些骄纵和任性，这也有其可爱之处。于是，他开始把她引起的一系列问题，全都归咎到自己身上。这种心态对健康很不利，而且这会削弱他的理智。最终，他把自己推向了火坑。

在查尔斯第一次休克之后，露艾拉曾有过片刻的愧疚，可眼下的局面实在令她一筹莫展。但作为一个"公正勇敢的人"——她绝不会在查尔斯生病的时候，令本就严峻的情况雪上加霜的。至于她的自由之梦，只能等他康复之后再说了。就在露艾拉下定决心告别家庭主妇这个角色的时候，却被迫当起了看护。当他疯疯癫癫、胡话连篇的时候，她就坐在床边守着他——他说起他们刚订婚的那段时间，朋友们是如何反对这门婚事，他们都说他犯了一个大错，还说起他们刚结婚头几个月的欢乐时光，以及随之而来的，让他越来越不安的情感裂痕。显然，他对这段婚姻的理解比她想象的还要深刻——甚至比他所表达出来的更加透彻。

"露艾拉！"他突然倾斜倒在床上，"露艾拉！你在哪儿？"

"我就在这儿，查尔斯，就在你身旁。"她努力让自己的声音听起来充满关切和温暖。

"如果你想离开的话，露艾拉，你就走吧。现在我只能成为你的累赘了。"

为了安慰他，她否认了这一点。

"我已经想好了，露艾拉，我不能既毁了自己的身体，又毁了你的生活……"可还没等她回答，他又苦苦地哀求道，"不要走，露艾拉，看在上帝的份上，别走，别丢下我！快答应我，说你不会抛下我！只要你肯留下来，我什么都愿意做。"

他卑下的姿态最让她恼火了。曾经的他高傲又含蓄，她总是搞不清楚他到底有多爱自己。

"亲爱的，我得出去一下，很快就回来的。摩恩医生正等着我呢，他是你的朋友呀，查尔斯。他今天特意过来看你，还记得吗？临走之前，他想和我说说话。"

"你还会回来吗？"他反复地问道。

"一眨眼的工夫我就回来了。好了，快躺下吧，不许再闹了。"

她把他的头托起来，整理了一下枕头，又垫回到他的头下面。明天新的保姆就来了，听说很会照顾病人。

摩恩医生正在客厅里等着露艾拉——他那身衣服在午后的光线下，显得更加破旧和寒酸。露艾拉现在对他极其反感，说不上为什么，她总觉得自己悲惨的遭遇都是他导致的，虽然这种想法毫无逻辑可言。所以，她总是推三阻四地不想见他，但他固执得要命，任她怎么拒绝都没用。尽管这位全科医生就近在眼前，可是她从不让他和其他专家们一起连诊……

"您好，亨普尔夫人。"他走上前来，伸出他的手，露艾拉不自在地轻轻回握了一下。

"您看起来气色不错。"他说。

"谢谢，我很好。"

"您已经走在自己想要走的那条路上了，恭喜您。"

"事实正好相反，"她冷冰冰地说道，"我做这些完全是迫不得已——"

"您真会开玩笑。"

焦躁的火苗在她心里越蹿越高。

"我是被逼无奈才照顾他的，就这么简单。"她继续说道，"这里面不包含任何特殊的情感。"

不可思议的事情再次发生了。一不留神，她又竹筒倒豆子般地对他吐了一肚子苦水。对她来说，这个夜晚简直是场灾难——她发现自己已经把他当成了亲密无间的朋友，根本无法控制想要对他倾诉的渴望。

"这个家早就乱套了。"她苦涩地发着牢骚，"我不得不把这些仆人换了又换，今天我又雇了一个嬷嬷。因为前几天孩子伤风了，我发现照顾他的保姆一点儿都不称职。你瞧，事情乱成一团乱麻，要多糟有多糟！"

"您是怎么发现那个保姆不称职的呢？介意告诉我吗？"

"如果是你被迫待在这栋房子里，你也会发现各种各样令人不愉快的事情。"

他点点头，环视着房间，那张脸看起来还是没精打采的。

"这里的气氛似乎和以前不同了，我能感觉到。"他慢条斯理地说，"就像我之前跟您说的，我从不做任何承诺，但我会尽全力去帮助您。"

露艾拉心里一惊，抬起头瞪着他。

"你刚才那话是什么意思？"她不满地质问道，"你以为你有什么用吗？实话告诉你吧，一丁点儿用都没有！"

"我也许没帮到太多。但是，"他肯定地说，"那需要时间，亨普尔夫人。"

不管什么话，只要说者诚恳，一般就不会引起多少反感，但露艾拉还是觉得他说得太过火了。

她站了起来，居高临下地继续说道。

"我知道你是哪种人。"她讽刺地说道，"因为一些莫须有的原因，你觉得自己是我们家的一位'老朋友'，甚至有资格对我们指手画脚。可惜我从不草率地和谁做朋友，何况我也不会给你这个机会，让你如此……"她本来想用"无礼"这个词，但没有说出口，转而换成了"放肆地打探我的个人隐私"。

话不投机，她无意继续，径直从前面的房门走了出去。"吧嗒"一声，门在她身后关上了。露艾拉紧接着去了厨房，她打算看看那个新来的嬷嬷，是否真的弄明白了"三份不同的晚餐"的意思——一份做给病中的查尔斯，一份做给发烧的宝宝，一份做给露艾拉自己。当家事如此混乱复杂时，只有一位仆人来操持确实不易。看来，她必须换一个家政中介了——这位新仆人已经开始挑战她的脾气了。

眼前这一幕让她目瞪口呆——本该在厨房忙碌的仆人，竟然戴着帽子，换上了外套，悠闲地在厨房的桌子旁读着报纸。

"呃……我说……"露艾拉努力回想着她的名字，"你怎么没做晚饭？到底发生了什么？丹，丹……"

"请叫我丹斯奇嬷嬷。"

"你能解释一下吗，这究竟是怎么回事？"

"夫人，我恐怕没法完成您交给我的任务了。"丹斯奇嬷嬷直白地说道，"跟您说实话，我只会做些家常饭菜，不懂怎么照顾病人的餐饮。"

"你就试一试吧，现在我只能靠你了。"

"我很抱歉。"她摇着头，坚定地说，"一个人没法同时干这么多活儿的，我也要替自己的身体考虑。在我决定来你们家工作之前，没有人告诉我这份工作居然这么累，这么复杂。之前您让我去打扫您丈夫的房间时，我就知道这活儿我干不了了。"

"好吧，所有打扫的活儿你都不用干了。"露艾拉面露绝望地说，"你就再坚持一天吧，到明天就行，好吗？已经这么晚了，你一走，我上哪儿去找别人呀。"

丹斯奇嬷嬷礼貌地笑了笑。

"夫人，我和您一样，也有自己的孩子需要照顾。"

露艾拉本来想用增加薪水的办法来挽留她，本来话已经到嘴边了，却突然有一股怒气直冲上脑，她的脾气爆发了。

"你真是我这辈子见过的最自私的人！"她大声喊道，"在我最需要帮助的时候，你居然说走就走！你这个缺德的老家伙！"

"只要你把我应得的工钱给我，我立刻就走。"丹斯奇嬷嬷平静地说。

"除非你留下来，否则一分钱都别想拿到！"

话一出口，露艾拉就后悔了，她不该这样胁迫仆从，但她骄傲的心性不允许她自食其言。

"我干活了你就必须给我钱！"

"做梦！你现在就给我滚！"

"你不给钱我就不走。"丹斯奇嬷嬷愤怒地坚持道，"我也要养活我的孩子。"

露艾拉喘着粗气，压迫性地往前迈了一步，丹斯奇嬷嬷被她气势汹汹的样子吓坏了，连忙转过身，飞快地跑出了大门，嘴里嘀嘀咕咕地骂了几句。

随后，露艾拉走到电话边，向中介解释那个女人离开的原因。

"你能马上派别人过来吗？我的丈夫生病了，我的宝宝也生病了——"

"实在抱歉，亨普尔夫人。我只是个值班的，现在办公室里没别人了，大家都下班回家了。"

露艾拉又跟对方协商了一会儿。最终，她得到了一个承诺——中介会打电话联系一位相熟的女士来救场。毕竟现在已经这么晚了，他们也尽力了。

接着，她又给别的几家中介打了电话，还是没什么结果。显然在这个时间，整个家政业都停止了服务，想找仆人也只能等明天了。露艾拉给查尔斯喂完药之后，轻手轻脚地走进了婴儿房。

"孩子好些了吗？"她疲惫地问道。

"99.1 华氏度 [1]，"看护对着灯光，仔细看着体温计上的温度，小声回答道。"您进来之前，我刚把体温计拿出来。"

"他是不是烧得很厉害？"露艾拉皱着眉问道。

"还好，这算是低烧了，只比正常体温高出一点。跟下午比已经好很多了。一般感冒的时候，体温都会比平时稍高一些。"

露艾拉走到婴儿床旁，疼惜地爱抚着儿子烧得通红的小脸，内心焦虑不已。她恍然发觉，自己的儿子跟公交车"力士"广告上那个人见人爱的小天使竟是如此相像。

她转过身，望着看护，问道：

"你会做饭吗？"

"咦？您怎么突然问起这个？我会是会，但做得不好。"

"那你能帮我给宝宝做顿晚饭吗？那个自私的老家伙被我解雇了，现在中介全都下班了，我实在是没办法了，只能来找你帮忙。"

---

[1]　换算之后，大概是 37.3 摄氏度。

"您别着急，我答应您。宝宝的晚饭就交给我吧。"

"太好了。那么，我先去厨房了，好歹我也得给亨普尔先生弄点儿吃的。房门就开着吧，这样医生来的时候，你能听到门铃响。那时记得过来叫我一下。"

这个家快赶上医院了！医生们不停地进进出出，一个还没走，另一个又来了。每天早上，专科医生和家庭医生都会例行出诊，紧接着是儿科医生——当然了，还包括今天下午来访的摩恩医生。他看似温和，实际上非常固执，她实在是不欢迎他到家里来，估计他现在还在客厅里呢。

露艾拉走进厨房，琢磨着对策。她可以给自己来块培根，再煎两个鸡蛋——以前从剧院回来，她常给自己做这个当夜宵。但是，要想给查尔斯做顿营养均衡的晚餐，就没那么容易了——她必须想办法把这些蔬菜煮成一道浓汤，或是一锅炖菜。炉灶上有好几个开关，锅具也有好多个，她茫然地左看看、右看看，一点儿主意也没有。最后，她选了一个崭新的蓝色平底锅，把切成片的胡萝卜放到里面，加了些水，刚好没过它们。然后，她把平底锅放在了炉灶上，努力回想着打开炉火的方法。就在这时，电话"丁零丁零"地响了——是家政中介打来的。

"你好，我是亨普尔夫人，请讲。"

"夫人，您怎么能这样呢？我们派到您那里的嬷嬷回来了，她向我们投诉，说您拒绝支付工钱。"

"理由我刚才就跟你解释过了，因为她拒绝留下来帮我。"露艾拉激动地说道，"既然是她违约在先，那我这么做也没什么问题——"

"我们必须确保我们的员工得到薪水。"中介的工作人员对她解释道，"否则我们将失信于这些人，您能理解吗？很抱歉，亨普尔夫人，在这件事情得到妥善处理之前，我们不会再为你安排其他仆人了。"

"别这样，我会付钱的，我会付钱的！"她立刻就妥协了，连声保证道。

"谢谢您的配合。我们当然也希望能和客户保持稳定良好的合作关系——"

"没错，我也是这么想的！"

"那么，您能否在明天把工钱付给她呢？价格按每小时75美分算。"

"我今晚就给她，行吗？"她连忙问道，"现在我特别需要来个人帮帮我。"

"啊，现在恐怕不行，时间已经很晚了，我马上就要回家了。"

"不行？你知道我是谁吗？我可是堂堂的查尔斯·亨普尔夫人！你懂我的意思吗？我言出必行，我是百老汇大街14号查尔斯·亨普尔的夫人！"

她突然意识到，百老汇14号的查尔斯·亨普尔，再也不是一块金字招牌了，如今的他只是一个无助的病人——人们不再惦记他，更不会巴结他。这个世界怎么变得如此冷酷残忍呢，在绝望中，她挂断了电话。

之后，露艾拉又一头钻进了厨房，只听里面叮叮哐哐，一阵鸡飞狗跳。十分钟之后，她灰头土脸地出来了。她还得去找孩子的看护帮忙，虽然很不情愿，但她只能向看护坦白，她实在做不了给丈夫的晚餐。看护说她这会儿头疼得厉害，照顾病中的宝宝已经够让她焦头烂额了。不过她还是勉强同意了她的请求，答应帮忙指导露艾拉把饭做完。

看护一边给她做示范，一边嘟嘟囔囔地抱怨着。露艾拉忍气吞声地听着，按照看护教的方法，一步一步操作着。一番努力之后，晚饭终于煮上了。也到了看护给小查克洗澡的时间了，露艾拉独自坐在厨房的桌子旁，听着食物在锅里发出"咕嘟咕嘟"的声音，香味渐渐从平底锅里散发出来。

"成千上万的女人，每天都过着这样的日子。"她暗自想着，"在外面辛苦工作了一天，回家之后还得洗菜做饭，照顾病人。"

不过，她觉得自己和那些女人是截然不同的，虽说从外表上看大家差不多，都两只手两只脚的。为了支撑这个论点，她也许会说"南海岛上的居民还戴着鼻环呢"。其实，她只不过是在家做了一些家务而已，但她却闷闷不乐的。对她来说，这就是一个荒唐的意外。

忽然，她听到餐厅里传来窸窸窣窣的脚步声，那人出了餐厅又走进了膳食主管的餐具室，离她越来越近了。她有点担心是摩恩医生又来招惹自己，于是不安地抬头望过去——发现原来是看护刚走出餐具室，她看起来有点虚弱。一个不祥的念头顿时在露艾拉的脑中一闪而过："看护不会也要病倒了吧。"事实证明了她的猜想——看护刚走进厨房，就神志不清地斜靠在门上，像翅膀受伤的小鸟一下子摔落在树枝上一样。还没来得及说句话，她就一点点向后倾斜着晕倒在地了。就在这时，门铃响了，露艾拉急忙跑去开门，来人正是孩子的医生，这让她松了一口气。

"她只是昏倒了而已，别担心。"医生边说边把看护的头放到自己的膝盖上，翻起她的眼皮，检查了一下瞳孔。"没错，就是昏过去了，一会儿就能醒。"

"怎么每个人都病倒了！"露艾拉大声喊道，苦涩中夹杂着几分戏谑。"您瞧，医生，这儿所有人都生病了，除了我。"

"我不也没生病嘛。"过了一会儿，他说道，"她的心跳已经恢复正常了，等下就没事了。"

她帮医生把已经恢复意识的看护抬到椅子上，随后匆忙赶到婴儿房，在床边弯下身，轻轻地把体温计的水银头放在宝宝的腋下。小查克似乎已经不发烧了——小脸上的红晕也消退了，她又俯下身，疼爱地摸了摸他的小脸蛋。

猝然，露艾拉发出了歇斯底里的尖叫。

四

小查克的葬礼结束时，露艾拉还是不敢相信眼前的一切——她已经永远失去了他。回家之后，她神思恍惚地走进婴儿房，绕着他的小床走了一圈又一圈，边走边呼唤着小查克的名字，沉浸在无限的悲伤中。随后，她坐了下来，盯着他的玩具火箭，那上边还印着一只红色小鸡。

"我该怎么活下去？"她喃喃自语道，"我不相信他就这么走了，如果小查克真的不在了，我也不想活了！"

她仍抱有一丝幻想——也许等到傍晚，看护就会带着他散步归来了。她记得那天晚上，在那场令人悲痛欲绝的混乱中，有一个声音对她说："清醒些，查克已经死了。"一派胡言！如果真是那样的话，为什么他的房间这么一尘不染，好像随时都准备迎接小主人回家似的？为什么他的小牙刷和小梳子还好端端地放在衣柜里？为什么她还会在这里守候？

"亨普尔夫人。"

她闻声抬头。发现摩恩医生就站在门口，他那副寒酸的样子，看起来还是那么的令人讨厌。

"你走开。"露艾拉没精打采地说。

"你的丈夫需要你。"

"别烦我。"

摩恩医生向前迈了几步，走进了房间。

"你可能没明白我的意思，亨普尔夫人。这么多年来，你一直在忽视他的感受。事到如今,除了他你还能指望谁呢。"

"我恨你。"她突然厌恶地说道。

"如果这能让你好受些，我不介意。你知道的，我从不轻易承诺，我只尽我最大的努力去做。当你接受现实以后，就会慢慢好起来的，毕竟人死不能复生，你再伤心不舍，孩子也回不来了。"

露艾拉听罢直接跳了起来。

"我的孩子没死！"她激动地大声喊道，"你胡说！你完全是在胡说八道！"她泪眼模糊地望着他，倏然间，她捕捉到他身上散发出的某种独特气息，看似残忍无情，却饱含着慈悲,令她心生敬畏,无力辩驳,只有艰难地接受了这个事实。她感到万念俱灰，泪眼双垂，陷入无底的绝望中。

"好吧,我承认……"她精疲力竭地说道,"我的孩子没了。接下来我该怎么办？"

"你要好好照顾自己的丈夫，他现在已经好多了，不过还需要休养一段时间。但是你必须去告诉他所发生的这一切。"

"你觉得你真的能治好他吗？"她难过地说。

"或许我可以。他就快要康复了。"

就快要康复了吗？这些话她已经听够了，不会再抱有任何期望——此时，她对这个家的最后一丝留恋也破灭了。她生命中的这段岁月就此终结了——她想要将这些忧伤压抑的回忆存档，将自己松绑，她想现在就远走高飞，她要自己像风一样自由。

"我等下就去找他，"露艾拉的声音那样遥远缥缈，"让我一个人静静吧。"

摩恩医生那不受欢迎的身影，渐渐消失在漆黑的大厅中。

"我要离开这里。"露艾拉喃喃自语道，"生活从我这夺走了那么多，是时候用自由来回报我了。"

她不能再思前想后了，一分钟也不能，稍有犹豫，生活也许会再次束缚住她，让她再受一遍折磨。想到这里，她立即拨通了公寓行李搬运员的电话，让他把自己的行李箱从储藏室拿出来。不一会儿，箱子送来了，她开始收拾梳妆台上的化妆品和衣柜里的衣物，她恨不得把这个家所有属于自己的东西统统都带走。她甚至连那两条旧连衣裙也没有放过，它们曾是嫁妆的一部分——当然现在款式早就过时了，尺码也小了，但她都一起装进了箱子里。她将迎来一个全新的生活。或许有一天查尔斯会康复，可她的失子之痛却永远也无法平复了。小查克虽然调皮，总给她添些小麻烦，但她多么疼爱他，多么宠溺他，现在小查克乍然病去，母子二人竟永远生死相隔了。

当她收拾完行李之后，不自觉地走进了厨房，准备检查

一下晚餐的准备情况。她把查尔斯生病期间的特殊饮食，向
厨师交代清楚，并说自己有约，今晚不在家吃饭了。无意间，
她瞥见了那个专门给查克做饭用的小平底锅，她怔怔地盯着
它，悲喜尽失。她又打开冰箱看了看，里面很干净，没有异味。
从厨房出来，她又去了查尔斯的房间。他正靠坐在床上，护
士在为他读一些刊物解闷。他消瘦了许多，头发几乎全白了，
满头银发下的那张面庞虽然年轻，眼窝却愈发凹陷，眼神里
似乎充满了惆怅。

"孩子生病了吗？"他问道，语气很平静，听不出什么情
绪。

她点了点头。

他欲言又止，闭了一会儿眼睛。然后接着问：

"孩子，是不是死了？"

"是的。"

听闻，他陷入了久久的沉默中，仿佛已经溺毙在悲痛的
狂潮中。过了一会儿，护士走到他身边，将自己的手放到他
的额头上试温。就在这时，两行热泪汩汩地涌出了他枯槁的
双眼。

"我知道孩子已经死了。"

又过了很久，护士打破了这压抑的气氛。

"医生说趁着今天阳光好，应该带着查尔斯先生出去透
透气。他不能总待在屋子里。"

"好的。"

"我有个建议。"护士犹豫了一下，接着说道，"亨普尔夫人，不如今天您代替我陪查尔斯先生出去转转吧，我觉得这样做，或许对您二位都有好处。"

露艾拉急忙摇头。

"噢，这可不行。"她连声拒绝道，"今天真的不行。"

护士奇怪地看着她。露艾拉突然对查尔斯心生怜悯，她慢慢俯下身，轻柔地亲吻了他的脸颊。随后，她一语不发地回到了自己的房间，戴上帽子，穿好大衣，拉着她的行李箱，朝大门走去。

再有几步就能出门了。正在这时，大厅里忽然闪出一道人影。如果她能越过那道身影，她就自由了。可不管她绕到右边还是左边，那人都堵住了她的去路，她恼怒地叫他赶紧走开！但那人却固执地拒绝让路，没办法，她只好一屁股坐进大厅的沙发里，隐隐啜泣起来。

"你怎么还在这里啊，我以为你早就走了。"她哀号着说，"我之前不是说了让你回去嘛。"

"我很快就会离开的，"摩恩医生说道，"我只是不想看到你总是犯同一个错误。"

"恰恰相反——我离开这里，就是为了改正曾经犯下的错误。"

"你只是在逃避罢了，以为离开这里就万事大吉了，但必将事与愿违。你越想逃离自我，反而会越执着于自我。"

"你错了,我已经放下了。"她当即反驳道,没有丝毫动摇。"我要离开这个充满了死亡和失败的房子！"

"你并没有失败。现在的确很难熬，但你会好起来的。"

她倏地站了起来。

"请你让开。"

"绝不。"

就在此刻，她突然妥协了，每次和他交谈之后，都是这样的结果。她用手捂着脸，忍不住开始哭泣。

"快回去你丈夫的房间吧，告诉护士你会带着他出去兜风的。"他继续劝导着她。

"我做不到。"

"试一下，你可以做到的。"

露艾拉抬起泪眼望向他，不知为何，她隐隐觉得自己还会再妥协一次。她思想斗争了好一会儿，最终，她的信念瓦解了，她拿起箱子，穿过大厅，走回到了房间。

五

露艾拉没有察觉到，自己正被摩恩医生潜移默化地改变着。不过，随着时光的流逝，她也发现了自己的变化——曾经很反感的事情，如今都能接受了。她会陪着查尔斯待在家里，当他觉得身体好一些，想要出去透透气时，她就跟他一起出去吃个饭，或是看看戏剧。她每天都会去厨房，不情愿地照看着这个家。最开始的时候，她心里也十分忐忑，担心自己会重蹈覆辙，可是没过多久，就习以为常了。她觉得这些惊人的改变，似乎都与摩恩医生有关——尽管他有意隐瞒这一点，好像还有点担心被她发现似的，但是他一直引导着她，将生活中的智慧和经验毫无保留地传授给了她。

渐渐地，他们的生活重新回到了正轨上。查尔斯放松了许多，她惊喜地发现，他那用手搓脸的坏习惯也已经戒掉了。虽然对她来说，这个家很难重现以前的欢乐景象，但正因为经历了这些痛苦的时光，使她消除了一身乖戾，成了一名坚强包容的女性。这一点，她或许永远也不会知道。

后来有一天下午，摩恩医生突然告诉她，自己马上要离开了。

"你是说查尔斯康复了，你才离开的？"她慌乱地问。

"是的，他恢复得很好。"

她一时语塞，沉默了好一会儿，分不清心里是高兴还是遗憾。

"你们不再需要我了，"他轻声说道，"或许你自己没有发觉，但你确实成熟了许多，已经是个可以独当一面的女主人了。"

说完，他走到沙发旁，在她身边坐下来，握住了她的手。

露艾拉没有说话，内心却紧张得很——她知道他会说些什么，她仔细地听着。

"不劳而获是孩子们的特权，我想对于这一点，我们可以达成共识。"他继续说道，"但当他们长大成人之后，却还是坐享其成的话，别人就不得不付出双倍的辛苦，为他们营造一个流光溢彩的童话世界。"

"那个流光溢彩的世界，恰恰就是我想要的。"她不满地抗议道，"生活本该如此。追求美好和温暖的事物是人的天性，谁也不能否认这一点。"

"一切都会好起来的，你失去的都将得到弥补。"

"真的吗？"

"这完全取决于你自己。"

露艾拉看着他，眼里满是诧异。

"从小到大，你都在不停地向别人索取，现在轮到你来付出了。如果你可以成为保护孩子的盾牌，成为安抚丈夫的避风港，成为关爱老年人的一双手；如果你可以让为你工作的佣人们依赖你，信任你；如果你可以独自应对更多的难题，比普通人多一些耐心，多一些付出，而不是吝啬你所拥有的，那么，那个流光溢彩的世界将再次回到你手中。"

说到这儿，他停顿了一下。

"站起来，露艾拉，"他继续引导着她，"去照一下镜子，告诉我你都看见了什么。"

露艾拉听话地站了起来，走向挂在墙上的穿衣镜，那是他们蜜月旅行时，在威尼斯买的。

"我的脸上又长了新皱纹，就在这儿，"她神色黯淡，边说边抬起手，指了指眼角的地方，"这儿看起来还有点黑眼圈，我恐怕是……长鱼尾纹了。"

"你在意吗？"

她马上转变了态度。"不在意。"她明朗地回答道。

"那么，查克的事情，你接受了吗？他已经不在人世了，那意味着你再也见不到他了。"

"是的。"她慢慢地用手捂住了眼睛，"但那似乎变得很模糊，也很遥远。"

"模糊和遥远。"他重复了一遍她的话。然后问道："你现在还害怕我吗？"

"现在一点儿也不怕了，"她答道，接着又坦诚地补充了一句，"因为你马上要离开了呀。"

随后，他向大门走去。今晚的他看起来格外疲惫，仿佛连走路的力气都没有了似的。

"我走之后，这个家就全都靠你照顾了。"他疲惫地低声嘱咐着，"如果这栋房子里有任何的光和热，那都来源于你；只有你觉得开心，这个家才会温馨。幸福的事情自会来敲门的，你无须四处寻找。现在，是你大显身手的时候了。"

"你不再多坐会儿吗？"露艾拉小心翼翼地问。

"没有时间了。"他的声音那么低沉，她几乎听不清他的话。"但是请记住，不管发生多么不幸的事情，我都会帮助你的——只要是我能做到的。虽然我无法向你承诺。"

说完，他打开大门，走了出去。现在她必须把心里的疑惑追问清楚，否则就来不及了。

"你到底对我做了什么？"她急切地问道，"为什么我对查克的离去释怀了？为什么我好像什么都想通了？请告诉我！我有一些猜测，但我无法确定。在你走之前，请告诉我你到底是谁？"

"你想知道我是谁吗？……"那个穿着破旧套装的身影，在门口停了下来。只见他转过身，那张微胖、苍白的面庞，仿佛一下子幻化成了两张脸，紧接又变出了十张、二十张脸，每张脸的表情都不同——有忧郁的、喜悦的、悲痛的、冷漠的、顺从的——到最后出现了六十个摩恩先生，他们排成一排，形成了无尽无限的倒影，宛如曾经的岁月，全都铺展在了眼前。

"你问我是谁？"他又重复了一遍问题，"我，就是光阴。我的身上，记载着你过去五年的时光。"

话音刚落，门就合上了。

刚到六点钟，查尔斯·亨普尔先生下班到家了，露艾拉像往常一样站在大厅里迎接他。现在，除了他那头没有光泽的白发之外，那场曾持续了两年的大病，已经在他身上看不出丝毫痕迹了。不过，露艾拉却有了明显的变化——她的身体更加结实了，只是眼周出现了一些细小的皱纹。它们是在1921 年的某个晚上，悄然爬上她的面庞的，就在那天夜里，小查克走了。即便如此，她看起来依旧那么可爱迷人，今年她已经二十八岁了，散发出一种成熟、包容和豁达的气质，日子过得顺顺当当、和和美美的，仿佛所有麻烦事都在绕着她走，刚一靠近就连忙掉头跑开了。

"伊德和她的丈夫会来和我们一起吃晚饭。"她体贴地说道，"我还买了剧院的门票，不过去不去都行，如果你觉得累了，我们就在家好好休息一下。"

"我很想去呢。"

她惊喜地看着他。

"你才不想去呢。"

"我真的很想去。"

"晚饭之后你就该累啦，到时再说吧。"

闻言，他亲昵地搂着她的腰，和她一起走进了婴儿房，那里有两个孩子，正等着和他们说晚安。

热心肠与冷心肠

一

年轻的马瑟夫妇结婚快一年了。有一天，杰奎琳到她丈夫的五金经纪行找他，这家店被他经营得风生水起的。她朝里间办公室走去，发现门敞开着，里面还有一位访客。于是她站在门口，冲里面说道："不好意思，打扰一下……"那位年轻的访客她不是很熟，但知道他名叫布朗森。显然，他们没在谈什么重要的事情，只是看上去有点鬼鬼祟祟的，像在偷偷密谋些什么。她丈夫站在写字台旁，布朗森站在她丈夫身边，激动地抓住她丈夫的手，恳切地摇晃着——那模样简直可以说是在乞求了。两位男士听到门口传来杰奎琳的脚步声，同时扭过头，杰奎琳这才发现，布朗森的眼睛都哭红了。

他们又交谈了几句，然后布朗森走了出来，经过她身边时，略显尴尬地说了句"您好"。杰奎琳随后走进了丈夫的办公室。

"爱德·布朗森找你什么事呀？"她刚一进屋，就开门见山地问道。

吉姆·马瑟眯起灰色的眼睛，冲她微微一笑，拉着她坐在桌沿儿上。

"他路过我这儿，顺便进来看看。"他故作轻松地回答，"家里一切都好吧？"

"都很好啊。"她将信将疑地打量着他。"他到底有什么事？"她继续追问道。

"他啊，就是过来跟我说点儿事。"

"说来听听？"

"哎哟，一点儿小事而已。生意上的。"

"那他的眼睛怎么哭红了？"

"噢？有吗？"他满脸天真地看着她，突然间两人都哈哈大笑起来。杰奎琳站起身，绕过写字台，霍地坐进他的转椅里。

"你呀，最好从实招来。"她笑呵呵地要挟道，"要不然，我可就赖在这儿不走了。"

"好吧……"他皱了皱眉，看起来有些犹豫。"他拜托我帮点儿小忙。"

此话一出，杰奎琳就明白了——女人的第六感真是不得了，这次她又猜中了。

"我知道了。"她嗓音干巴巴的，"你肯定是借钱给他了。"

"就借了一点儿。"

"多少钱？"

"就三百块。"

"还'就'三百块？"她那音调简直比贝西莫[1]炼钢炉还要冰冷，"吉姆，你算一算，我们两个人一个月的开销是多少？"

"呃……这个嘛，我想一下，大概是五六百块钱吧。"他不安地转移了话题，"听我说，亲爱的，这钱布朗森会还的。他碰上了一点儿小麻烦。他之前在伍德米尔认识了一个姑娘，一时冲动就犯了个错误……"

"然后呢，他就想到了你这个出了名的老好人，所以就来找你了。"杰奎琳毫不留情地打断他。

"不是这样的。"他一本正经地否认。

"你就没想过，也许我也需要那三百块钱吗？"她责问道，"去年十一月，我们不就是因为手上钱不够，才导致计划好的纽约旅行没去成吗？这件事你怎么说？"

马瑟脸上僵硬的笑容不见了。他转身走过去，关上了通往外间办公室的门。

"你听我说，亲爱的。"他认真地解释起来，"这件事不是你想的那样。布朗森是我的发小，我俩从小玩到大。小的时候一起上下学，现在几乎天天一起吃午饭。正因为我和他

---

[1] 贝西莫：一种钢，通过鼓风炉，从熔铁里炼制而来。

交情最深,他才会一遇到麻烦,就先来找我。他把我当好兄弟,我就更不能弃他于不顾了呀。"

杰奎琳抖了抖肩膀,像是想把这番言论甩到一旁似的。

"说得好听,"她丝毫不为所动,"我可听说了,他就是个游手好闲的混子。整天都喝得醉醺醺的,他自己不努力赚钱也就罢了,凭什么还拿着你的钱出去花天酒地。"

现在,夫妻俩正面对面地隔桌而坐,两个人互不相让,各执己见,都觉得对方像孩子似的幼稚无知。每次开口,都得先说一句:"你听我说!"脸上写满了不耐烦。

他们争论了十五分钟,谁也没能说服谁。马瑟最后无奈地说道:"你要是不能理解的话,那我也没办法了。"每次只要他一说这句话,就意味着生气了。"男人之间啊,这种事就像是一种义务,根本无法避免。而且它比你想的要复杂得多,不是不借钱就完能解决的——尤其像我这种生意人,更得有个好口碑才行,没有朋友帮衬,生意还怎么做呀。"

马瑟边说边换上了大衣,准备和杰奎琳一起回家吃午饭。现在他们出行只能搭有轨电车了,之前那辆旧车已经卖掉了,新车还没买,估计得拖到明年春天了。两人小心翼翼地过着马路,车流在他们身边来回穿梭。

这一天,真是屋漏偏逢连夜雨,就连电车都跟他们作对。其实刚才在办公室那点小插曲不算什么,换个环境也就忘了。可没想到随后发生的事情,就像一把粗盐,直接撒在了那个小伤口上，不但刺激得它愈发疼痛，甚至还导致了一场严重的情感危机。

现在才到二月末，太阳就按捺不住了，火急火燎地把街道上所剩无几的残雪，融化成了一股股黑色的水流。然后这些水就叮叮咚咚地流进了排水沟里。他们上车后，在第一节车厢附近找了两个位置坐了下来。这趟电车上的乘客不像平常那么多，没有一个人站着。司机还打开了车窗，一阵暖洋洋的微风吹了进来，把电车上最后一丝冬天的气息也带走了。

杰奎琳已经把刚才的不快抛在脑后了，她觉得坐在自己身边的丈夫，比车上任何男人都要英俊善良，这让她颇为得意。为什么非要改变他呢？这种想法太愚蠢了。再说了，也许布朗森会把那笔钱还回来的，三百块也不算一笔很大的数目。话说回来，他压根儿没资格花这些钱呢，算了，毕竟当时——

她刚想到这里，思绪就被打断了，一群乘客蜂拥而上，把座位间的过道挤得满满登登的。有些乘客咳嗽的时候，连嘴都不捂一下，这真让杰奎琳受不了，她希望吉姆能赶快买一台新车。成天坐这种公共电车，说不准哪天就染上了什么怪病。

她转过头，准备跟吉姆商量一下买车的事——却发现吉姆正站起身，给站在他身旁过道的一位妇女让座呢。这位享受礼遇的妇女，却连半句感谢的话都没有，就一屁股坐了下来。这让杰奎琳不由得蹙起了眉头。

这名妇女看起来大概五十岁左右，身形庞大，胖得不像样子。她刚坐下的时候，对椅子上的那块空间还比较满意，没一会儿工夫，她就开始不断向外扩张自己的领地，那具庞大的身躯占据的面积也越来越大，甚至开始野蛮地侵犯别人的座位。当电车启动时，杰奎琳的身体朝另一边倾斜，她就趁机挤过来一点儿；可当电车停下时，她又能机灵地顶住杰奎琳，顽强地坚守住已经赢得的地盘。

杰奎琳对上丈夫的目光——这会儿他正拽着一根拉手带，在那儿左摇右晃呢。她满眼怒火地瞪了他一眼，对他的让座行为表达了强烈的不满。他无声地道了个歉，然后又全神贯注地看向车厢里贴着的那一排广告去了。那个胖女人又朝杰奎琳这边挤了挤——她现在简直就是歪靠在杰奎琳身上了。随后她又转过头，圆睁着那双浮肿而令人厌恶的眼睛，对着杰奎琳的脸，使劲儿地咳嗽起来。

杰奎琳惊叫了一声，连忙又屏住呼吸。她气得满脸通红，猛地站起身，粗暴地从胖女人那肥乎乎的膝盖前面挤了过去，然后一点一点向电车尾部挪去，到了之后就拽住一根拉手带，站着不动了。她丈夫见状也立刻挤了过来，两人之间的情感警报器又"嘀嘀"作响了。

他们俩谁都没说话，就这么肩并肩地站了十分钟，气氛凝重又压抑。至于他们面前坐着的那一排男人，全都哗啦啦地翻着报纸，旁若无人地看着当天的新漫画。

终于到站了，刚一下车，杰奎琳一肚子的火气就爆发了。

"你就是个超级大笨蛋！"她气急败坏地喊道，"你眼睛没瞎吧？没瞎你给那种可恶的女人让什么座？你有工夫照顾那种又肥又自私的洗衣女工，怎么就不能稍微替我考虑考虑呢？"

"她那样我也没想到啊——"

杰奎琳的怒火仍熊熊燃烧着，她以前从没这样生过气——原来他这个老好人也会惹人生气啊，这倒是挺少见的。

"你瞧见没有，刚才坐在我们面前的那些男人，有一个站起来给我让座的吗？一个都没有！怪不得上周一晚上，你回来之后就累得哪儿都不想去了。你八成是又把座位让给了哪个……哪个壮得跟牛似的，让人厌恶至极的洗衣婆娘了。我看你就活该站着！"

他们沿着泥泞的街道朝家走去，地上布满了一摊又一摊水洼，一不留神就踩得满脚是水。马瑟心里像有团乱麻似的，不安、慌乱、懊恼，全都糅杂到了一起，他一时不知该如何开口，道歉的话和辩解的话全都哽在喉头。

杰奎琳忽然停住了脚步，转过头看向他，眼里闪过一丝复杂的情绪。然后她对整件事做了一番总结，他活到现在，从没听过比这更不中听的话了。

"我看你这毛病是改不了了，吉姆，你怎么就这么好糊弄呢，你这样和大一新生有什么区别？别人说什么你就信什么，一点儿脑子都没有！老好人当到你这份儿上，也算是个专家了！"

二

这件事来得快，去得也快。还不到一个小时，杰奎琳的暴脾气，就被马瑟那了不起的好脾气，给平息下去了。接下来的那些天，这件事虽然也被提起过几次，但都只是不痛不痒地一带而过，到最后终于偃旗息鼓，被渐渐遗忘在记忆的某个角落里了。我所说的这个"记忆角落"，很遗憾，它并不是个保险箱，不代表永远都想不起来。它只不过被另一件重要的事情给冲淡了——杰奎琳怀孕了。为了生一个聪明健康的婴儿，她开始了漫长又艰难的孕期，好在她的心态并没有很大的波动，保持了一贯的冷静。然而，她性格中好偏见的特点，却一发不可收拾，对事情愈加挑剔起来。

时间很快到了四月，他们还是没买上新车。马瑟发现他几乎攒不下什么钱，可问题是再过半年，孩子就要出生了。他拿什么养活这个小家伙啊，这真叫人发愁。在他那双真挚友善双眸的眼角，悄然出现了第一道皱纹——它浅浅的、细细的，几乎看不出来，却述说了挂在主人心头的愁绪。现在他几乎天天都加班到天黑，还常常把白天没处理完的事情带回家接着做。看来，新车只得过段时间再买了。

四月的某天下午，华盛顿街搞促销活动，差不多全城的人都去抢购了。杰奎琳不慌不忙地逛了一家又一家商铺，看起来神态自若。因为怀上了宝宝，她生活的方方面面都被迫随之改变，但她却没有丝毫的担心或沮丧。一阵风吹来，卷起夏日干燥的尘土；阳光落在橱窗玻璃上，兴高采烈地玩着反射游戏，还把街道上汽车滴下来的好几摊汽油，映出了五颜六色的光彩。

忽然间，杰奎琳停住了脚步。离她不到六英尺远的路边，停着一辆崭新的敞篷跑车。车旁站着两个男人，他们正聊着天，她立即认出其中一个年轻人就是布朗森，她还听到他语气炫耀地对另一个人说：

"你觉得这车怎么样？我今天早上刚买的。"

杰奎琳听罢，猛地一个急转身，直朝丈夫的办公室走去，她脚底生风，步伐越来越快。到了办事处，杰奎琳像往常那样，朝秘书略点一下头，便大步流星地从她身边走过，直接推门进了里间办公室。马瑟正埋头工作，被她唐突的到访吓了一跳，诧异地抬起头看着她。

"吉姆，"她气喘吁吁地问，"那三百块钱，布朗森还给你了吗？"

"怎么突然问起这个……那个，还没有，"他吞吞吐吐地回答，"但他会还的。他上周刚来过，跟我解释了一下，说最近手头不宽裕。"

听到丈夫这么说，她不由得怒火中烧，却也因为自己先前的话得到了印证，而有一丝得意。

"他没钱？可不是嘛！"她讥讽地说道，"怪不得他刚买了一台新的敞篷跑车，那车怎么也值二百五十块钱。"吉姆连忙摇了摇头，表示不相信她的话。

"这是我亲眼看到的，"她的语气不容置疑，"我还听到他对别人说，那车是他今早刚买的。"

"可他明明就跟我说，他手头不宽裕啊。"马瑟无可奈何地重复道。

真是块木头疙瘩啊，杰奎琳真是拿他没办法。她意味深长地叹了一口气，像是一句无言的反驳。

"你被他算计啦！他知道你好糊弄，所以才找上你！你还不明白吗？他想买车，又不想花钱，就来找你买单。结果你全都乖乖照办了！"她不禁苦笑了起来，"说不定他现在正在心里笑话你呢，竟然不费吹灰之力，就把你骗得团团转。"

"天哪，不，他不会这么对我的，"马瑟满脸惊恐的表情，继续反驳道，"你肯定是认错人了——"

"我们俩出门只能走路——他却开着用我们的钱买来的汽车。"她打断他，语气激动地说，"听听，这有多可笑，这简直太可笑了！这种荒唐事，说出去都没人信。你给我仔细听着！"她的声音越来越尖锐，言辞越来越尖刻——甚至已经透出几分轻蔑的意味了。"你操心费力地替别人忙活半天，结果人家连正眼都不瞧你一下。你自己想想，这样的事发生多少回了？一到电车上，你就把座让给肥婆娘，回到家累得连手指头都懒得动。哪家委员会的事儿你都管，每天少说也得耽误一个小时做生意的工夫，他们却从没给过你一点儿好处。你被利用了——被彻彻底底地耍了！我实在是受不了了！我原以为自己嫁了一个有担当的男子汉——现在才发现，你根本就是个大慈善家啊，你出生就是为了给全世界人民造福的！"

杰奎琳刚说完这番尖酸刻薄的话，突然感到一阵头晕目眩，她踉跄了几步，瘫坐在一把椅子上——她已经精疲力竭了。

"尤其现在我怀孕了，"她断断续续地呢喃着，"我更加需要你。需要你做我坚强的精神后盾，需要你用健康的身体紧紧拥抱着我。如果……如果你把时间和精力，都用到了别人身上，等轮到我这儿时，就只剩下那么一丁点儿了……"

她疲惫脆弱的模样，让他鼻酸心疼，他走过去，跪在她身边，轻轻地把她的头挪靠在自己肩上。

"我很抱歉，杰奎琳，"他诚恳地说，"我以后会多加小心的，不再被人利用了。都怪我以前没意识到这点，还以为自己在做好事。"

"你是这世上最善良可爱的人，"杰奎琳轻语道，声音有些沙哑，"可我不愿意和任何人分享你，我想要你的全部，我要你把你的好，都只留给我一个人。"

他轻柔地爱抚着她的秀发，一遍又一遍。有好几分钟，他们谁都没说话，相互谅解后的夫妻俩，共同沉浸在这份宁静安详的心境之中。又过了一会儿，杰奎琳恋恋不舍地把头抬了起来，因为门口传来了克兰西小姐的声音。

"啊，打扰了，请原谅。"

"有什么事吗？"

"一个快递员送来了几箱货，需要您付一下钱。"

马瑟站起身，跟着克兰西小姐，走到外面那间办公室。

"先生，总共五十块钱。"

他翻了翻钱包——糟了，他早上忘去银行取钱了。

"稍等一下。"他心不在焉地说。他的心思还都在杰奎琳身上，他想尽快回去陪她，此时她正孤零零地在那个房间里等他，像被遗弃的小动物似的。他走出自己的办事处，来到室外的走廊，推开对面的一扇门，门上写着"克莱顿与德雷克，证券经纪行"，他心急如焚地推开另一扇矮门，径直走向坐在写字台后面的那个人。

"早上好，弗雷德。"马瑟主动打着招呼。

弗雷德·德雷克闻声站起来，和马瑟握了握手——他个子不高，戴着一副夹鼻眼镜，尽管看上去只有三十来岁，却已经秃顶了。

"早上好，吉姆。什么风把你吹来了？"

"有一件事，想请你帮忙。是这样的，有个快递员正等在我的办公室，他刚刚送来一些货，都是货到付款的单子。不巧的是，我身上的钱都用光了。你能不能先借我五十块？下午我就还给你。"

德雷克把马瑟仔仔细细地打量了一番，然后慢慢晃了晃脑袋——真没想到，他竟不是上下点点头，而是左右摇了摇头。

"不好意思，吉姆，"他冷漠地回答道，"我给自己定了个规矩——不管什么原因，不管对方是谁，坚决不借出去一分钱。多少人的交情就毁在这种事上啊，我数都数不过来。"

"你说什么？"

马瑟这才从那迷迷糊糊的状态中清醒过来，那短短的四个字，毫不掩饰地反映了他内心的震惊。他的大脑瞬间变成了一锅糨糊，好在他那识时务的天性自动帮了他的忙，告诉他该怎么说怎么做。总之，他的本能反应告诉他，一定不能让德雷克因为拒绝自己而感到尴尬。

"噢，我明白了。"他用力点了点头，就像他百分百同意他的做法，就像他平时也总考虑要这么做似的。"没错，我能理解你的做法。所以说——我当然不能——也不愿意让你因为我，打破那样的规矩。听起来，你那主意还不错。"

他们又交谈了一分钟。德雷克充分阐述了各种理由，来证明自己的做法是对的，显然对付这种情况，他早有准备。

最后，还对马瑟露出一个真诚的微笑，看起来毫无破绽。

马瑟礼貌地和他告别后，就返回了自己的办事处。刚才他的言谈举止自然得体，德雷克还误以为他是城里首屈一指圆滑老练的生意人呢。话说回来，马瑟确实懂得该如何给别人留下这种印象。然而，当他走进自己的办公室，看到妻子忧郁地凝望着窗外阳光的模样，不由得攥紧了双手，嘴巴也抿成了一条线。

"好吧，亲爱的，"他慢吞吞地说道，"我承认，很多事情你都是对的，我错得太离谱了。"

三

在之后的三个月里，马瑟仔细回想了这些年的生活。他的日子真挺不错的，幸福又快活。人与人之间的钩心斗角，或是在社会上遭遇的种种不公，会把我们中的大多人都蹂躏得粗鲁又冷漠，既愤世嫉俗，又烦躁易怒。显然，他几乎从未经历过这些。不过，他之所以能够幸免于此，并非是拥有什么豁免权，只不过是提前付出了代价而已。此刻他终于幡然醒悟，一直以来，他为了避免树敌、避免争吵，或者仅仅是为了逃避小麻烦，竟然不知不觉地走上了一条如此曲折坎坷的道路。

打个比方，就拿借钱这事来说吧。他偷偷借出去的钱，加起来少说也有一千三百块了。事到如今，他才恍然大悟，这些钱怕是再也见不着了。要不是杰奎琳凭借她女性特有的精明，加上一次又一次地劝说，他到现在还蒙在鼓里呢。如今这些钱注定是有去无回了，他真是追悔莫及啊，要是当初把钱交给杰奎琳，存到银行里该有多好啊。

此外，他还意识到一点，正如杰奎琳所说，他一直在做"义务劳动"——不是给这个人干点儿活，就是给那个人帮点儿忙——这些事看起来不起眼，不过要是把花掉的时间和精力统统加起来，也是非常惊人的。本来他是挺乐于助人的，每当别人有事相求的时候，他都热情地伸出援手。可现在一琢磨，他怀疑自己那样做，也许仅仅是沉迷于满足自己自私的虚荣心。实际上，他这么想就有些反省过度了，他总是不懂该如何公平客观地对待自己。说实话，让马瑟保持理性确实很难，他的性格太过感性浪漫了。

最后他想通了，决定以后不再这么舍己为人了，否则只会令自己在晚上疲惫不堪。这直接影响白天的工作效率，而效率一降低，自己就得加班，那就更没法早点回家，好好照顾杰奎琳了。她已经怀孕好几个月了，体重增加了不少，也越来越依赖他。很多个漫长的夏日午后，她就呆坐在拉着窗帘的阳台上，等着走廊尽头传来他回家的脚步声。

为了尽早赶回家陪杰奎琳，马瑟放弃了很多东西——包括大学校友会主席的头衔。至于别的差事，他也只是随便应付一下，不求有功但求无过。从前不管参加什么委员会，大家总是推选他当主席，而他们则躲在暗处，一有事就全都推给他一个人。那种费力不讨好的事儿，他再也不干了。此外，他还学会了躲避那些可能有求于他的人——比如在俱乐部里，那些一看到自己就表现得非常热情的人。

虽然他下了决心，但落到行动上，还是得慢慢来。其实他本来也没有那么不谙世事——若是换一个环境，就算德雷克不肯借钱，他也不会有多惊讶。如果从别人那里听说类似的事，他恐怕也不会往心里去。但那件事发生时，他的情绪恰好处在一种柔软又敏感的状态之下，所以对方那冷酷无情、直截了当的拒绝，才会使他备受打击。这件事对他触动颇大，也产生了深远的影响。

不知不觉，到了八月中旬。这周的天气活像烤箱，炎热又干燥。他办公室的窗户整天都敞开着，窗帘却纹丝不动，死气沉沉地垂在纱窗前，像一排软塌塌的船帆似的。马瑟此时尤为心烦意乱——杰奎琳前段时间由于操劳过度，突发了严重的头痛病；而自己的生意也变得停滞不前，毫无进展。因为心情很糟，所以他早上对克兰西小姐说话的语气特别急躁，令她不禁满眼错愕地看着他。他当时就表达了歉意，可事后又后悔自己不该道什么歉。他不也正忍着暑热，汗流浃背地埋头苦干嘛——她怎么就不行呢？

这不，她又来到他办公室门口，他抬起头，微微皱眉地看着她。

"爱德华·莱西先生来访。"

"让他进来吧。"他没精打采地答道。这位莱西老先生，他还是有所耳闻的。他是个悲剧人物——八十年代时，曾是个炙手可热的大明星，可惜没多久就过气了，现在成了无人问津的可怜虫。莱西先生来找他能有什么事呢，他想破脑袋也想不出来。

"下午好，马瑟先生。"莱西先生客气地问候道。

只见一位满头白发的老先生站在门口，他身材瘦小，衣着端庄。马瑟礼貌地站起身，招呼他进屋。

"您正忙着吗，马瑟先生？"

"还行吧，不算很忙。"他特意在"很"字上，略微加重了语气。

马瑟请莱西先生坐下。莱西先生看起来非常拘谨，一直把帽子握在手里，每当开口说话的时候，就会紧紧捏住帽檐儿。

"马瑟先生，希望您能给我五分钟时间。有些事……有些事我必须现在跟您谈一谈。"

马瑟点了点头，表示同意。虽然他的直觉告诉他，肯定又是来求他帮忙的，不过他刚才一直在忙工作，正好现在也累了，不如听听他会说些什么，权当休息了。于是，他悠闲地用手支着下巴，让自己从那些迫在眉睫的忧虑中解脱出来。

"您也知道，"莱西先生继续说道——马瑟发现他捏着帽檐儿的手指，正颤抖个不停。"早在 1884 年，我和您父亲就是无话不说的好朋友。我想，他一定没少在您面前提起我吧。"

马瑟认同地点点头。

"还记得您父亲下葬的时候，我曾是护送灵柩的人中的一个。他活着的时候，我们……我们非常亲密。这也是我今天会贸然来访的原因。我这一辈子，从没像今天这样不请自来。马瑟先生，我知道对您来说，我就像个陌生人。不过等您到了我这把年纪，或许就能理解了——朋友们不是过世了，就是搬走了，再不就是闹了点儿小误会，从此断了联系。至于儿女呢，他们也不能照顾你一辈子啊，除非你足够幸运，走在他们前头——不然你很快就会发现，自己成了孤家寡人，身边连个能说话的朋友都没有了。那感觉糟透了，就像被抛弃在这世上了似的。"

"我跟您父亲刚认识不久的时候，发生了一件事。说起来，离现在得有四十年了吧。有一天，他来找我，问我借一千块钱。您知道，我比他略长几岁，虽然那时我们不算很熟，但我觉得他值得信任。那笔钱在当时可不是个小数目啊，他又什么抵押都没有，除了脑袋里的那个宏伟蓝图。可我喜欢他双眼中散发出的光彩——请恕我冒昧，您看起来和您父亲年轻时，简直一模一样——于是我什么抵押都没要，直接就把钱借给了他。"

说到这儿，莱西先生停顿了一下。

"完全没有任何抵押。"他又重复了一遍，"当年，我还有那个实力。不过，我并没有受到任何损失。年底之前，他就把钱还给我了，还带着六分利。"

马瑟双眼低垂，盯着写字台上的记事本，用铅笔在那上面胡乱地画了一连串儿的三角形。他知道接下来会发生什么，但他不得不拒绝，想到这里，他深吸了一口气，感觉浑身的肌肉都绷紧了。

"可是现在，马瑟先生，我成了个没用的老家伙。"他继续说道，声音凄凉又嘶哑。"我当年一步走错，全盘皆输——我已经完蛋了——不过我们现在没必要细说这个。我有个还没嫁人的小女儿，她跟我住在一起。她有份秘书的工作，把我照顾得也很好。我们俩就住在塞比大街——我在那儿有一套公寓，装修得还不错。"

莱西老先生颤颤巍巍地叹了口气。虽然他心里七上八下的，但这个请求必须说出口。原来，是他的保险金出了点问题。他有一份一万元的保单，现在已经透支到上限了，他必须赶紧凑齐四百五十块钱还给银行，否则就违约了。那意味着这一万块钱，全都得打水漂了。他和他女儿两个人，浑身上下加起来也只有七十五块钱。而身边连一个能帮上忙的朋友都没有——这点他刚才已经解释过了——他们实在是走投无路了……

这个故事太过悲惨，令马瑟都不忍心再听下去了。虽然

他没有多余的钱能借给他，但他至少可以把尊严留给这位老
人家，不让他因为开口相求而感到自卑和羞耻。

"我很抱歉，莱西先生。"他温和地打断他，"不过，这
笔钱我没法借给您。"

"真的不行吗？"老人家看着他，双眼憔悴，目光里却没
有一丝意外，有的只是无尽的焦虑，除了嘴巴微微张开了一
点，那张脸上几乎看不出任何变化。

马瑟不敢看他的眼睛，继续直勾勾地瞅着自己的记事本。

"再过几个月，我的孩子就要出生了，我一直在为这攒钱。
作为一个男人，我不能在这种节骨眼上，对我的妻子或者孩
子抠抠巴巴的，那就太对不起他们了。"

他喃喃地说着，声音越来越低。他没想到自己找起借口，
竟是这般信手拈来，轻松自如到令人作呕的地步——比如生
意不好做啊，自己手头也很紧啊，随口就来。

莱西先生没有再争辩什么。他站起身，努力把内心的失
落隐藏起来，可那双手仍止不住地颤抖着，马瑟见了心里很
不是滋味。老人家满怀歉意地与他告别——他工作这么忙，
家里的事情又千头万绪的，自己实在不该来打扰。但他又抱
着一线希望，万一马瑟先生碰巧有一笔富余的钱也说不定
呢——不管怎么说，他都想来碰碰运气，毕竟他是自己老朋
友的儿子啊。

离开经纪行的时候，不知怎么，他打不开外面那扇大门

了。克兰西小姐见状，连忙伸手帮忙。他垂头丧气地走到走廊里，浑浊的双眼眨了两下，嘴巴还那么微微张着。

吉姆·马瑟站在桌边，单手捂着脸。忽然间，他浑身窜过一股寒意，不禁打了一个激灵。可窗外下午五点的天气，热得像蒸笼，跟赤道地区的大中午都没什么分别。

四

又一个小时过去了，天气不但没变凉快，反倒愈发燥热。马瑟站在街角的车站，等着电车，车程大概需要二十五分钟，他今天买了一份娱乐八卦类的报纸，准备调剂一下低落的情绪。最近的生活有点不太顺心，不像往常那么多姿多彩了。莫非对这世界了解得越多，烦恼就会越多吗——流年匆匆，岁月淹及，生活的光芒也随之一点一点地消逝，或许这就是人生吧。

就拿今天下午的事来说，他以前从来都没遇到过这种情况。到现在，莱西老先生的那副可怜模样，还在他脑海里萦绕，怎么也摆脱不掉。他猜老人家八成是走回家的，好省下一点儿车费，烈日下的他大汗淋漓，脚步沉重又缓慢。他会默默地打开那间闷热小公寓的门，充满歉意地对女儿解释，他老朋友的儿子也帮不了他们了。整个晚上，他们都在绞尽脑汁地想办法，却还是一筹莫展。最后只好互道晚安，回屋睡觉去了——这世界那么大，父女俩却谁也指望不上，只能彼此

相依为命了——他们各自躺在床上，都没法成眠，心头满是
酸楚和无助。

刚想到这儿，电车就来了。上车后，他在靠前的地方发
现了一点空位，旁边是一位老妇人，他坐下的时候，那位老
妇人还瞪了他一眼，不情愿地往另一边挪了挪。下一站是商
业街，一大群爱逛街的姑娘们蜂拥而上，把电车的过道挤得
满满的。马瑟悠然地打开报纸，挡住自己的脸，也挡住别人
的视线。最近，他已经把爱让座的习惯给戒掉了。杰奎琳说
的对——既然他能站着，那些年轻姑娘就也能站着。给她们
让座，实在是有够傻的，那不过是作秀罢了。再说了，就算
他让座，现在这些女人，十个能有一个人说句"谢谢"就不
错了。

车里憋闷黏稠的热气，让人透不过气来。不一会儿，他
就满头大汗了，于是他用手绢擦了擦额头上的汗水。整个车
厢挤满了人，像个沙丁鱼罐头。他面前站着一位女士，每当
车子转弯时，她就身子一歪，晃到他肩膀上来。车上的空气
一点儿也不流通，难闻透了，那种发酵似的汗酸味儿，真令
人反胃。马瑟呼了一口气，努力把注意力集中到体育版的漫
画上去。

"来来来，大家都往里边儿挪一挪！"售票员不悦地扯着
嗓子喊道，沙哑刺耳的声音穿过了密不透风的人墙。"里面
还有地方！"

人们试着往前挤了挤，可惜收效甚微，最里面的车厢也没有多少空隙了。车子又拐了一个弯，那位女士也跟着晃到他肩膀上来了。要在以前碰到这种情况，马瑟早就起身让座了，哪怕仅仅是为了避免这种身体接触。现在他虽然坐着，心里却备受煎熬，觉得自己心肠太冷了。不过话说回来，这车也挤得太不像话了——又偏偏赶上这种鬼天气。在这样的桑拿天里，汽车公司怎么就不知道多加几台车呢。

他再次选择了漠视，继续看着报纸上的连环漫画，这已经是第五遍了，报纸都要被他看穿了。第二幅画上有一个乞丐，可是看着看着，那个乞丐居然变成莱西先生颤颤巍巍的模样。马瑟心里一惊，又开始胡思乱想：那个老头儿不会也变成这样吧？他不会就这么饿死吧？他可千万别想不开投河自尽啊！

"他曾经那么慷慨地帮助了我的父亲。"马瑟暗自想着，"没有他，我很可能过不上今天这样的生活。但是，我不是莱西先生，他当年能做到的，现在我做不到了。"

马瑟试着转移注意力，让自己去想杰奎琳，好把莱西先生从脑海中赶出去。他一遍又一遍地提醒自己，不能为了莱西先生就把杰奎琳牺牲掉，那个老头儿这辈子什么都经历过了——他当过万人追捧的明星，也把一切搞砸，成了没用的窝囊废。杰奎琳却不同，她从没像此刻这样需要被呵护和照顾。

他心急地看了看表。他上车刚刚十分钟，还有十五分钟才到站呢。车上的温度还在不断攀升，热得令人喘不过气来。那女人摇摇晃晃地又靠在了他的肩膀上，他扭过头朝窗外看去，电车正拐过闹市区的最后一个弯道。

"我还是把座位让给这位女士吧"——这个念头在他心里一闪而过，毕竟这是绅士应有的举动，况且她明显已经精疲力竭了，刚才车一晃，她是那样无力地靠了过来。如果对方是位上了年纪的老人家，他肯定会毫不犹豫地让座——但不知为何，她那拂在他手上的衣袖，让他觉得她是个年轻姑娘。他心有猜测，却不敢抬头一看究竟。一旦四目相对，对方若是位朽迈的老妇人，那恳求的目光会让他羞愧不已；若对方是位年轻姑娘，她眼里必然充满了盛气凌人的蔑视，那又会让他万分难堪。

左思右想了五分钟，他脑中还是一团乱麻，下不了决定。"让座，还是不让座"，似乎成了他眼下最重大的难题。他隐约觉得，如果此刻让座，似乎可以弥补一些下午拒绝莱西先生产生的愧疚。接连做出两件冷酷无情的事，实在是良心不安——尤其今天又热得让人抓狂。

他试图再次把注意力集中到漫画上，可惜未能成功。看来，只得全神贯注地去想杰奎琳了。他现在累得一动也不想动，连眨眼睛都觉得乏，倘若再站起来，挤在人群中，回家还不得直接瘫软在床了。杰奎琳肯定正盼着他回去呢，现在她多么需要他啊。白天独处时，她总是满脸愁容，只有晚饭后静静依偎在他臂弯里的时候，才觉得舒心惬意。不过她这一靠就是一个小时，他要是不保存点儿体力的话，还真有些吃不消呢。等他们回到卧室之后，她也会时不时地叫他帮忙拿下药，再倒杯冰水什么的。他不愿意在做这些事的时候，流露出一星半点的疲惫。他担心她会发现，那样的话，往后她再需要什么东西，就不肯对他说了。

思绪再次被打断，过道上那位女士摇晃了几下，又靠在他肩膀上了——这次，她简直就是压在他身上了。看来，她也累坏了。也是，哪份工作不辛苦呢。他模模糊糊地想起很多和辛勤工作有关的励志格言，想着想着，这漫长的一天，又走马灯似的在脑海里过了一遍。这世上，谁活着都不容易啊——就拿眼前这位女士来说吧，她要是过得自在潇洒，也不至于累得如此狼狈，冒冒失失地靠在一个陌生男人身上呀。他有心帮她，但总得先顾全自家再说啊，毕竟他心爱的妻子，正眼巴巴地在家等着他呢。他必须为她保留体力，一旦照顾别人过多，就没精力照顾好杰奎琳了。他反反复复地在心里默念着，这个座位一定不能让出去。

他刚下定决心，就听到一声虚弱的呻吟，紧接着是一声突兀的尖叫，他发现那女人倏地从他肩膀上滑了下去。车厢里顿时聒噪起来，尖叫声混杂着叽叽喳喳的喧哗声，吵成了一片。刚安静了几秒钟，惊呼声又此起彼伏，不断有人高声

急促地喊着售票员。紧急停车的警示铃被摇得叮当作响，只
见司机一脚急刹车，这辆热得冒烟的电车摇晃了几下，便霍
地停了下来。

"这儿有个女孩儿昏倒啦！"

"她肯定是中暑了！天太热了！"

"竟然就这么晕过去了！"

"让开点儿！大家都让一让！"

围拢的人们逐渐散开了。前车厢的乘客开始往后挤，后
车厢的乘客只得临时下车等候。因为这个突发事件，原本陌
生的人们，出于同情和好奇，开始相互交谈起来。想帮忙的
热心人，都留在了前车厢。过了一会儿，发车铃声响起，人
们纷纷上车，嘈杂声一下子又在车厢里蔓延开来。

"那女孩被抬出去啦？"

"我说，你刚才看见没？"

"这该死的汽车公司真该——"

"你看到刚才抱她出去的那个男人没？他脸色煞白，活
像个鬼似的。"

"当然看到了，不过你没听到吧？"

"听到什么？"

"就是那家伙啊。脸色惨白，抬姑娘出去的那个小伙子。
他刚才一直坐在她旁边——你猜猜他说什么？他居然说昏倒
那姑娘是他老婆！"

夜色笼罩大地，房间里静悄悄的。窗外一缕微风拂过，吹动阳台上深色的葡萄叶，温柔的月光透过叶子的缝隙，斑驳地落在藤椅上。杰奎琳静卧在长沙发上，依偎在丈夫怀里，头枕着他的胳膊。过了好一会儿，她才慵懒地舒展了一下身体，抬起手，轻轻拍了拍他的脸颊。

"亲爱的，我想去睡觉了。我累得一点力气都没有了，扶我起来好吗？"

他站起身，把她抱了起来，不知为何，一转念又把她放回到了靠垫上。

"亲爱的，我先去打个电话，马上就回来。"他声音轻柔，"稍等我一会儿，好吗？"

随后他走进了开着灯的起居室。她可以听到他手指翻动电话簿的声音，接着他拨通了一个号码。

"喂，你好。请问莱西先生在家吗？噢——没错，是要紧事。如果他没睡的话，可以让他接一下电话吗？"

他等了一小会儿，显然对方去找莱西先生了。房间再次恢复了宁静，杰奎琳甚至可以听到在马路对面木兰树的枝叶间，有一群小麻雀正上蹿下跳地欢叫个不停。随后，起居室传来她丈夫打电话的声音：

"是莱西先生吗？您好，我是马瑟。那个，嗯，关于今天下午我们谈的那件事，我又想了一下，我觉得我还是能帮上忙的。"似乎对方耳朵有点背，担心他听不清，于是马瑟又提高了点声音，再次说道：“您好，我是詹姆士·马瑟的儿子，我刚才说——下午您跟我说的那件小事，没问题，我能解决的……”

明智之举

一

在美国，午餐时间是非常宝贵的，年轻人乔治·奥凯利却正慢条斯理地收拾着书桌，还故意做出兴头十足的样子。办公室里的人肯定想不到，此刻的乔治已经急不可耐了。在公司，只有成功才值得分享，消极怠工这种事，就不必广而告之了吧。虽然他的人正优哉游哉地坐在办公室里，但心早就飞到七百英里以外了。

他刚走出办公楼，就咬紧牙关，一路狂奔起来。街道上早春的气息越来越浓了，柔和的春风轻轻掠过人们的头顶，正午的时代广场上，一派欣欣向荣的景象。他不时这儿瞧瞧那儿看看。似乎所有人都惬意地仰起了脸，深深呼吸着三月清新的空气，阳光晃得人睁不开眼睛，大家都有点看不清楚对方的脸，只能在天空中看到自己淡淡的影子。

乔治·奥凯利全部心思都在七百英里之外，他觉得眼前的一切都是阻碍。他心急火燎地冲进地铁，可惜回家路漫漫，还得穿过九十五个街区。一路上，他着了魔似的，一直盯着一幅车厢广告看，那上面生动地阐述了一个观点——如果不注意防护的话，再过十年，他保住这满口牙的可能性，就只剩下五分之一了。137 号街到了，他停下了对商业艺术广告的研习，匆忙下了车。刚从地铁里出来，他又不知疲倦地朝家跑去，那争分夺秒的步伐，诉说着主人焦虑的心情。他住的那栋大楼很高，看起来阴森森的，他在里面随便租了间屋子。

到家之后，他发现书桌上放着一封信——神圣的黑色墨水落在神圣的白色信封上——整座城的人，如果他们肯侧耳倾听的话，一定都能听到乔治·奥凯利此刻扑通扑通的心跳声。信上的每一个标点符号，每一点墨渍，信纸边的每一处沾染墨水的拇指印，都深深地刺痛了他——看完信他就一头栽倒在床，任绝望将自己吞噬。

他的生活一团糟。这种混乱狼狈的境遇，穷人们再熟悉不过了，它就像是贫穷豢养的鸟儿，如影随形地跟随着贫穷，不停地折磨着穷人。有些人屈服了，有些人与之抗争，而有些人则干脆走上了歧途，还有些仍在苦苦坚持。不管怎样，他们都在以穷人特有的方式活着——可乔治·奥凯利对贫穷还一无所知，他以为自己的经历是独一无二的，如果有人对此提出异议，他绝对会大吃一惊。

　　一年多之前，他光荣地从麻省理工学院毕业了，成了一名建筑工程师，在田纳西州南部的一家公司工作。他从小到大都对建筑特别痴迷，不管是幽深的隧道、高耸的摩天大楼、壮观的大坝，还是三座塔楼的大桥——在他看来，建筑就像是手拉着手，站成一排的舞者，她们高昂的头颅，就是城市的最高点，一根根电缆，编织成了她们的舞裙。对乔治·奥凯利来说，改变河流的走向和大山的形状，是件非常浪漫的事。因为这样，荒原可以种植粮食和蔬菜，人类也可以繁衍生息，古老贫瘠的土地，会焕发出勃勃的生机。他热爱钢铁，他的梦总离不开它们的影子——液体的、条状的、砖形的、带状的、无形状的，不胜枚举，全都等待着他的指示，宛如他手中的颜料和画布一样。数不尽的钢铁，正在无言地静候着他，他要把自己的想象力化为熊熊烈火，将它们淬炼成简洁又美观的佳品……

　　可瞧瞧现在，他成了保险公司的一名小职员，拿着每周四十美元的工资。至于梦想啊，已经在他身后飞快地殒没了。惹下这个烂摊子——这场惨不忍睹、无法忍受的灾难的人，是个漂亮的黑美人。此刻，这个罪魁祸首，正在田纳西州的一个小镇上等着见他呢。

　　十五分钟后，房东太太来敲门，问需不需要为他准备午饭，她刚才看到他回来了。有时候她的好心肠，真挺让人抓狂的。他没精打采地摇了摇头，不过这个小插曲，倒是唤醒了他消沉的意志，他一骨碌从床上爬起来，到桌前写下一封电报。

"你的来信真让我失望你是不是疯了竟然要跟我分手你太傻太悲观了你为什么不马上和我结婚呢只要我们在一起一切都会好起来的——"

他胡思乱想了一会儿，又在结尾加了一句："不管怎样明天六点见。"那潦草的字迹，连他自己都差点儿没认出来。

写完最后一笔之后，他就夺门而出，噔噔噔地下了楼，一路小跑地去了地铁站旁的电报局。他的全部家当，只剩不到一百美元了，但这封电报他必须得发。因为她的来信里充满了"紧张不安"的情绪，这让他别无选择。他知道这种"紧张不安"意味着什么——若真嫁给他，那婚后就必然要过苦日子，贫贱夫妻百事哀，这给她的爱情施加了太多负担，所以她情绪低落也是可以理解的。

从电报局出来，乔治·奥凯利就直朝保险公司狂奔而去，跑步已经成为他的习惯了，也成了他宣泄生活压力的最佳方式。到了公司，他径直走进总经理办公室。

"钱伯斯先生，我想跟您谈谈。"他气喘吁吁地说。

"什么事啊？"他的双眼好似上了霜的窗户，冷酷无情地瞪了他一眼。

"我想休四天假。"

"什么？两周前你不是刚休过假嘛！"钱伯斯先生吃惊地

问。

"您说得没错,"小伙子心烦意乱地承认道,"但我现在必须再休一次。"

"上次休假你去哪儿了?回老家了吗?"

"没有,我去了——去了田纳西州的一个地方。"

"好吧,那这次你打算去哪儿啊?"

"呃,这次我还是去——田纳西州的一个地方。"

"你还挺专一的,"经理冷冷地说,"但我雇你来可不是让你当旅行推销员的。"

"我没有,"乔治绝望地喊道,"不过这次我还是得去。"

"行啊,"钱伯斯先生表示同意,"你要是去,就不用回来了。你自己掂量吧!"

"我不会再回来的。"话一出口,钱伯斯先生和乔治自己都吓了一跳,乔治开心得脸都红了。他心潮澎湃,幸福无比——过去的六个月就像坐牢一样,现在他终于重获自由了。他的眼里噙满了感激的泪水,热情地握住了钱伯斯先生的手。

"太感谢您了,"他激动不已地说,"要是您刚才非让我回来,我可能当场就崩溃了。我实在不想回来了,但又开不了口,您明白吧,所以我真得感谢您——感谢您把我给辞了。"

然后他潇洒地挥了挥手,大声说道:"你还欠我三天薪水呢,不过我不要啦!"说完他就大步流星地走出了经理室。钱伯斯先生连忙按铃叫来了秘书,他想确认一下,乔治·奥

凯利最近的行为是否异常。在他的职业生涯中，曾经辞退过
很多人，他们接受这件事的态度各有不同，但从没有一个人
感谢过他——这实在太怪异了。

二

　　乔治的心上人名叫琼奎尔·凯莉。他抵达田纳西州的时
候，她正在站台上眼巴巴地盼着他，当他们的目光在拥挤的
人潮中相对时，她不顾一切地朝他飞奔而来，这一刻，足以
令他铭记一生。乔治·奥凯利觉得自己从未见过如此白皙迷
人的姑娘。她张开双臂迎向他，娇唇微启，似在等待他的亲
吻，可突然又轻巧地推开了他，带着一丝羞涩，瞟了一眼四周。
原来在她身后还有两个小伙子，看起来比乔治年轻一些。

　　"这是克拉多克先生和霍尔特先生，"她愉快地介绍说，
"你以前来的时候见过他们。"

　　乔治心里惴惴不安的，不仅仅是因为甜蜜的亲吻被那两
个家伙搅黄了，他现在还怀疑他们之间另有隐情，而且当他
发现载他们去琼奎尔家的这辆轿车，也属于其中一个年轻人
时，他愈发坐立不安了。现在的局势，似乎对他很不利啊。
一路上，琼奎尔在前后座之间来回聊着天，当乔治想趁着暮
色搂住她时，她却敏捷地躲开了，只把一只手留给他，算是
安慰。

　　"这条路是去你家的吗？"他柔声问道，"我都认不出了。"

"这是刚建好的林荫大道。对了，这辆车也是杰瑞今天刚买的，开新车走新路嘛，回家之前我们先转转。"

二十分钟后，他们到了琼奎尔家。乔治发觉他们刚见面时的幸福感——刚才在站台上，她眼里闪动的喜悦多么真切啊，现在全被那辆新车给搅和了。他的种种期待，就这么轻易地被丢弃了。对这件事他一直耿耿于怀，和那两个小伙子说晚安告别时，他的态度也是冷冰冰的。可不一会儿，他的心情就阴转晴了。刚关上门，琼奎尔就像往常一样，一头扑进了他怀里，前厅柔和的灯光笼罩着他们，她一遍又一遍地告诉他，对最爱的人往往无须多言，告诉他她有多么想念他。她炙热的告白，消除了他心中的疑虑，原本七上八下的心，又看到了一丝希望，他宽慰自己说，一切都会好起来的。

他们肩并肩坐在沙发上，沉浸在重聚的喜悦中，不时亲昵地爱抚着对方。晚餐时，琼奎尔的父母也来了，他们见到乔治很高兴。两位老人家都挺喜欢他的，早在一年多前，他第一次来田纳西州的时候，他们就对他的工程师身份感到很满意。后来他放弃了那份职业，去纽约寻找一夜暴富的机会，令他们深感遗憾。虽然乔治改变职业规划这件事，令二老很惋惜，但他们还是表现出了极大的理解和包容，并同意让女儿和他订婚。晚餐时，他们问起他在纽约的发展情况。

"一切都很好，"他热情回答道，"我被提拔了——薪水也涨了。"

　　话一出口，他就自责不已——好在他们听了都特别高兴。

　　"你一定颇得领导赏识，"凯利太太夸奖道，"那是自然
啰——不然他们也不会准假的，你为了来这儿，才三个星期
就休了两次假了。"

　　"我跟领导说了，他必须得同意，"乔治连忙解释说，"他
要是不同意的话，我就不干了。"

　　"就算这样，你也应该省着点儿花钱啊，"凯利太太温和
地责备道，"别把钱都花在昂贵的旅费上。"

　　晚餐过后，他和琼奎尔又可以独处了，她又钻进了他的
怀里。

　　"你能来我真是太高兴了，"接着她又叹了口气，"要是
你再不会离开就好了，亲爱的。"

　　"你想我吗？"

　　"可不是嘛，想得不能再想了。"

　　"那你——呃，那别的男人常来找你吗？比如说，刚才
那两个小伙子？"

　　他这一问倒让她愣住了，她圆睁着那双黑丝绒般的眼睛，
眨也不眨地看着他。

　　"怎么突然问起这个？他们是会来啊。一直如此，有什
么问题吗——我不是在信上告诉过你吗，亲爱的。"

　　这话不假——他刚到这座城市工作的时候，她身边就已
经围绕着十多个追求者了，她那婀娜多姿的柔软身段，把这

些正值青春期的小伙子们迷得神魂颠倒。但其中只有少数几个人觉察到她美丽的双眸里，不但有柔情蜜意，也有理智和冷静。

"你想让我哪儿都不去吗？"琼奎尔不悦地问道，她背靠着沙发垫，不断向后挪，像是想要离他千里之外似的。"就这么两手交叉地坐着，一动不动——直到永远？"

"你这是什么意思？"他慌张地口不择言道，"你是不是觉得我永远也没钱娶你？"

"噢，别这么轻易下结论，乔治。"

"我没轻易下什么结论。你不就是这个意思嘛。"

乔治蓦然发现自己身后已是万丈深渊。今晚的气氛本来好好的，现在全被他毁了。他想抱着她哄一哄，却意外地被她拒绝了，她说：

"天太热了。我去把电风扇拿过来。"

等摆弄好风扇，两人重新坐下时，他的心态已经发生了改变，变得异常敏感易怒，事情突然不受控制地朝他最不愿意看到的方向发展。

"你准备什么时候嫁给我？"

"你做好娶我的准备了吗？"

听完这话，他紧绷的神经乍然崩溃了，他一跃而起。

"快把那该死的风扇关上，"他大声喊道，"我要被它逼疯了。嗡嗡地转个不停，像一只滴滴答答的钟似的，把我们

相处的时光全偷走了。我来这儿，是为了忘记烦恼，忘记纽
约的一切，忘记时间的追赶……"

他倏地跌坐在沙发上，就和刚才跳起来一样突然。琼奎
尔走过去关掉了风扇，又坐回到沙发上，把他的头放到自己
膝上，轻抚着他的头发。

"我们就这么待一会儿吧，"她温柔地说，"就这么静静
地享受时光，我来哄你入睡。你就是太累了，太紧张了，让
你的甜心来照顾你吧。"

"可我不想这么干待着，"他抱怨了一句，然后情绪就失
控了，"我不想这么傻坐着。我想让你吻我。这是唯一能让
我放松的方式。再说了，你从哪儿看出来我紧张了——我看
紧张的人是你吧，我才不紧张呢。"

为了证明自己不紧张，他起身离开沙发，一头栽进了房
间另一边的摇椅里。

"就在我准备娶你的当口，你写了那封要我命的信，说
你要跟我分手，我能不急匆匆地来见你吗？"

"你不想来就别来呗。"

"谁说我不想来！"乔治坚定地说。

他觉得自己非常冷静，语言的逻辑性也很强，是她故
意曲解了他的意思。害得他越说越错，导致两颗心也越来越
远——可他就是管不住自己的嘴，也不知该如何隐匿声音里
的忧虑和痛苦。

一分钟都没到，琼奎尔就伤心地哭了起来，他连忙坐回到她身旁，把她抱进怀里。现在他们角色互换，他成安慰者了。他把她的头靠在自己肩上，柔声地哄着她，那些老掉牙的情话被他说了个遍，她终于冷静了些，只是偶尔在他的臂弯里轻轻抽泣一下。他们就这样相拥着，在沙发上坐了一个多小时。窗外，夜神纵情地演奏着他的钢琴，将激昂的终章倾尽在屋外的大街上。乔治像个稻草人一样，一动不动，没有思考，也没有期望，他预感到他们的爱情即将走到尽头，这让他心痛到麻痹。时间会随着钟表的嘀嗒声，继续无情地流逝，十一点，十二点，然后凯利太太会在楼上的扶梯口，轻声催促一下——然而这充满柔情的夜色终将幻灭，天亮之后，绝望就会降临。

三

在第二天闷热的空气中，这段感情的劫难还是来了。两个人早就猜透了对方的心思，但只有她准备接受事实。

"别勉强自己了，"她痛苦地说，"我知道你讨厌保险工作，不喜欢怎么可能干好呢。"

"不是这样的，"他固执地坚持着，"我只是讨厌孤独。如果你肯嫁给我，肯与我同舟共济，肯给我这样一个机会，不管干哪行我都能干好的。可眼下，我成天为你担心，连班都不上了，跑过来找你。这样我怎么可能成功呢。"

　　回答之前，她沉默了许久，她没有犹豫什么——分手在
所难免了，她心里清楚——她只是在等待，因为她一旦开口，
那些冷酷无情的话将一句比一句伤人。最后，她终于说话了：

　　"乔治，我是真心爱你的，我从没这么强烈地爱过一个人，
只有你。如果你两个月前娶我，现在我已经是你的妻子了——
但现在我做不到了，因为那似乎并不是明智之举。"

　　他劈头盖脸就是一通指责——她肯定移情别恋了——她
绝对隐瞒了实情！

　　"不，没这回事。"

　　她说的是真话。虽然她和其他小伙子们有来往，像杰
瑞·霍尔特，但只是为了缓解这件事带来的压力，和他们在
一起时她很放松，但这种安慰对她来说是毫无意义的。

　　乔治犯了方向性的错误，他完全没有看清局势。他一把
搂住她，期盼着可以用亲吻动摇她，好让她立刻答应嫁给他。
但这个方法并不奏效。接着他开始了自怨自艾的独白，一番
长篇大论之后，他才意识到，这不过是在她面前丢人现眼罢
了，便连忙止住了话头。随后，他又扬言说自己要走了，他
还以为她会挽留，可当她对他说，这才是最为明智的做法时，
他又反悔了。

　　她先是满怀歉意地安抚他，随后又好心地开导他。

　　"你还是赶紧走吧！"最后她失去了耐心，大喊了一句，
连楼上的凯利太太都被惊动了，她慌慌张张地跑下了楼。

"出什么事了？"

"我要走了，凯利太太。"乔治黯然地说道。此时，琼奎尔已经离开了房间。

"别太难过了，乔治。"凯利太太无可奈何地安慰他，眼神里充满了关切和遗憾，同时也为他们能好聚好散而感到庆幸。"如果我是你，我就回家去，和妈妈待上一个星期。或许这才是明智的选择……"

"请您别说了，"他撕心裂肺地喊道，"请让我一个人静静吧！"

这时，琼奎尔又回到了客厅里，她搽了粉，涂了口红，还戴了顶帽子，把伤心和紧张全都掩饰了下去。

"我叫了辆出租车，"她语气淡淡的，"去火车站之前，我们可以先去兜兜风。"

说完她就先一步走了出去，站在门廊上等他。乔治穿上大衣，戴好帽子，此刻的他觉得自己已经精疲力竭了，他在客厅里缓了一会儿——自从离开纽约，他就没怎么吃过东西。凯利太太走过来，手捧着他的头，亲吻了他的脸颊，他觉得自己可笑又可怜，是否离别前的最后一幕往往都是如此呢。但如果他昨天晚上就离开的话，至少可以将体面的尊严保留到最后。

出租车已经到了，这对昔日的恋人乘着车，沿着凄清的街道兜兜转转了一个小时。明媚的阳光洒进车内，他握着她的手，渐渐冷静下来，明白两人情缘已尽，此时多说无益，多做亦无用。

"我会回来的。"他笃定地对她说。

"我知道你会的，"她回应道，努力让声音充满乐观和信心。"我们还可以通信的——如果有空的话。"

"不，"他断然拒绝了，"别写信给我，我受不了。我早晚有一天会回来的。"

"我永远也不会忘记你的，乔治。"

他们到火车站之后，她陪他一起去买了车票……

"哟嗬，这不是乔治·奥凯利和琼奎尔·凯莉嘛！"

他们巧遇的这对男女，是乔治过去在城里上班时的老相识，他们的出现似乎让琼奎尔轻松了不少。他们只站在那儿聊了五分钟，却仿佛有一个世纪那么久。不一会儿，火车响着汽笛进站了。离别在即，乔治愁肠百结，面若死灰，他转过身伸出手臂，想最后拥抱一下琼奎尔。而她却踌躇不前，犹豫再三，才朝他迈了一小步，轻握了一下他的手，马上就松开了，就像在和一个偶遇的普通朋友道别一样。

"再见了，乔治，"她说，"一路平安。"

"多保重，乔治。有空回来看看我们。"

一阵撕心裂肺的痛楚，在他的胸膛里翻搅，他泪如雨下，几乎睁不开眼睛。随后，他弯腰提起行李箱，怅惘地登上了火车。

暮色中，火车哐次哐次地开动了，穿过了城里的一个个十字路口，又穿过了广袤的郊区田野，直奔遥远的前方。或许此刻的她，也会驻足片刻，凝望这如血的残阳，回想起往日的种种。然而，时光悄然流逝，他终究会变成一道模糊的暗影，被她遗忘在记忆的角落里。这天晚上漫天的晚霞，将他青葱岁月中，那个桃红柳绿、鸟语花香的欢乐世界，永永远远地封存了。

四

第二年的金秋九月，在一个阴雨绵绵的下午，一个年轻人在田纳西州的一个小城下了火车，他的皮肤被阳光晒成了健康的小麦色。他小心地环顾了一下四周，发现没有人来接站，这才松了一口气。他坐上出租车，直奔城里最豪华的酒店，在前台愉快地登记好自己的身份：乔治·奥凯利，库斯科城，秘鲁。

他坐上电梯，进了自己的客房，坐下来休息了一会儿，然后走到窗边，看着楼下熟悉的街景。接着，他颤巍巍地拿起话筒，拨通了一个号码。

"请问琼奎尔小姐在家吗？"

"我就是。"

"啊——"他只觉得一阵眩晕，几度哽咽又几度克制，好不容易才平静下来，用温和拘谨的声音说道：

"你好，我是乔治·奥凯利。你收到我的信了吗？"

"收到了。我猜你已经到了吧。"

她的声音冷静又沉稳，他不由得一阵失落，因为这和他预想的完全不同。那根本就是个陌生人的声音，没有一丝情感，只不过随口跟你寒暄一句"见到你很高兴"——仅此而已。他真想挂掉电话，好好喘口气。

"我已经——已经很久没见过你了。"他尽量让语气显得轻松自然。"大概一年多了。"

什么"大概"呀，跟她分别之后，他都是数着日子过的。

"又听到你的声音真是太好了。"

"我大约一小时后去你那儿。"

他挂上电话，内心激动不已。为了这一刻，他已经整整等了一年。不管是春夏，还是秋冬，哪怕只有片刻得闲，他都在幻想着与她重逢的画面。如今，这个机会就摆在他眼前了。这次回来，他想到过很多种可能，也许她已嫁为人妻，也许订了婚，也许正在热恋中——唯独没有想到她会如此冷漠。

在刚刚过去的十个月里，他时来运转，东山再起，如此绝佳的机遇，这辈子恐怕不会再有第二次了。是命运的眷顾，也是实力的爆发，总之，他把握住了两次难得的机会——第一次是在秘鲁，那是他刚刚奋斗过的地方；第二次是在纽约，那是他跳槽去的下一个目的地。显然，作为一个年轻的工程师，他的出色表现，已经获得了业内的一致认可。在不到一年的时间里，他不但摆脱了贫穷，还获得了一个前途无量的职位。

他在穿衣镜前打量着自己——皮肤已经被晒得黝黑，可黑得别有一番浪漫的气质。上一周，他有的是时间去琢磨这个问题，结论是他对这种肤色颇为满意；还有他强壮的身体，他觉得这也是男性魅力的一种体现。他的眉毛上有一小块疤，腿上还绑着护膝，运动中难免受伤嘛。即便如此，在返程的游轮上，仍有许多女人向他投来了不同寻常的暧昧眼神。他还很年轻，难免会为这种事沾沾自喜。

至于他的穿着，怎么说呢，还是不太考究。这套西服是在秘鲁的首都利马做的，出自一位希腊裁缝之手——就只花了两天时间。要不怎么说他太年轻了呢，连这种事他都要单独写封信，向琼奎尔解释这个裁缝糟糕的手艺。还在信中提出了一个特别的请求，希望她别去火车站接他。

这位来自秘鲁库斯科城的乔治·奥凯利先生，在酒店里磨蹭了一个半小时，直到太阳升到正空中，他才梳洗起来。他认真地剃净了胡须，末了还搽了点儿粉，这样看起来才像个白种人嘛。看来在最后一秒钟，浪漫气质还是被虚荣心给打败了。收拾妥当之后，他叫上一辆出租车，出发前往那栋他闭着眼也能找到的房子。

在前往她家的路上，他的呼吸变得愈发急促——连他自己都发现了，但他安慰自己说，那是因为激动，和爱情没什么关系。他已归来，她仍孑然一身——那就够了。他甚至不清楚见面后，该跟她说些什么。但不管怎么说，这是他生命中的辉煌一刻，他觉得自己至少可以轻松面对。其实，这也没什么好高兴的，如果不能和心上人分享喜悦，那再大的成功也不值得庆祝。虽然他已没法将自己的成功，如贡品般献于她的脚边，但他至少可以将它呈于她的眼前，就算只被她瞄一眼也值了。

　　车子拐过最后一个弯道，那栋房子赫然映入眼帘。他凝望着它，觉得它竟是如此虚幻，如此陌生。什么都没变，但又好像什么都变了。它似乎不像以前那么壮观和华丽了，看起来有点小，也有点旧——那些魔法彩云全都不见了，它们曾恋恋不舍地盘旋在屋顶，流连在二楼她卧室的窗前。他按响了门铃，一个陌生的黑人女佣开了门，她说琼奎尔小姐一会儿就会下来。他紧张地抿了抿嘴唇，走进了客厅——一进屋，那种不真实的感觉就更加强烈了。其实他心里明白，这不过就是个普通的房间，又不是令他魂不守舍的闺房。在那里，他度过了不少心酸又甜蜜的难忘时光。他在一把椅子上坐下来，惊奇地发现椅子原来是这样的，他的想象力把这些简单熟悉的事物，都抹上了一层奇妙的色彩。

　　不一会儿，房门开了，琼奎尔走了进来——他只觉得眼前的一切都被光芒笼罩。他顾不上看她有多美丽，紧张得脸色煞白，连话都说不出来了，喉咙一紧，只发出了一声微弱的惊叹。

她身着一袭淡绿色的长裙，戴了一条金色的发带。那发带就像一顶皇冠似的，系住了她乌黑亮丽的长直发。她一进门就看到了他，那双黑丝绒般的眼眸，依旧美得摄人心魄。她的美貌好似一道令人生畏的高压电流，霎时窜过他的全身，刺痛了他的神经。

他站起身，对她说了声"你好"，接着他们都向前走了几步，客气地握了握手。然后分别坐下来，那两把椅子离得很远，他们就这样远远地注视着彼此。

"你回来了。"她淡淡地说。

他也学着她的腔调，平静地说："我路过这里，顺便来看看你。"

为了掩饰声音里的颤抖，他的眼神四处游移，就是不敢看她的脸庞。活跃气氛这种事儿，是他分内的义务，可惜他搜肠刮肚也没找到恰当的话题，除非他马上开始自吹自擂。总不能去聊那段旧情吧，那可不是一个轻松的话题啊——在这种尴尬的局面下，谈论天气也显得不太自然。

"真够荒唐的，"面对这突如其来的尴尬，他不假思索地说道，"我都不知道该做什么才好了。我来这儿是不是打扰你了？"

"没有。"这个短促的回答，令他懊丧不已，因为它听起来既克制谨慎，又疏远伤怀。

"你订婚了吗？"他问。

"没有。"

"你有恋人了吗？"

她摇了摇头。

"哦。"他靠到椅背上。看来，想要再弄出一个话题，他就得虚脱了——他们怎么跟面试似的，这门功课他可从来没学过啊。而且现在的场景，也和他预想中的相差太远了吧。

"琼奎尔，"他换上温和的语气，继续说道："我们之间毕竟有过感情，所以我很想回来看看你。不管将来发生什么，我都不会像爱你那样爱上别的姑娘了。"

这段话是他事先准备好的，除此之外，他还打了不少腹稿。在游轮上的时候，他觉得这么说再合适不过了——不但表达了自己对她永恒不变的柔情，也透露出了他此刻的暧昧态度。过去的光阴，就在这间屋子里围绕着他，牵绊着他，时间多过一秒，气氛就压抑一分，一切都显得别扭又乏味。

她一句话也没说，一动不动地坐着，只是目不转睛地看着他，脸上的表情也许说明了一切，又或许只是他多想。

"你不再爱我了，对吗？"他平静地问道。

"是的。"

过了一会儿，凯利太太走了进来，与他谈起他取得的成就——当地的一家报纸，曾用半个篇幅的版面报道过他——

他心里登时百感交集。他知道自己现在仍爱着这个姑娘，也知道自己总在怀念过去——确实如此。除此之外，他必须保持坚强和警觉，一定能够等到结局的。

"那么现在，"凯利太太说道，"我想让你们两个人去拜见一位养菊花的夫人。她特意嘱咐过我，说想见你一面，因为她在报纸上读到过你的经历。"

于是，他们沿着大街，向菊花夫人家走去。一路上，琼奎尔迈着优雅的步伐，不紧不慢地走在他身边，这种感觉好极了。那位夫人非常和蔼可亲，她养的菊花都个大无比、美丽脱俗。在她的花园里，开满了五颜六色的菊花，有白的、粉红的，还有黄的。走在繁花之中，就仿佛回到了盛夏。夫人家一共有两座花园，中间隔着一道门；参观完一个之后，他们便信步朝第二个走去，夫人在前面引路。

紧接着，发生了一件有趣的事。乔治站在门边，绅士地请琼奎尔先行，可她并没有迈动脚步，而是静静地站在那里，凝视着他。她的脸上，没有意味深长的表情，也没有温暖和煦的笑容，那只是属于两个人的寂静一刻——他们注视着彼此的眼睛，呼吸微微有些急促。接着，他们就先后走进了第二个花园。仅此而已。

日头渐渐西沉，他们谢过夫人的热情款待，和她挥手告别。然后肩并肩地走上回家的路，两个人都走得很慢，看起来心事重重的。晚饭时，二人间的沉默仍在持续着。乔治和凯利先生谈起他在南美的一些经历，他这么做是为了让大家相信，他的前途是一片光明的。

晚饭结束后，他和琼奎尔单独待在那间见证了他们爱情始末的房间里。虽然事情过去很久了，但一进到这里，难免还有一种难以名状的伤感。那张熟悉的沙发上，记载了他的愤怒与痛苦，那种激烈的情感，怕是这辈子再也不会有了。因为他变了，他再也不是当年那个软弱无能、身心俱疲、可怜兮兮的穷小子了。他心里清楚，十五个月前那个小伙子曾拥有过的信念与柔情，也已经一去不复返了。明智之举——他们都做了最明智的选择。他已将自己的青春转化为动力，走出绝望，走向成功。可生活啊，不仅仅带走了他的青春，连同他青涩的爱情，也一并夺走了。

"你不会嫁给我了，对吗？"他轻轻地问道。

琼奎尔摇了摇头，黑色的秀发随之舞动。

"我这辈子都不会结婚了。"她答道。

他点点头。

"我明天一早就走了，去华盛顿。"他继续说道。

"噢……"

"我必须得去一趟。本来应该直接去纽约的，但我想先在华盛顿逗留一下。"

"工作上的事？"

"不——不是，"他说得似乎有些勉强，"我是去那儿见一个人，在我落魄潦倒的时候，那个人对我非常好。"

这是他临时胡编乱造的。在华盛顿他一个认识的人都没有——但当他眯起眼睛观察琼奎尔的时候，他发现这话让她有一丝难过，他肯定没看错，因为她先是闭上了眼睛，随后又努力睁得很大。

"不过既然我来了，那么临走之前，我想把我的经历都讲给你听，因为也许从今以后，我们再也无缘相见了。所以我想——想让你像从前那样，最后一次，靠在我的怀里。如果你已经有心上人了，我是不会这样要求的，那太无礼了——不过既然我们都还单身——那这样做，也许没什么关系吧。"

她点了点头，在他身边坐下来，轻靠在他身上。她的气息扑面而来，记忆再次变得鲜活，在那个逝去的春天里，她最喜欢这样腻着他。此刻，她的头放在他的肩上，他可以感受到她的温度和气息，还有那副他熟悉的身体，一阵情感的冲动向他袭来，环抱住她的手臂，按捺不住地想要蠢蠢欲动。他努力克制住自己，身子向后靠去，思绪万千地仰起头，打开了话匣子。

他告诉她，自己结束了在泽西城一家建筑公司的工作后，回纽约待了两周，那两周可真够绝望的。泽西城的那份工作，虽说报酬谈不上多丰厚，但却很有趣。其实，他刚去秘鲁工作时，并没有察觉到一个天大的机会正等着他。他当时在一个考察队里，是第三助理工程师，队里只有十个美国人，包括另外八个标尺手和测量员，他们一路跋山涉水，最终抵达了库斯科。十天后，他们的领队死于黄热症。他的机会来了，除了傻瓜，谁都看得出来那是个机会，一个绝佳的机会……

"除了傻瓜，谁都看得出来那是个机会？"她天真地学他的话，打了一个岔。

"就连傻瓜都看得出来，"他接过话茬，"真是天赐良机。于是，我给纽约发了电报……"

"然后，"她再次插话道，"他们回电，说你应该把握住这个机会？"

"当然啰！"他高声说道，人还是向后靠着的。"这是自然，没有时间可以浪费的……"

"一分钟也不行吗？"

"一分钟也不行。"

"甚至没时间……"她停顿了一下。

"没时间做什么？"

"嘘。"

他忽然俯身向前，她则探身相迎，双唇微启，宛若初开的花朵。

"没错，"他在她耳边呢喃。"我们有的是时间……"

他们有的是时间——或许可以共度漫长的一生。可他刚一吻住她，就立刻明白了过来，遗落在去年四月的那些美好时光，寻遍整个宇宙也找不回来了。此时此刻，他可以紧紧地搂着她，直到臂膀的肌肉突起——因为她如此可爱，如此珍贵，他曾为她而战，也曾拥有过她的心——可彼时彼刻，在那落日余晖以及轻柔夜风中的亲昵耳语，终将永远一去不返了……

　　也好，就随它去吧，缘生复缘灭，他终于释怀。四月过完了，人也该清醒了。这世上有千万种爱，但没有一种爱，可以重来。

格雷琴的四十次眨眼

一

寒风萧瑟，吹得人行道上干枯的树叶哗啦作响，邻居家淘气的小男孩舔了舔房前的铁信箱，结果被冻住了舌头。四季流转，秋去冬来，看样子天黑前，就要下今年的第一场雪了。冬季，意味着一系列问题将接踵而至，比如说取暖用的煤炭，以及圣诞节需要的各类物品。刚刚下班回家的罗杰·哈尔西，在房前的门廊上站了一会儿，遥望着郊外灰蒙蒙的天空，不过他可没工夫为天气多愁善感。逗留片刻，他就脚步匆匆地进了屋，把阴沉的乌云和凛冽的寒风，都关在了门外那片清冷的暮色中。

走廊里漆黑一片，楼上倒是分外热闹，只要他的妻子、育婴女佣和宝宝凑到一起，就没有片刻安宁。他们叽叽喳喳吵个不停，说来说去永远是那几句："不许这样！""当心点儿，马克西！""天哪，他跑哪儿去啦？"其间，还不时传来几句严厉的责备，轻微的磕碰，和窸窸窣窣、跌跌撞撞的脚步声。

罗杰打开走廊的灯，进了客厅，又打开一盏红色丝绸灯罩的台灯。他把塞满材料的文件夹放到桌上，在沙发坐了下来，这一天真够累的，他准备先休息一下。罗杰是个年轻英俊的小伙子，但此刻的他看上去非常疲惫，他把脸埋进手里，遮住那晃眼的灯光。闭目养神了一会儿，他起身点了一支烟，刚抽了一口，就给掐灭了。然后，他走到楼梯口，朝向楼上喊着他的妻子。

"格雷琴！"

"亲爱的，你回来啦。"她开心地回应道，"快上来看看宝宝呀。"

他暗自嘟囔了一句。

"我过会儿再去，"他大声说，"你能不能先下来？"

不知为何妻子没回答，短暂的沉默之后，又传来一连串的"不许这样""当心点儿，马克西"，显然宝宝差点儿又闯祸了。

"你先下来，行不行啊？"罗杰追问道，他有点生气了。

"好的，我很快就下去。"

"很快是多快啊？"他又催促道。

其实每天的这个时候，他都很难把自己说话的态度，从上班时急切焦躁的语气，转换成模范家庭应有的轻松亲切的口吻。不过今晚的他，显得格外不耐烦。尤其是看到格雷琴风风火火一步三阶地跑下楼梯，嘴里还大惊小怪地喊着"怎么啦"的时候，他觉得自己都快被失望的浪潮吞没了。

不过，格雷琴刚一下楼，他们就拥吻在了一起——那真是一个热烈又缠绵的吻。他们结婚三年了，但夫妻俩的感情历久弥坚。一般来说，年轻夫妇们经常会在磨合期里互相看不惯，闹得水火不容的，但他们俩却相处得非常融洽。对罗杰来说，格雷琴的美一直令他心动不已。

"到这儿来，"他话锋一转，"我有话和你说。"

她跟着他走进客厅。

他的妻子是个明艳动人的美人，有一头金棕色的秀发，像法国洋娃娃那样灵动可爱。

"听我说，格雷琴"，他在沙发一角坐下，"从今晚开始，我就要——你在做什么？"

"没什么。我过来找支烟。你接着说。"

她屏着气，踮着脚，快步走到沙发旁，在另一角坐了下来。

"格雷琴——"他刚开口，又被打断了。只见她手心朝上，向他伸了过来。"好吧，又怎么啦？"他气急败坏地问。

"我要火柴。"

"什么？"

他觉得她简直不可理喻，这会儿要什么火柴啊，真够烦的。虽然他心里抱怨着，但手还是下意识地伸进口袋里翻找起来。

"谢谢。"她轻声说道,"我不是故意打断你的。请继续。"

"格雷琴——"

只听"哧"的一声!火柴点着了。他们猛地对视了一眼。他的眼里满是不悦,而她则充满了无声的歉意。

看着她那双宛如小鹿般无辜的双眼,他不由得笑了起来。说到底,她不过是点根烟罢了。不过,他现在太过心浮气躁,她的任何一个微小举动都会激怒他。

"要是你能多花点心思,认真听听我的想法,"他没好气地说,"或许就会有兴趣和我讨论一下贫民救济院的事儿了。"

"什么救济院?"她原本安静地坐着,像只乖巧的小动物,现在却惊讶得瞪大了双眼。

"骗你的,我那么说,还不是为了吸引你的注意力。言归正传,你知道吗,从今晚开始,接下来的六周,或许将成为我人生中最重要的转折点——因为这四十二天,将决定我们到底会飞黄腾达,还是永远住在这闭塞的城郊和这栋破房子里。"

听到这里,格雷琴乌黑双眸里的惊讶,变成了厌倦。她是个南方姑娘,从来都不关心如何才能在这个世界上出人头地,那种事她一听就头疼。

"为了寻求更好的发展,六个月前,我离开了纽约平版印刷公司,"罗杰振振有词地说,"全身心地投入到广告业。"

"可不是嘛,"格雷琴毫不留情地打断他,"从那以后,家里每个月六百块的稳定收入，缩减到了五百块，还不一定能够按月拿到。"

"格雷琴，"罗杰急促地说，"你一定要相信我，只要再过六个星期，我们就是有钱人了。天大的好机会啊，现在我有可能争取到几个全国最大的客户。"略微迟疑了一下，他又补充道，"所以这六周的时间非常宝贵，我们最好别出门应酬了，也别邀请朋友到家里来聚会。因为每天晚上，我都得把活儿带回家继续干。对了，回头我们把百叶窗都拉上，要是有人按门铃，我们就假装不在家。"

说完，他得意地笑了起来，就像他们要玩一场全新的游戏似的。可惜他的欢乐丝毫没有感染到格雷琴，她沉默得像块石头。见妻子板着脸不说话，他的笑容也渐渐退去了，疑惑不解地看着她。

"行了，这有什么可高兴的？"她终于开口了。"你还想让我跳起来欢呼吗？现在你已经够累了，要是再加班的话，早晚会神经衰弱的。我看书上说——"

"别为我担心，"他打断她，"我身体没事儿。只是每天都得让你待在家里，我怕你会无聊得要命。"

"不，我不会的，"这话说完，她自己都不太相信——"但今晚不行。"

"今晚有安排吗？"

"乔治·汤普金斯之前邀请我们去吃晚饭来着。"

"你同意了？"

"我当然同意了，"她不耐烦地说，"为什么不呢？你不是总说这片社区糟透了吗？我觉得说不定你也想去个环境好一点的地方换换心情呢。"

"那种高档社区，我去了就不想走。"他阴郁地说。

"呃，那我们还去吗？"

"你都答应人家了，我们还是去吧。"

也许是因为他心情不好吧，这次谈话就这么草草收场了。格雷琴见丈夫同意了，高兴地从沙发上跳起来，匆匆吻了他一下，就跑进厨房烧热水，准备洗澡了。他叹了口气，小心翼翼地把文件夹藏到了书架后面——尽管那里面不过装了一些图片广告用的草图和计划书，但在他看来，那是家里最珍贵的宝物，要是强盗破门而入，保准儿第一个抢的就是它。之后他若有所思地上楼了，顺道去了趟婴儿房，漫不经心地亲了宝宝一口，口水都沾到了孩子脸上。

他们没有私家车，所以乔治·汤普金斯约好六点半过来接他们。汤普金斯是个室内设计师，在业内颇有名气。他身形魁梧，面色红润，唇上的两撇小胡子修剪得精致又帅气，还喷了浓郁的茉莉花香水。当年罗杰住在纽约寄宿公寓的时候，他们是门挨着门的邻居。不过最近五年，他们很少来往了。

"我们应该常在一起聚聚，"那天晚上，他对罗杰这么说道。"你也该多出来走动走动，老兄。来杯鸡尾酒吗？"

"不了，谢谢。"

"不要？那么，你的漂亮夫人总要喝一杯吧——对吗，格雷琴？"

"这房子装修得真好，我太喜欢了。"她由衷地称赞道，然后接过酒杯，满脸羡慕地环顾四周的摆设——各式各样的轮船模型，琳琅满目的殖民时期酒瓶，还有好多当下流行的时髦物件。

"我也喜欢这里。"汤普金斯心满意足地说，"这房子的装修方案是我亲自设计的，每一处都是为了取悦我自己，现在我享受极了。"

罗杰阴沉着脸，仔细打量了一圈，这房间的布置做作又庸俗，不说他还以为误闯了谁家的厨房呢。

"罗杰，你的脸色看起来不太好啊。"主人提醒道，"喝杯鸡尾酒，提提神吧。"

"你就喝一杯吧。"格雷琴也劝道。

"什么？"罗杰茫然地转过头，"噢，不用了，谢谢。回家之后我还要工作。"

"真是个工作狂！"汤普金斯无奈地笑了，"听着，罗杰，你再这样，非把自己累死不可。为什么你就不能让生活平衡一些呢？上班时认真工作，下班后休闲娱乐。劳逸结合才对嘛！"

"我也是这么跟他说的。"格雷琴插了一句。

"你知道普通的上班族，每天都是怎么过的吗？"汤普金斯边问边带他们走进餐厅。"早上喝杯咖啡就开始干活儿，一忙就是一上午，中午心急火燎地吃点儿东西，又埋头干了一下午。下班的时候，攒了一肚子怨气，胃里又胀又疼的。可她老婆毫不知情，还在家期待一个美妙的夜晚呢。"

罗杰撇嘴一笑。

"你是电影看多了吧？"他冷冰冰地说。

"什么？"汤普金斯有些生气了，扭过头看着他。"电影？我告诉你，我活到现在也没看过几次电影，那里面全是一派胡言。我的生活经验都是自己观察总结的。我的人生观就是平衡、和谐。"

"能具体说说吗？"罗杰问。

"这个嘛，"他想了一下，"其实最好的办法，就是跟你们讲讲我每天都是怎么过的。但这就有点自吹自擂了吧？"

"噢，怎么会呢！"格雷琴饶有兴趣地看着他，"我很想听听。"

"好吧，那我就说说。早上起床后，我会先做一个小时的晨练。家里有一个小型的私人健身房，我通常会打打沙袋，做一下空拳练习，或是拉力训练。最后再洗个冷水澡，这样整个人都精神抖擞的！对了，你每天都洗冷水澡吗？"

"不，我习惯晚上洗热水澡，"罗杰坦率地回答，"每周大概洗三四次吧。"

　　房间里一阵沉默，气氛异常尴尬。汤普金斯和格雷琴交换了一个眼神，仿佛他们听到了多么不堪入耳的话似的。

　　"怎么了？"罗杰不满地问道，看了看妻子，又瞟了眼汤普金斯。"我确实不是每天都洗澡啊，我可没那么多时间。"

　　汤普金斯长叹了一声。

　　"洗完澡之后，我就准备吃早饭了。"他好心地岔开这个话题，接着说道，"早饭后，我开车去纽约的办公室，下午四点结束工作。夏天的时候，我通常下了班就直接回家，打上一局九洞高尔夫；到了冬天，就去俱乐部打一个小时壁球，再痛痛快快地玩一会儿桥牌。至于晚饭嘛，一般免不了应酬一下生意伙伴，但都是轻松愉快的方式。比方说，我刚为一个客户装修好房子，他会邀请我去新家的第一个派对，一方面庆祝合作成功，一方面确认一下装修效果，像是光线是否柔和之类的。如果不需要应酬的话，晚饭后我会找个舒服的地方坐下来，拿上一本优美的诗集，独自享受一个惬意的宁静夜晚。总而言之，不管做什么，每天晚上我都会回归自我。"

　　"听起来棒极了，"格雷琴兴奋地赞美道，"要是我们也能那样生活就好了。"

　　汤普金斯闻言，朝餐桌压低身子，主动往她跟前凑了凑。

　　"你当然可以啦，"他肯定地说，"没有理由不能啊。听我说，要是罗杰每天都能打一会儿九洞高尔夫，一切都会改变的。他会放慢步调，学会享受生活。这对他的工作也有好处，能充分缓解他疲惫又紧张的神经——罗杰，你这是困了吗？"

话说一半，他就停下来了。原来罗杰大张着嘴，打了一个哈欠。

"罗杰，"格雷琴厉声说道，"你怎么能这么失礼。要是你能听听乔治的建议，也不至于是现在这个状态。"说完，她又转过头，愤愤不平地对主人抱怨起来。"你知道来之前，他都对我说了什么吗？他要连着加六个星期的班！他还说要把家里所有的百叶窗都拉上，像山顶洞人那样隐居起来。这一年来，他每周日都是这么过的，现在他又打算这么过上六个星期，每天晚上，毫无例外。"

汤普金斯遗憾地摇了摇头。

"六个星期之后，"他对罗杰断言道，"你就等着去疗养吧。我告诉你，纽约的每家私人诊所里，住的全是你这种工作狂。你把自己的神经绷得太紧了，到最后，砰——！它崩溃了。你觉得自己节省了六十个小时，到最后却要花六十个礼拜的时间去修养康复。"说完他停顿了一下，微笑地转向格雷琴，换上了温和的语气。"更别提你承受的压力了。在我看来，丈夫成天加班的话，妻子的日子才难熬呢。"

"我倒是不介意。"格雷琴实话实说。

"才不是，她介意。"罗杰耷拉着脸说，"她介意得要命。她就是个头发长见识短的小女人，在我重新择业之前，她还以为生活是一成不变的，随时都可以买喜欢的新衣服。除了花钱，她什么忙也帮不上。这是女人最悲哀的地方了。要我说，她们最擅长的就是坐享其成。"

"你对女性的看法至少落后了二十年，"汤普金斯同情地说，"现在的女人可和从前不一样了。"

"我看都一样。她们要是想当阔太太，最好直接嫁给事业有成的中年人。"罗杰依然固执己见，"如果一个姑娘为了爱情，嫁给了一个年轻小伙子，就应该做好吃苦的准备。况且，这也是情理之中的事，只要她的丈夫有进取心，就必然会为了事业辛苦打拼。"

"罗杰，我们还是换个话题吧，"这些话格雷琴实在听够了，"算我求你了，行吗？至少今天晚上，别想那么多，让我们玩得愉快点儿，好吗？"

夜里十一点，汤普金斯开车把他们送到家门口。罗杰和格雷琴下车后，在路边站了一会儿，一起抬头望向冬日夜空中的明月。细如尘埃的雪花，纷纷扬扬地飘下，轻轻落在他们身上，打湿了外衣。罗杰深深吸了一口气，内心充满了斗志，激动地把格雷琴搂进怀里。

"我会赚得比他还多的。"他铿锵有力地说，"只要再过四十天，我就会兑现诺言。"

"四十天，"她叹了口气，"听起来还要那么久——这期间，别人都在尽情享乐呢。要是我能一觉睡上四十天该多好啊。"

"我看这主意不错。你就做我的睡美人吧，好吗，亲爱的？

等你眨四十次眼睛，就会醒来，发现美梦已经成真啦。"

她沉默了片刻。

"罗杰，"她若有所思地问，"你觉得乔治刚才说周日要带我去骑马，是认真的吗？"

罗杰蹙起眉头。

"谁知道呢。也许就是随口一说吧——他最好别当真。"说完，他停顿了一下，"说实话，他今晚有点把我惹恼了——他真会吹牛，还说洗什么冷水澡。"

随后他们互相搀扶着，朝家走去。

"我敢打赌，他肯定不是每天早上都洗冷水澡。"罗杰琢磨了一会儿，接着说道，"一个星期能洗三次就不错了。"然后，他从口袋里摸出钥匙，凶巴巴地插进门锁里，回过头，语气轻蔑地说："我看哪，他也就一个月洗一次吧。"

二

罗杰不分昼夜地忙了两个星期，每天都在不断重复着枯燥繁重的工作。其实，人忙起来，就会觉得时间过得很快，一晃眼就是三五天。早上八点到下午五点半，是他的上班时间。下班后，他坐半个小时的城郊列车回家。这半个小时，他也不会浪费，借着车上昏黄的灯光，他会在信封背面的空白处，字迹潦草地做些笔记。吃完晚饭，大概是七点半，这会儿，他就准备开始加班了，客厅的桌子上铺满了五颜六色的蜡笔，大大小小的剪刀，还有一摞硬纸板。他就在那里埋头苦干直到午夜，时不时灵光乍现地嘀咕几句，随后又摇摇头叹口气。每当这时，格雷琴就拿上一本书，斜靠在旁边的沙发上陪着他。客厅的百叶窗全都拉上了，但门铃偶尔还会响几次。到了夜里十二点，夫妻俩常常会拌几句嘴——原因不外乎是格雷琴催罗杰赶快睡觉，而罗杰嘴里连声答应着，说把桌子收拾一下就去，可脑袋里总会蹦出来一些新点子，导致休息的时间一拖再拖，等他蹑手蹑脚地上楼时，通常格雷琴都已经进入梦乡了。

有时候，罗杰熄灭最后一支烟，一看表，发现已经凌晨三点了。手边的烟灰缸里，也满满的全是烟蒂。他简单收拾一下就上楼了，然后摸黑换上睡衣，感觉身体和大脑都疲乏至极，可同时心里又有一种胜利的喜悦，又熬过了一天。

圣诞节如期而至，又匆匆离去，他忙得几乎没有察觉。等完成了卡洛德牌皮鞋的橱窗广告牌，他才后知后觉地发现圣诞节已经过去了。早在一月份的时候，他就筛选好了八个大客户，这个高档品牌就是其中之一——哪怕只能争取到其中四家，他也能大赚二十五万美元，若真能实现的话，这一年来的辛苦也算没有白费。

职场得意，情场失意。在罗杰的事业突飞猛进的同时，夫妻俩的情感却亮起了红灯。很多事他心里都有数，只是嘴上不说罢了——记得十二月，乔治·汤普金斯带格雷琴去骑了两次马，都是在周日，那两天的天气可真不错；另外一次，他开车来接她，带她去乡村俱乐部的山上，滑了一下午雪；而且，她还在他们卧室的墙上，挂了一张汤普金斯的相片，相框一看就价值不菲；最过分的是，有天晚上，格雷琴竟然和汤普金斯一起去城里看了场电影。罗杰震惊不已，气得当场就发了脾气。

好在工作就快完成了。现在，每天都会有印刷好的设计图送来，已经有七份了，他把它们逐一归档，并附上标签，放进了办公室的保险柜里。这些作品绝对会一鸣惊人的，对此他胸有成竹。这样的设计千金难买，因为那全是他的心血之作。

忙碌混乱的十二月，宛如一片枯叶，从日历上飘落下来。这周愈发难熬了，连提神的咖啡都不能喝了，因为咖啡因害他心跳得厉害。但他必须咬牙挺住，只要再坚持三四天，就出头了……

星期四的下午，H.G.卡洛德先生会亲自到纽约来。星期三的晚上，罗杰到家时已经七点了，他发现格雷琴正哭丧个脸，看着十二月的账单。

"怎么了？"

她用下巴比量了一下账单。他凑过去，从头到尾看了一遍，不由得眉头紧锁。

"老天！"

"都怪我一时冲动，"她懊恼地说，"竟然花了这么多。"

"好了，没事，我又不是因为你会精打细算才娶你的。我会想办法把这些账单处理掉的。你的小脑瓜呢，就不要再担心啦。"

她面无表情地看着他。

"你怎么像哄孩子似的。"

"不然我能怎么办。"他突然就发火了。

"我告诉你，我可不是任你摆布、任你丢弃的装饰品。"

她说完扭头就走，他连忙跪了下来挽留她，双手拉住了她的胳膊。

"格雷琴，别走！"他急声地说道，"看在上帝的份儿上，别现在就歇斯底里！我们俩都积累了太多的埋怨和不满，一旦吵起来，后果不堪设想。我爱你，格雷琴。说你也爱我——快说呀！"

"你知道的，我也爱你。"

一场冲突就这样被化解了，但那种别扭又紧张的气氛，直到晚餐结束也没消散。随后，他把工作用的东西在桌上铺展开。他没有想到，一场暴风雨即将来临。

"噢，罗杰，"她生气地抗议道，"我以为你今晚不用加班了呢。"

"本来是不用的，可后来又有点事。"

"我邀请乔治·汤普金斯过来了。"

"真见鬼！"他愤愤地骂了一句，"噢，我很抱歉，亲爱的，但你必须打电话叫他别来了。"

"他都已经在路上了，"她解释道，"他从市里直接开车过来。估计马上就到了。"

罗杰满腹牢骚。心里想着，还不如让他俩一起去看电影呢，眼不见心不烦。但这种想法不过是赌气罢了，根本不可能宣之于口。其实，他一点儿也不想让她去看电影，他希望她待在家里，待在他身边，只要他一抬头，就能看到她。这样他才能安心地工作。

晚上八点钟，乔治·汤普金斯满面春风，如约而至。"哎哟！"他刚一进客厅，就责备地喊道，"还忙呢啊。"

罗杰冷淡地点了点头。

"别忙啦——趁身子还没垮，赶紧收手吧。"说完他在沙发上坐下来，换了个舒服的姿势，悠闲地长呼一口气，点上一支烟。"让我这个科学至上的朋友，给你点儿建议吧。人哪，看似耐力无穷，到最后往往嘣地一下，就完蛋了！"

"不好意思，我先失陪了，"罗杰尽量显得礼貌有加，"我得上楼把活儿干完。"

"随你的便吧，罗杰。"乔治漫不经心地挥了挥手，"反正我是不介意。作为来访的朋友，不管男主人还是女主人，谁招待我都没问题。"说完他戏谑地一笑，"但如果我是你，老兄，我就会把工作丢一边，好好睡上一觉。"

罗杰把工作用的东西带上楼，重新铺在床上。楼板很薄，他隐约能听到他们低声交谈的声音。他好奇地猜想着，他们都会聊些什么呢。他试着集中精神，专心工作，但他的心思仍对这个问题纠缠不休，害得他坐立不安，不时在房间里来回踱步。

他很快就发现，在床上根本没法好好工作。床单又软又滑，文件从床头上掉下去好几次，铅笔也总把纸戳破。今天晚上，什么都跟他对着干。他觉得眼前的字母和图形越发模糊，太阳穴突突直跳，楼下那两人的窃窃私语，就像怎么也摆脱不掉的背景音，惹得人愈发烦躁。

一晃十点了，过去的这一个多小时，他的工作毫无进展，这真让人泄气。他无奈地叹了口气，把文件收拢一下，塞回文件夹里，下楼了。他走进客厅的时候，他们正一起坐在沙发上聊天。

"哎呀，你来啦！"格雷琴大声打着招呼，他觉得她这样反而做作。"我们正说到你呢。"

"多谢二位了。"他讽刺地回答道，"请问你们的手术刀，解剖到我身上的哪个部位了呢？"

"你的健康状况啰。"汤普金斯笑嘻嘻地说。

"我健康得很。"罗杰言简意赅地答道。

"老兄，你这么说就太自私了，"汤普金斯提高了嗓音，"在这件事上，你只考虑到了你自己。你把格雷琴置于何处？

要是你在创作一首优美的十四行诗，或是在画一幅淑女肖像图什么的"——说到这儿，他还瞧了一眼格雷琴金棕色的秀发——"那么，我会说加油干吧。可惜你不是。你成天围着那些愚蠢的广告打转，琢磨着怎么才能把诺博德牌生发油卖出去。我告诉你，就算现在把所有的生发油通通倒进大海，明天太阳也会照常升起，这个世界不会有任何损失。"

"等一下，"罗杰生气地反驳道，"你这么说就有失公允了。我倒不是说我的工作对社会有多大贡献——说实在的，它和你的工作一样毫无意义。但对我们夫妻俩来说，它就是全世界最重要的事。"

"你在暗指我的工作没有意义吗？"汤普金斯难以置信地问道。

"没有啊。只要那种连钱都不会花，只会做裤子的可怜虫觉得高兴，那就不是啊。"

汤普金斯和格雷琴对视了一眼。

"哎哟嗬！"汤普金斯讥讽地叫道，"原来这么多年，我一直在浪费时间啊，这事儿我怎么不知道呢？"

"你就是个二流子。"罗杰粗鲁地骂了一句。

"你骂我？"汤普金斯生气地喊道，"你凭什么说我是二流子？就因为我懂得享受生活，有时间培养自己的兴趣爱好？就因为我懂得劳逸结合，没让自己变成一个无聊又讨人厌的工作狂？"

这两个男人现在都气鼓鼓的，嗓门一个比一个大，尽管汤普金斯的脸上还勉强维持着一丝微笑。

"我反对的是，"罗杰掷地有声地说，"过去这一个半月里，你的兴趣爱好似乎全都集中在我家了。"

"罗杰！"格雷琴大喊了一声，"你这话是什么意思？"

"就是字面上的意思。"

"你完全是在乱发脾气，"汤普金斯强装镇定地点了一支烟，"人一过度劳累，就变得神经敏感，我看连你自己都不知道自己在说什么。你已经处在精神崩溃的边缘——"

"滚出去！"罗杰怒不可遏地吼道，"你马上给我滚出去！别逼我动手赶你！"

汤普金斯气得倏地站了起来。

"你——你说要把我赶出去？"他惊讶地质问道。

两人互不相让，同时朝对方走去，格雷琴连忙挡在他们中间，然后一把抓住汤普金斯的臂膊，往门口搜去。

"别理他，他满口胡话，不过你最好还是先走吧，乔治。"她边催促着，边在昏暗的门廊帮他找帽子。

"他竟然骂我！"汤普金斯怒喊道，"还威胁我，说要把我赶出去！"

"别跟他一般见识，乔治，"格雷琴央求道，"他嘴上那么说，心里未必那么想。拜托你先走吧！我们明天上午十点见。"

然后，她打开了大门。

"别以为明天十点你能见着他，"罗杰铿锵有力地说，"我不允许他再踏进这个家半步。"

听罢，汤普金斯朝格雷琴转过身。

"这是他的房子，他说了算，"他提议道，"不如明天去我家吧。"

说完他就走了出去，格雷琴关好门，愤怒的泪水一下子涌上她的双眼。

"瞧瞧你干的好事！"她啜泣着说，"他是我唯一的朋友，是这世上唯一欣赏我、尊重我的人，却在我家被我丈夫这样羞辱。"

她倒在沙发上，抱着靠枕，大哭不止。

"这是他自找的，"罗杰还在气头上，"我对他已经够忍让了，再忍就得放弃自尊了。你也别想再和他一起出去了，我不同意。"

"我偏和他一起出去！"格雷琴疯狂地喊道，"我就愿意和他一起出去！你自己说，我和你一起生活有什么意思？"

"格雷琴，"他冰冷地说道，"你站起来，这就戴上帽子穿上外套，爱去哪儿去哪儿，但出了那扇门，你就再也别回来！"

她震惊得张开了嘴。

"可我不想走。"她愣愣地说。

"好，那以后你就老实点儿。"他换上温和一些的声音，补充了一句，"我想你现在就可以去睡上四十天大觉了。"

"哟，可不是嘛，"她悻悻地抱怨道，"说起来容易！可谁喜欢成天睡觉啊。"说完她站起来，挑衅地盯着他。"还有，明天我要和乔治·汤普金斯一起去骑马。"

"我说过不许你去，别逼我带你去上班，我会让你在纽约的办公室里干坐一天，直到我干完活儿。"

她气愤地看着他，双眸里燃烧着熊熊怒火。

"我，恨，你。"她咬牙切齿地说，"我真想把你那些广告牌全都撕了，再扔进火里烧成灰。顺便告诉你一个坏消息，等你明天下班回家的时候，我很可能已经离开了。"

她转身走到镜子前，故意仔细照了一番，因为生气，她双颊涨得绯红，脸上布满了泪痕。随后，她噔噔噔跑上楼，"嘭"的一声甩上了卧室门。

罗杰在客厅桌子上铺展开工作用的东西，脑袋却空荡荡的。一张张色彩鲜艳的设计图上，印着一个个明艳动人的姑娘——格雷琴为其中一个品牌做了模特——她手拿香橙味姜汁汽水，身穿亮闪闪的丝袜，那俏丽的模样让他为之倾倒。他心神不定地拿着蜡笔，在图片上左画画右涂涂，先是把一组字母往右挪了一厘米，然后把一片淡蓝色涂成深蓝色，最后删掉了一个空洞无力的广告词。一转眼，半小时过去了，他已经全神贯注地投入到工作之中。房间里一片寂静，只有蜡笔在光滑的画板上摩擦时，发出的细微声响。

就这样过了很久，等他看手表的时候，已经凌晨三点多了。此刻窗外狂风大作，风声呼啸宛如警笛高鸣，气势汹汹地席卷了房子的每个角落，好似一位巨人从天而降。他停下手上工作，听着外面的动静。他现在并不觉得累，只是头一跳一跳地痛得厉害，仿佛每根血管都充血凸起来了，跟医生办公室那些人体经络图似的。他双手捂着脑袋，过了一会儿，疼痛终于停止了。那感觉，就像是他脑袋里有一个隐秘的病灶，它会让所有脑血管痉挛打结，变得脆弱不堪。

突然间，他有了一种不祥的预感。过去他听到过的那些数不清的警告，此刻全都直冲上脑。长期过度劳累确实会毁了一个人，何况他的身心已经处在亚健康的状态，虚弱得不堪一击。这是第一次，他觉得自己在羡慕乔治·汤普金斯，羡慕他放松的心态和健康的生活习惯。他猛地站起来，神色慌乱地在房间里来回踱步。

"我得赶紧去睡觉了，"他紧张地自言自语道，"不然我会疯的。"

他用手揉了揉眼睛，走回到桌旁，准备收下尾。可他的手突然剧烈地颤抖起来，甚至连画板都拿不起来了。窗外有根光秃秃的树枝，被风吹得左摇右摆，不断敲打着窗户，那烦躁的声音让他抓狂，让他尖叫。他跌坐进沙发，试着冷静下来，思考一下对策。

"停下吧！停下吧！停下吧！"时钟不断地提醒着，"别干了！别干了！别干了！"

"我不能停，"他大声喊道，"我停不起啊！"

快听！我的天，门口竟然来了一匹狼！他能听到它正用利爪刨着光滑的木门。他一下子从沙发上跳了起来，冲到大门口，猛地打开门。随后，他发出一声凄厉的哀号，吓得步步后退。只见一匹狰狞的野狼正站在门廊上，用一双血红、狠毒的眼睛直勾勾地盯着他，脖子上的刚毛根根竖起。它发出了一声低沉的嘶吼，随后便消失在了夜色中。缓了一会儿，罗杰不禁暗自苦笑了一下，原来它不过是一只从街对面跑过来的警犬罢了。

他关上门，拖着疲惫的身体进了厨房，拿起闹钟，回到客厅，把闹铃定在早上七点。然后他裹着外套，蜷卧在了沙发上，刚躺下，就沉沉地睡去了，一夜无梦。

清晨他醒来时，昏黄的台灯还亮着，不过冬日早上清冷的阳光已经照进了房间。他一骨碌坐起来，心急地检查自己的手，发现它们已经不抖了。他舒了一口气，感觉精气神儿又回来了。接着，昨晚那一幕幕场景，又浮现在他眼前，他的眉头又拧到一起，蹙出了"川"字形的皱纹。还有一堆工作在等着他，还要马不停蹄地忙二十四小时；至于格雷琴，不管她愿不愿意，都只能再忍耐一下，要是她能睡上一整天就好了。

　　罗杰突然灵机一动，像是又为广告想出了一个新点子似的。几分钟之后，他出了门，清晨的街道上，刮着冷飕飕的寒风，他脚步匆匆地朝金斯利药店走去。

　　"请问金斯利先生在吗？"

　　一名药剂师从配药室的一角探出头来。

　　"我能和您单独谈谈吗？"

　　七点半，罗杰返回家中，他径直走进厨房。做家务的女佣也刚到，正摘下御寒的帽子。

　　"贝贝，"——他这么称呼她，可不是为了套近乎，她就叫这个名字——"你尽快把哈尔西太太的早餐准备好，我要亲自为她拿上楼。"

　　听到这话，贝贝吃了一惊。这位男主人成天忙得脚打后脑勺，这会儿竟能如此体贴地服侍自己的老婆，可真是罕见。不过，再一会儿，等她看到罗杰端着餐盘，从厨房走出来的样子，恐怕更要瞠目结舌了。他先去了餐厅，把餐盘放在餐桌上，往咖啡里加了半茶匙白色粉末，但那并不是糖霜。然后他慢步走上楼，打开了卧室的房门。

　　格雷琴醒来时愣了一下，双人床的另一侧怎么是空的，她坐起来四处打量，发现了端着餐盘的罗杰，眼里的惊讶转而变成了蔑视。在她看来，他这么做，无非是在主动认错。

　　"我不想吃早饭，一点儿胃口也没有，"她冷淡地说。他的心沉了下去，"就喝点儿咖啡吧。"

"要不，少吃点儿？"罗杰的声音里夹杂着一丝失落。

"我说了只想喝咖啡。"

罗杰没说什么，小心翼翼地把餐盘放在床头桌上，然后快步跑回到厨房里。

"我们马上要出门了，明天下午才回来，"他对贝贝说，"所以我现在就得关门了，你也马上收拾一下，戴好帽子回家吧。"

他看了下手表，现在是七点五十分，他得赶八点十分那趟火车。他在楼下徘徊了五分钟，然后轻手轻脚地回到楼上的卧室。格雷琴已经酣然入睡。咖啡杯空了，杯底残留一些黑色的咖啡渣和一层薄薄的棕色咖啡沫。他紧张兮兮地看着她，生怕把她吵醒了，但她呼吸声非常的均匀、安稳。

他从壁橱里拿出一个手提箱，手忙脚乱地把她的鞋子一股脑地塞了进去——休闲鞋、舞鞋、橡胶底的皮鞋——他以前还真不知道，她竟然有这么多双鞋。当他合上箱子时，箱子都鼓得变形了。

收拾完鞋，他略有迟疑，然后从床头桌里拿出一把缝纫剪，顺着电话线一直摸索到梳妆台后的位置，咔嚓一下就给剪断了。就在这时，门不知被谁轻轻敲了一下，他吓得心脏差点跳出来。一开门，原来是那个女佣，这一忙倒把她给忘了。

"我和哈尔西太太就要出发去市里了，明天才能回来，"他耍了个滑头，"你带着马克西去海边吧，午饭也在那里吃，好好玩上一整天。"

回到卧室后，他不由得一阵心疼。安静熟睡的格雷琴就像个孩子，那么惹人怜爱，那么无助脆弱。她年轻的生命，就这样被无情地剥夺了一天，怎么说都有点残忍。不知她梦到了什么，嘴里喃喃地说着梦话，他宠溺地爱抚着她的秀发，俯下身，轻轻亲吻了她光洁的脸颊。然后，他一把抓起装满鞋子的手提箱，锁上卧室门，一路飞快地跑下楼。

三

那天下午五点，罗杰为卡洛德牌皮鞋设计的最后一批广告牌邮出了，它们即将被送到住在比特摩尔酒店的 H.G. 卡洛德先生手里。卡洛德先生会在明天早上做出决定。又过了半个小时，罗杰的秘书轻轻拍了拍他的肩膀。

"哈尔西先生，大楼的负责人戈尔登先生来了，他要见您。"

罗杰疑惑地转过身。

"咦？他怎么会来？"

戈尔登先开门见山地说，如果罗杰还想在这里办公，那最好把拖欠的租金赶紧补上。

"戈尔登先生，"罗杰满脸倦容，"您放心吧，我明天就交，出不了岔的。如果您现在为难我，这租金我怕是永远也交不上了。我保证，过了明天，多少租金都不成问题。"

戈尔登先生惴惴不安地打量着眼前这位憔悴的房客。年轻人有时就是这样，一旦生意遇到什么不顺，就玩命地加班。忽然，他瞥见了放在桌旁的手提箱，上面还印着罗杰名字的首字母，他当即就变脸了。

"我看你是要去旅行吧？"他尖锐地问道。

"什么？噢，不是的。那里面只有一些衣服。"

"衣服，是吗？那这样吧，哈尔西先生，为了证明你说的是真话，不如把这箱子交给我保管吧，明天中午我就还给你。"

"请便吧。"

戈尔登先生做了一个表示歉意的手势，然后提起了箱子。

"只是走个程序而已。"他解释说。

"我理解，"罗杰回应道，然后把转椅转回到他的办公桌前。"那么，再见。"

戈尔登先生心里有点过意不去，想跟罗杰再客套几句。

"别操劳过度啦，哈尔西先生。你也不愿意得神经衰弱吧——"

"我很好，"罗杰大声地打断他，"非常好。但您要是再不走，我看我就真的要病了。"

戈尔登先生识趣地关上门走了，罗杰的秘书同情地看着他。

"您不该让他得逞的，"她说，"箱子里装的什么？真的是衣服吗？"

"不是，"罗杰心不在焉地回答。"全是我老婆的鞋子。"

那天晚上，他在办公桌旁的沙发上睡了一宿。天刚亮，他就醒了，心里一直惶惶不安的。为了提提神，他一路小跑到街上买了杯咖啡，还不到十分钟，就风风火火地赶了回来——生怕错过了卡洛德先生的来电。可这大清早的，才六点半，谁会来电话啊。

到了八点钟，他愈发如坐针毡，浑身上下都着了火似的。两名设计师来上班的时候，发现罗杰正四仰八叉地躺在沙发上，一副活不下去的模样。九点半，电话铃终于响了，他双手颤抖地拿起听筒。

"您好。"

"请问是哈尔西事务所吗？"

"是的，我就是哈尔西，请讲。"

"我是 H.G. 卡洛德。"

罗杰紧张得仿佛心脏都停止了跳动。

"小伙子，我打电话来，是想告诉你，你寄来的设计稿太棒了，我们非常满意。这些作品我全都要了，而且今后，只要是你们事务所出品的东西，我全包了。"

"啊！我的天啊！"罗杰冲着话筒惊呼道。

"怎么了？"这一喊把 H.G. 卡洛德先生吓了一跳。"喂？等一下，先别挂！"

但这边已经无人应答了，话筒"啪"的一声掉到地上，罗杰直挺挺倒在沙发上，激动得喜极而泣。

四

三个小时后，罗杰到家了，尽管脸色有些苍白，但眼神已经恢复了往日的沉着冷静。他推开卧室门，走了进去，腋下还夹着一份当天的早报。听见脚步声，格雷琴一下子醒了过来。

"现在几点了？"她问道。

他看了眼手表。

"中午十二点了。"

她神色哀伤，忽然抽泣起来。

"罗杰，"她上气不接下气地说，"对不起，昨天晚上我太过分了。"

他平静地点了点头。

"现在一切都好了，"他答道，停顿了一下，接着说，"我争取到了一个大客户——全国最大的客户。"

她猛地转头看向他。

"你成功了？"她喜出望外，想了一下，又问，"那我能买一条新裙子吗？"

"别说一条了，"他得意地一笑，"十条都不在话下。光这一个客户，就能让我们每年赚上四万块。它可是全西部最大的一家公司。"

她震惊地看着他。

"一年四万！"

"没错。"

"天呐，"她不敢置信地说，"我们竟然梦想成真了。"她念头一转，兴奋地说："我们都可以买乔治·汤普金斯那样的房子了。"

"我可不想把家弄得像室内装饰店似的。"

"一年四万！"她雀跃地重复了一遍，然后温柔地说，"噢，罗杰……"

"怎么了？"

"我不打算和乔治·汤普金斯出去了。"

"就算你想，我也不同意。"他简短地说。

她装出一副生气的样子。

"为什么呀，好几个星期之前，我们就约好了这周四出去的。"

"今天不是星期四。"

"当然是啦。"

"今天是星期五。"

"哎哟，罗杰，你八成是疯了！你以为我睡糊涂了，不知道今天是星期几吗？"

"今天真的不是星期四。"他确定地说，"不信你看！"他把早报递了过去。

"怎么是星期五！"她吃惊地喊道，"怎么回事儿？他们绝对搞错了！这一定是上周的报纸。今天分明就是星期四啊。"

她闭上眼睛，认真地回想了一下。

"昨天是星期三，"她笃定地说，"女佣就是昨天来的，这个我敢肯定。"

"好吧，"他窃喜地说，"可你看看报纸，它可什么问题都没有。"

她满脸困惑地下了床，准备去换衣服。罗杰去了卫生间刮胡子。过了一会儿，他听到弹簧床垫响了一下，格雷琴又回到床上去了。

"怎么了？"他问道，从卫生间探出头来。

"我害怕，"她的声音都发抖了，"我的鞋子全不见了，我不会是疯了吧。"

"鞋子没了？怎么可能，壁橱里不全是吗？"

"我知道，可现在一双也没有了。"她的脸吓得惨白，"怎么办啊，罗杰！"

罗杰走到床边，把她抱进怀里。

"我好害怕，罗杰，"她哭着说，"我究竟怎么了？先是弄错日期，现在鞋子也不见了。快救救我啊，罗杰。"

"别怕，我叫个医生过来。"他安慰道。

他冷静地走到电话旁，拿起话筒。

"电话好像出故障了，"他鼓捣了一下，说道，"我让贝贝去叫吧。"

不到十分钟，医生来了。

"医生，我觉得我快要崩溃了。"格雷琴紧张地对医生说。

格里高利医生坐在床边，握着她的手腕。

"今天早上什么都乱套了。"

"我起床后，"格雷琴战战兢兢地说，"发现自己弄丢了一整天。我本来和乔治·汤普金斯约好周四去骑马的……"

"和谁？"医生惊讶地问道，接着又笑了起来。

"恐怕乔治·汤普金斯这段时间没法跟任何人一起去骑马了。"医生补充道。

"他离开这里了？"格雷琴好奇地问道。

"他去了西部。"

"怎么会？"罗杰问，"难道他和谁家老婆私奔了吗？"

"那倒不是，"格里高利医生答道，"他得了神经衰弱。"

"什么？"夫妻俩异口同声地喊道。

"他洗冷水澡的时候，突然就倒地不起了，像个塌扁的大礼帽那样。"

"可他总强调他特别——特别会调剂生活啊，"格雷琴不敢相信地说，"他很重视劳逸结合的。"

"我知道，"医生说，"但他成天把那套话挂在嘴边，我觉得就是这种想法把他逼疯的。他太爱钻牛角尖、太执着了，你明白吧。"

"执着什么？"罗杰一头雾水，问道。

"保持生活的平衡啊。"接着他转过头，对格雷琴说，"这位夫人，您现在最需要的就是休息，这是最佳药方。您只要在家里静养几天，睡前眨四十下眼睛，就会恢复健康的。您就是压力太大了。"

"医生，"罗杰哑着嗓子问，"您不觉得我也应该好好休息一下吗？我最近可累惨了。"

"你不用！"格里高利医生大笑起来，使劲儿拍了拍他的后背。"小伙子，我从没见你的气色这么好过。"

罗杰连忙偏过头，藏起自己的笑脸——然后他冲着卧室墙上乔治·汤普金斯的照片，得意地眨了四十下眼睛，差不多有四十下吧，那照片上还有汤普金斯的签名呢，可惜现在已经挂歪了。